Emlin Borkschert

Des einen Freud, des anderen Tod

W0332606

CW Niemeyer

Die Geschehnisse, sämtliche Handlungen und Charaktere sind frei erfunden.

Über den Autor:

Der Aha-Effekt ist das, was seine Geschichten ausmacht. 1974 im ostwestfälischen Verl geboren, hat Emlin Borkschert bereits in früher Kindheit erste schriftstellerische Schritte unternommen. Zahlreiche Kurzgeschichten später arbeitet er u.a. als Banker, bevor er in ein Dorf im Dreiländereck NRW-Hessen-Niedersachsen zieht. Von hier aus schreibt er seine Kolumne „An Englishman in New York" und bloggt auf seiner Seite: *www.emlin-borkschert.de*

Von Campingreisen quer durch Europa inspiriert, wächst die Idee für ein Romanprojekt. „Des einen Freud, des anderen Tod" ist Emlin Borkscherts Krimi-Debüt.

Für Karsten, I.L.

Prolog

Der Mond schien hell über dem Campingplatz *Zur Sonne*, fast zu hell für sein Empfinden. Nicht nur Umrisse von Zelten und Wohnwagen ließen sich deutlich erkennen, sondern Details, wenn auch verfälscht. Die Farben der Stoffe und Wände, selbst das Grün des Rasens, alles hatte einen grauen Schimmer angenommen. Dinge erschienen näher als sie waren. Sein eigener Körper warf Schatten, und das um kurz vor Mitternacht. Vollmond.

Es war nicht schwer gewesen, sich aus dem Zelt zu stehlen. Die anderen schliefen im Wohnmobil nebenan und seine Mutter würde kaum vor morgen früh nach ihm verlangen. Die ganze Nacht lag vor ihm, aber die würde er nicht brauchen, im Gegenteil. Es müsste innerhalb der nächsten Stunde geschehen, danach würden die Chancen schlechter. Seine erste Anlaufstelle hatte sich als Fehlschlag herausgestellt, leider, denn die Buchen neben dem Wohnwagen des Mädchens hatten ihm stets perfekte Deckung gegeben. Also war er weitergewandert, ziellos, aber immerhin ohne Geräusche zu verursachen. Der Rasen dämpfte die Schritte, solange man nicht auf die Steine trat. Irgendwo bellte ein Hund. In der Ferne dudelte ein Radio. Zwar ließ sich kein Mensch mehr draußen blicken, doch das leise Geklapper von Geschirr und Ähnlichem verriet, dass längst noch nicht alle schliefen.

In der Liebesgrotte vielleicht, dachte er und machte sich auf den Weg zum Strand. Vorbei an dem Waschhäuschen und dem alten Schuppen, dem verbotenen Trampelpfad folgend, quer durch die Dünen. Das Mondlicht spiegelte sich in der Ostsee, in der er vor wenigen Stunden gebadet hatte, um sich von der Hitze abzukühlen. Zu jenem Zeitpunkt war sein Plan, es wieder zu tun, bereits beschlossene Sache gewesen. Sein Verlangen wuchs mit jedem Schritt und erstaunte – ja erschreckte – ihn selber. Wann hatte das angefangen? Wohin führte es noch?

Die Liebesgrotte war keine richtige Grotte, wurde von den Touristen aber so genannt. Die Felsen machten hier einen Bogen, was zwar kaum Schutz zum Unterstellen bot, dafür war der Boden angenehm weich. Er hatte Glück. Schon beim Näherkommen konnte er es hören, das Pärchen. Der Mann stöhnte laut. Die Frau quiekte. Ihre Stimmen kamen ihm seltsam vertraut vor, obwohl er nichts erkennen konnte. Aber das wollte er auch gar nicht. Es reichte, sie dabei zu belauschen. Alles andere hätte ihn angewidert.

Gleich würden sie so weit sein. Er ebenfalls. Es war für ihn das zweitschönste aller Gefühle.

1. Kapitel

Selbst beim Frühstück schämte Grit sich dafür, dass sie dem Gedanken an einen toten Menschen etwas Positives abgewinnen konnte. Seit Tagen hatte sie auf den Anruf gewartet, der ihr den Rückeinstieg ermöglichen würde, endlich wieder Geld verdienen für sich und ihre Brut, und als es so weit war, konnte sie vor lauter Aufregung kaum sprechen.

„Äh, guten Morgen Herr - äh - Meier", stammelte sie pflichtbewusst eine Begrüßung in den Hörer. Vor ihr auf dem Tisch dampfte eine Tasse Kaffee mit viel Zucker. Mehr brauchte sie morgens nicht - neben einer schönen warmen Dusche - zum Wachwerden.

Johannes Meier würde ihr höchster Vorgesetzter sein. „Frau Loch, ich habe Ihnen ein Team organisiert", sagte er ohne Umschweife. „Sind Sie bereit?"

Bereiter konnte man nicht sein, entschied Grit. Die unbezahlten Rechnungen stapelten sich unter der Brotdose, der Versandhauskatalog, das Nagelstudio, die Reparatur ihres Seat Marbella, und ihr Göttergatte (oder die größte Missgeburt unter der Sonne, wie sie ihn seit der Scheidung nannte) schickte nur sporadisch einen Scheck. Obendrein weigerte sich die Familienkasse neuerdings, Kindergeld für ihren Sohn zu überweisen, weil er seine Ausbildung geschmissen hatte und lieber ominöse Leute traf, um sich selbst zu finden. Wie ein Aasgeier war sie bis zuletzt ums Telefon gekreist, doch das verdammte

Klingeln hatte auf sich warten lassen wie der Tod eines alternden Gnus, und so hatte sie sich in den Gedanken hineingesteigert, dass nur ein Unglück, ein schweres Verbrechen sie aus ihrer Misere retten könnte.

„Ihnen ist sicher das Örtchen Ahlbeck bekannt", fuhr Meier fort. „Auf Usedom. Das mit der Seebrücke."

„Ahlbeck? Selbstverständlich kenne ich das." Das Foto zwischen der Brotdose und dem Herd, das Grit immer betrachtete, wenn sie für Sven seine heiß geliebten Fischstäbchen briet, zeigte die damals junge Familie Loch beim Ausflug an den nahe gelegenen Ostseestrand. So voller Fettspritzer wirkten die Körper darauf wie blutverschmiert.

„In der Nähe der Seebrücke liegt der Campingplatz *Zur Sonne*", erklärte Meier weiter. „Dort befindet sich unser Tatort. Sie können direkt dorthin kommen."

„Sie meinen – jetzt gleich?" Grit schielte auf die Küchenuhr. Irgendwie hatte der Tag gerade erst angefangen und sie hatte sich noch nicht einmal gewaschen.

„Von mir aus auch heute Abend, aber ich befürchte, die Leiche des Jungen wird sich dann ganz woanders befinden. Und mit ihr mein Ermittlungsteam."

Grit fasste sich an den Hals. Meier war bekannt für seinen Sarkasmus, so viel hatte man ihr anvertraut in einem dieser lächerlichen Eingliederungskurse, bei denen das eigentlich Interessante erst während der Zigarette zum Auto gelehrt wurde. Immerhin hatte er durch seine Bemerkung offengelegt, um was für eine Art Fall es sich denn handelte.

„Also, was ist?“, hörte sie ihren Vorgesetzten sagen, es klang, als würde er langsam ungeduldig.

„Äh ...“

„Nur keine Panik, Frau Loch, der Kollege Ed Stenzl wird Ihnen alles erklären. Noch Fragen?“

„Nein. Ich meine eigentlich ja. Aber ...“

„Gut. Dann viel Erfolg!“ Meier legte auf.

Unschlüssig starrte Grit in ihre Tasse, die noch zu mindestens Zweidritteln voll war. Im nächsten Jahr würde sie fünfzig, was in ihren Augen nur eine Zahl war, der man keine gesteigerte Bedeutung beimessen sollte, doch allmählich fühlte sie sich zu alt für ständig wechselnde Gelegenheitsjobs. Zudem würden ihre Kenntnisse jedes Jahr, das sie nicht in ihrem Beruf verbrachte, weiter verblassen, genau so wie die restlichen Bilder ihres Strandausflugs in der Kiste unterm Bett. Was wusste sie überhaupt noch von ihrer Ausbildung? Mit Ach und Krach durchgekommen, sowohl im fachlichen als auch sozialen Bereich, *Grit schafft es nur mit Mühe, zu Vorgesetzten und Kollegen eine Beziehung aufzubauen*, und worüber sie einst geschmunzelt hatte, war im Nachhinein ihr Todesstoß gewesen. Bei Beförderungen ständig übergangen, von einer Abteilung in die nächste versetzt, hatte sie die erstbeste Gelegenheit genutzt, dieser Tretmühle zu entkommen, und die hieß Henry Loch. Sie erhob sich und schlenderte ins Bad, wo sie den reiflichen Entschluss umsetzte, auf die Dusche zu verzichten und stattdessen eine Katzenwäsche einzulegen.

Es war natürlich gelogen, dass sie keine Fragen mehr gehabt hätte. Dutzende lagen ihr auf der Zunge, angefangen damit, woran sie diesen Ed Stenzl erkennen würde oder in welcher Funktion sie überhaupt tätig wäre. Verdammt noch mal, was sie dabei anziehen sollte, wo man ihr keine Uniform gegeben hatte. Ihre einzige gute Stoffhose hing nass an der Leine über der Badewanne, eine Jeans wäre mit Sicherheit zu leger und ein Rock womöglich zu gewagt. Dazu kam, dass das Frühstücksfernsehen einen weiteren heißen Tag angekündigt hatte, ausgerechnet jetzt war vom trockensten August seit Beginn der Wetteraufzeichnungen oder so die Rede gewesen.

„Ich scheiß auf deine Schecks, mein Schatz", sagte sie und ließ den Waschlappen erst unter die Achseln und danach über ihren Nacken gleiten. Wo kein Wasser hinkam, musste eben ein gutes Deodorant aushelfen. „Demnächst schicke ich *dir* welche, was sagst du dazu? Ich habe nämlich vor, das hinzukriegen mit dem Programm."

Beim Durchstöbern des Kleiderschranks fiel ihre Wahl auf dunkelblaue Bermudashorts und eine gelbe Bluse, die sie in Windeseile anzog, um sich noch einen ausgiebigen Blick in den Spiegel zu gönnen. Mit zusammengepresstem Mund begutachtete sie ihr Gegenüber, recht zufrieden damit, vielleicht ein bisschen matt um die Augen wie jemand, dem zu viele Weinbrand-Cola die Einsamkeit an langen Abenden vertrieben hatten, aber entschlossen, das Beste daraus zu machen. Mit zusätzlichem Rot auf den Lippen wirkte ihr Gesicht gleich frischer.

Ja, sie freute sich auf diesen Einsatz. Er war ihre Chance und sie würde alles geben, sie würde *interes-*

siert sein, engagiert und *pünktlich* und versuchen, eine persönliche Beziehung zu Vorgesetzten und Kollegen aufzubauen. „Ein toter Junge, verdammt, warum musste es unbedingt ein toter Junge sein." Sie atmete tief ein und aus, kontrollierte den Inhalt ihrer Handtasche auf Vollständigkeit und öffnete die Wohnungstür.

Eine Fratze ließ sie zurückschrecken. Sven wollte gerade aufschließen, was ihm offenbar schwerfiel.

„Wie siehst du denn aus?", rief sie und trat einen Schritt zurück. Ihr Sohn roch wie eine Brauerei.

Sven versuchte, aufrecht zu stehen. Als hätte er eine Eingebung, fing er unvermittelt an zu grinsen: „Das musst ausgerechnet du sagen. Wo willst du denn in diesem Aufzug hin?"

„Zur Arbeit. Und ich bin schon zu spät." Grit überhörte den Spott in seiner Bemerkung. „Sie haben endlich ein Team für mich."

„Also machst du wirklich ernst?"

Bevor sie darauf antworten konnte, torkelte Sven in ihre Arme. Das durfte nicht wahr sein, dachte Grit. Nicht hier. Und nicht jetzt. Der Junge war auf der Stelle eingeschlafen.

„Mein Name ist Stenzl. Ed Stenzl. Und Sie können den Mund ruhig zumachen."

Das Mädchen starrte ihn an und sah dabei aus wie ein Fisch. Ed war dieses Verhalten fast gewohnt, gerade junge Mädchen oder Frauen im reiferen Jahrgang zeigten die heftigsten Reaktionen. Zugegeben, er setzte seinen fettlosen fünfundzwanzigjährigen

Körper ganz bewusst als Waffe ein. Das blonde Haar zur Seite gescheitelt, selbst bei Hitze ein dunkler Anzug, nicht zu vergessen die schmale schwarze Krawatte. Und schließlich sein liebstes Accessoire, seine Designer-Sonnenbrille, die er unabhängig von Jahreszeiten trug: Der erste Eindruck war der entscheidende.

„Hallo? Hier ist die Polizei. The Police. Polizia. Wie auch immer. Ich hätte gerne Ihren Boss gesprochen." Mit einer lässigen Geste, die in Wahrheit lange einstudiert war, nahm Ed die Sonnenbrille ab, um seinem Opfer, in diesem Fall eine eher fade Blondine, direkt in die Augen schauen zu können. „Wenn es Ihnen nicht zu viele Umstände macht."

Das Mädchen lachte dümmlich, als hätte es soeben einen Witz gehört und sogar verstanden. Es war rein äußerlich betrachtet von undefinierbarer Herkunft und machte keine Anstalten, ein Wort zu sagen.

Ed lehnte sich mit den Ellbogen auf die Theke und ließ zu, dass sich sein Hemd einen Hauch von seinem Oberkörper abhob. Er wusste, sein Eau de Cologne würde auf diese Weise voll zur Geltung kommen. „Das Mädchen wird uns sicher eine große Hilfe sein", sagte er zu seinem Kollegen, der neben ihm fast unsichtbar wirkte.

„Davon bin ich überzeugt", erwiderte der. „Sag mal, Ed, hast du schon gehört? Wir erwarten heute Damenbesuch."

Ed lächelte und zeigte eine nahezu vollkommene Reihe weißer Zähne. „Wenn du damit die alte Loch meinst, oh ja, wie ich mich darauf freue. Sie sollte eigentlich längst da sein, oder?"

Sein Plan funktionierte. Das Mädchen stand geräuschvoll auf, als ihm keine Aufmerksamkeit mehr zuteil kam, und begab sich durch den Fransenvorhang in ein anderes Zimmer.

„Ist sie weg?“, fragte Ed.

Der unsichtbare Kollege nickte. „Ich behalte die Tür im Auge.“

„Dann los.“ Er beugte sich über den Tresen und griff nach dem Gästebuch. In verschiedenen Schriften und Farben waren Einträge zu Namen, An- und Abreisedatum, Stellplatz und etlichen weiteren Angaben gemacht worden. Ed überflog sie, blätterte einige Seiten und legte alles sorgfältig wieder zurück. Dabei entdeckte er ein schwarzes Notizbuch, das im Spalt zwischen Computerbildschirm und Thekenwand steckte, und zog es hervor. Schwarze Notizbücher waren die perfekten Geheimnisträger.

„Sie kommt“, flüsterte der Kollege.

„Der *Boss* kommt sofort zu Ihnen“, sagte das Mädchen fast im selben Moment. Der Aussprache nach war sie also Skandinavierin. „Was machen Sie da?“

Ed hatte eine Broschüre des Campingplatzes über das schwarze Notizbuch gelegt. „Und wir befinden uns hier?“ Er deutete mit dem Finger auf die Abbildung.

Das Mädchen kam lächelnd um die Theke herum. „Nein. Das sind die Waschräume. Wir sind hier.“

„Hier?“

„Ja.“ Es kicherte wieder. „Da, wo *Rezeption* steht.“

„Darf ich das mitnehmen?“

„Ja klar.“

Ed steckte die Broschüre mitsamt des Notizbuches in seine Anzugtasche. Bis hierhin lief alles reibungslos, fast schon zu reibungslos für seinen Geschmack.

„Es tut mir leid, dass Sie warten mussten. Ich hoffe, Tessa hat Sie in der Zwischenzeit gut unterhalten."

Ed und sein Kollege schauten auf.

Ein schwarzhaariger Mann trat durch den Fransenvorhang in den Empfangsraum, bis auf sein rotes Halstuch war alles an ihm dunkel: die Kleidung, die Augen, selbst die Haut hatte einen gräulichen Schimmer. Obwohl eher schlank von Statur, füllte er den gesamten Raum hinter der Theke aus. Das, was er sagte, war hier Gesetz. Er stellte sich als Roberto Müller vor.

„Ja, ich fand sie äußerst inspirierend", antwortete Ed, obwohl er fast sicher war, dass der Mann keinen Kommentar zu Tessa erwartet hatte. „Stenzl. Ed Stenzl. Und das ist mein Kollege Brenner. Wir sind von der Kripo Anklam."

„Ich weiß. Eine ganz furchtbare Geschichte ist das. Wir werden Ihnen selbstverständlich so gut es geht unter die Arme greifen. Wir haben nichts zu verbergen."

„Das hört man gerne."

Tessa hustete.

„Mach uns doch mal Kaffee, Tessa-Mäuschen. Aber nimm von dem Guten." Müller gab ihr einen Klaps auf den Po.

Ed tat, als sähe er dem Mädchen nach, in Wirklichkeit verschaffte er sich einen zweiten Überblick über die Rezeption. Ein holzvertäfelter Raum, niedrige Decke, an der Wand eine Pinnwand mit Informationen für Gäste, so viel sah man sofort beim Hereinkommen. Jetzt aber fielen ihm die Spinnweben in den Ecken auf. Ein halbes Dutzend der Plakate wiesen auf Veranstaltungen hin, die längst Vergangenheit waren. In dem Regal über dem Schreibtisch stand eine Reihe verschiedener Fremdsprachenlexika. Der kleine Campingplatz hatte demnach internationales Publikum. „Was können Sie uns zu Ihren Gästen sagen?", fragte er beiläufig.

Der dunkelhaarige Mann schaute von Ed zu Brenner und zurück. „Nichts, gar nichts, was denken Sie denn? Nichts Privates, meine ich. Es sind Leute, die Urlaub machen wollen. Eine gemischte Truppe, vom Anwalt zum Müllmann. Holländer sind immer darunter. Dänen. Manchmal Polen."

„Keine Stammkunden?"

„Doch, natürlich. Einige kommen schon seit Jahren. Sie lieben die Ruhe und Abgeschiedenheit."

„Ich verstehe. Also jeder lässt jeden in Ruhe."

„So ist es."

„Und keiner weiß etwas vom anderen."

„So in etwa, ja."

Ed wartete ein paar effektvolle Sekunden, dann feuerte er ab. „Ich hätte gerne eine Aufstellung aller Gäste der letzten - sagen wir - zwei Monate inklusive der Stammgäste. Sie haben sicherlich auch Kopien ihrer Legitimationsdaten?"

„Bitte?"

„Eins muss Ihnen klar sein bei einer polizeilichen Ermittlung, Herr Müller. Privat gibt es nicht. Ich gebe Ihnen einen guten Rat. Sollten Sie vergessen haben, einen Ihrer Mitarbeiter beim Finanzamt anzumelden oder stellt sich heraus, dass nur ein einziger Zuckerwürfel nicht offiziell über die Bücher geht, teilen Sie uns das lieber sofort mit. Sie ersparen uns eine Menge Arbeit und sich eine Menge Ärger, glauben Sie mir. Apropos Zucker ..."

Müller hob die Augenbrauen.

„Hatten Sie nicht was von Kaffee gesagt? Oh ja, das war clever." Ed wies seinen Kollegen an, ihm zu folgen. „Hörst du das? Hier muss irgendwo ein Schredder stehen. Ich nehme an, Tessa-Mäuschen kennt ihre Aufgaben genau." Er bog in einen schmalen, schlecht beleuchteten Flur, Brenner hinter ihm, und konnte durch eine offene Zimmertür erkennen, wie das Mädchen eifrig Papiere vernichtete.

„Sie dürfen da nicht ohne Durchsuchungsbefehl rein", bellte Müller ihnen nach.

„Das wollen wir mal schön bleiben lassen, Tessa-Mäuschen." Ed nahm ihr die restlichen Unterlagen aus der Hand. Sie wehrte sich nicht, lächelte nur, als wäre es ihr egal. War es vermutlich auch, aber auf die Schnelle ließ sich das nicht beurteilen. Ihr Boss dagegen begann zu gestikulieren und wüste Beschimpfungen von sich zu geben.

Ed wartete einfach ab, bis der Mann sich beruhigt hatte. *Hunde, die bellen, beißen nicht,* dachte er, das Sprichwort ließ sich auf vermeintliche Steuersünder übertragen. Gegen den Türrahmen gelehnt, sagte er zu seinem Kollegen: „Ich denke, Herr Müller ist jetzt bereit, unsere Fragen zu beantworten. Immerhin hat er ja nichts zu verbergen, nicht wahr?"

Dessen Schweigen war Ed Antwort genug. Mit zufriedenem Gesicht setzte er sich seine Sonnenbrille auf. „Ihr kommt dabei bestimmt ohne mich aus."

„Und was machst du?", fragte Brenner.

„Ich? Ich gebe Piwi Bescheid. Mal sehen, was die Spurensicherung treibt. Hey, vielleicht ist die Loch schon da. Ein herrlicher Tag. Tessa-Mäuschen: Sie können den Mund wieder zumachen!"

Mit einem beherzten Griff ums Handgelenk hatte Grit ihren Sohn in die Wohnung gezogen. Bestimmt stand die alte Frau Petzokat aus dem Erdgeschoss längst am Treppengeländer, um zu belauschen, was die Ziege aus dem 1. OG mit ihrem missratenen Bengel veranstaltete.

Sven steckte in Schwierigkeiten, das sah man auf den ersten Blick. Und damit war nicht das strähnige Haar oder die zerrissene Jeanshose gemeint, beides gehörte zum gewöhnlichen Auftreten bei ihm. Eher die Art, wie er die Nase hochzog, wie bei einem Schnupfen. Das Wort *Kohle* fiel mehrere Male, als er – auf den Küchenstuhl gepresst und wachgerüttelt – einen wirren Bericht ablieferte. Geld, was sonst, Autos und Prag? Sie würden am Abend ausführlich miteinander reden, versprach Grit so sanft es nur ging, bevor sie ihren Sohn in sein Zimmer schob und aufs Bett legte, vorsichtshalber mit einem Eimer für alle Fälle. Und einer Flasche Mineralwasser. Und einer Kopfschmerztablette. Und einem Kuss auf die Stirn. Er schien von alledem nicht viel mitzubekommen.

Dann rannte sie durchs Treppenhaus, nicht ohne Frau Petzokats Wohnungstür mit einem bösen Blick zu belegen, stieg in ihren Seat Marbella, der seit der unbezahlten Reparatur wieder richtig gut zog, machte unterwegs noch kurz Halt für eine Besorgung beim Bäcker und erreichte – einem gnädig gestimmten Verkehrsgott sei Dank – knapp eine Stunde nach Johannes Meiers Anruf den Campingplatz direkt hinter Ahlbeck am Strand von Usedom.

„Pünktlichkeit: ausreichend", notierte sie in Gedanken. Was das Thema *Beziehung zu Kollegen und Vorgesetzten aufbauen* anging, hatte sie allerdings einen Trumpf im Ärmel: einen weißen Pappkarton. Stolz nahm sie ihn in beide Hände und wollte aussteigen, als ihr neues Handy klingelte. Grit hatte es erst vor wenigen Tagen bekommen, von der *Firma,* wie sie ihren Arbeitgeber gelegentlich nannte. Es gab Leute, denen man ihre Teilnahme an einem Programm der Polizei zur Wiedereingliederung lieber nicht auf die Nase band. Aus Versehen drückte sie statt der grünen die rote Taste und wies den Gesprächspartner ab. Sekunden später klingelte es erneut.

„Ja, Loch?"

„Mamaaaa?" Mit einem herzzerreißenden Schrei durch die Telefonleitung beschwerte Sven sich, dass seine Mutter ihn alleine zurückgelassen hatte. Wider Erwarten war es ihm nicht gelungen einzuschlafen, und weil er nichts mit sich und seiner Zeit anzustellen wusste, bat er sie, auf dem Rückweg wenigstens eine Packung Zigaretten mitzubringen.

„Ich muss auflegen", erklärte Grit. „Ich habe zu tun. Wir reden heute Abend, wie besprochen." Sorgfältig drückte sie die rote Taste und verspürte in derselben Millisekunde den Drang, ihren Sohn sofort zurückzurufen. Es war gar nicht lange her, dachte sie, da wollte Sven, dass man ihm Schokolade oder einen Comic mitbrachte. Was machte sie hier überhaupt? War das Programm der richtige Weg? Oder hatte sie den Beruf nicht vielmehr aus freien Stücken aufgegeben, damals, um ganz für ihr Kind da zu sein? Und augenscheinlich wurde sie immer noch gebraucht.

Sie können heute Abend hinfahren, aber ich befürchte, die Leiche des Jungen wird sich dann woanders befinden, hallte die Stimme ihres Vorgesetzten in ihren Ohren wider. Die meisten Frauen aus den Eingliederungskursen hatten den ersten Praxiseinsatz bereits hinter sich gebracht. Die meisten waren enttäuscht worden, weil sie nur zusehen, maximal den unbeliebten Schreibkram im Anschluss erledigen durften. Grit fuhr mit der Hand über den Karton auf ihrem Schoß, dann packte sie ihn kurzentschlossen und stieg aus dem Auto.

Rezeption stand auf dem Schild über dem Eingang der Hütte, doch im Inneren gab es niemanden, der entweder nach Polizei oder nach Campingplatzpersonal aussah. Drei dicke Kinder spielten Kicker und veranstalteten einen Heidenlärm. Das Rentnergrüppchen, das danebensaß und in Zeitschriften blätterte, schien sich daran nicht zu stören. Grit stellte den Karton auf die Theke und betätigte einen Klingelknopf.

Einer der Rentner nickte ihr zu, was sie erwiderte. Kurz darauf erschien in dem Durchgang, der weiter in das Gebäude führte, ein Mädchen mit extrem langer

Nase. Es kaute Kaugummi und schmatzte laut. „Ja bitte?"

„Äh, mein Name ist Grit Loch."

Das Mädchen kaute ein paar Mal, dann sagte es: „Sie wollen einen Stellplatz?"

„Nein, ich will zu den anderen."

„Welche anderen?"

Grit hatte befürchtet, dass das passierte. Wäre sie bei dem Telefonat mit Johannes Meier nur nicht so feige gewesen, mehr Informationen von ihm einzufordern. „Ist Ed Stenzl da?"

„Wer zum Kuckuck ist Ed Stenzl?"

In ihr keimte ein Verdacht. „Der tote Junge", begann sie und ärgerte sich sogleich, die Worte laut ausgesprochen zu haben. „Sie, äh, haben nicht die Polizei gerufen?"

Das Mädchen hatte seinen Kaugummi zu einer gigantischen Blase aufgepustet und ließ sie augenblicklich platzen. Fetzen blieben ihm an der Nase hängen. „Papa, kommst du mal? Die Frau hier faselt was von einem toten Jungen."

Der Mann, der durch den Durchgang zu ihnen an die Theke eilte, hatte offenbar nur auf sein Stichwort gewartet. „Ein toter Junge?", rief er aufgeregt. „Auf unserem Campingplatz?" Die Ähnlichkeit mit seiner Tochter war frappant, mit den Riechkolben hätten sie im Zirkus auftreten sollen.

„Äh ..."

„Sie wollten bestimmt zu Roberto Müller. *Zur Sonne,* eine Ausfahrt später. Wieso, was ist passiert? Wurde der Junge abgemurkst?"

Grit versuchte die Situation zu entschärfen, aber dafür war es wohl zu spät. Niemand wäre *abgemurkst* worden, erklärte sie. Es gäbe lediglich einen Todesfall, der näher untersucht werden müsse.

„Ach, kommen Sie", sagte der Mann. „Jeder weiß, dass Roberto Müller Dreck am Stecken hat. Es war nur eine Frage der Zeit, bis die Polizei das mitkriegt."

„Aber dass er gleich einen Jungen tötet", erwiderte die Tochter. „Hättest du das gedacht?" Sie und ihr Vater hatten wahrscheinlich nur deshalb so große Nasen, damit sie sie besser in alles hineinstecken konnten.

Grit klemmte ihren Karton unter den Arm, entschuldigte sich vielmals und rannte rückwärts aus der Hütte, bevor das Duo weitere Mutmaßungen anstellen konnte.

Sie hörte gerade noch, wie der Mann ihr „Wann wollen Sie ihn denn verhaften?" hinterherrief.

2. Kapitel

Der Campingplatz *Zur Sonne* auf Usedom befand sich auf halber Strecke zwischen dem Seebad Ahlbeck und der Grenze zu Polen, die quer über die Insel verlief. Ed war als Kind häufig dort gewesen, um am Strand zu spielen, seine Oma hatte nur einen Steinwurf entfernt gewohnt. Damals war die Grenze nur für Fußgänger geöffnet, deshalb parkten vor allem in den Sommermonaten unzählige Autos die Wege zu, die er benutzen musste, um zum Wasser zu gelangen. Der Campingplatz hieß schon genauso, war aber unter anderer Leitung geführt worden; er erinnerte sich an eine Frau Henning, die ihm ab und an ein Eis ausgab, weil er nie Geld dabeihatte. Er hätte sie gerne wiedergesehen, schon allein, um ihr zu zeigen, was aus ihm geworden war.

In seiner Erinnerung war das Gelände natürlich größer gewesen. Es hatte ewig gedauert, um von der Einfahrt mit dem Fahrrad quer hindurchzufahren. Das Empfangshäuschen hatte schon dort gestanden, die zwei Toilettenhäuser dagegen waren neu, schöne Hütten aus dunklem Holz und mit roten Dachziegeln. Dafür gab es kaum noch Zelte, kleine spitze Zelte, die von Schnüren gehalten wurden, mit Tischen und zwei Klappstühlen davor. Wohnwagen hatten stattdessen die Vorherrschaft übernommen, riesige Kolosse, die mit Vordächern noch vergrößert wurden. Mit Zäunen aus Folie, um sich vor den Blicken der Nachbarn zu schützen, damit jeder seine Privatsphäre behielte. Ein bisschen so, wie Roberto Müller ihm vorhin weismachen wollte. Ed wusste, echte Privatsphäre gab es auf Campingplätzen nie.

An einem kleinen Wall mitten auf der Hauptwiese war am Morgen ein Junge tot aufgefunden worden. Hinter dem Absperrband, das sie gespannt hatten, weil der gemeine Schaulustige wenig Rücksicht auf die Arbeit der Polizei nahm, redete sein Gruppenleiter Piwi mit einem unbekannten Mann. Ed nahm an, dass es sich bei ihm um den Rechtsmediziner handelte, der die Leichenschau durchführte. Der Mann trug Handschuhe und einen Kittel aus Plastik und zeigte ständig auf etwas, das von einem Sichtschutz verborgen auf dem Boden lag. *So ein netter Kerl*, hatte die Frau, die den Jungen entdeckt hatte, bei ihrem Eintreffen gestammelt. Hieße Sebastian Liebermann und hätte das Wesen eines Engels. Mehr hatte Ed nicht mitbekommen, weil sein Gruppenleiter ihn zusammen mit dem Azubi losgeschickt hatte, um eine Liste der anwesenden Campinggäste zu besorgen.

„Chef! Ich habe interessante Neuigkeiten für Sie“, rief er und hoffte, Piwi würde zu ihm herkommen.

„Wo hast du Brenner gelassen?“

„Das wollte ich Ihnen gerade erzählen. Ich habe Börner gebeten, die Aussage des Platzvaters aufzunehmen.“ Er nannte den Azubi lieber beim Spitznamen. „Wie es aussieht ...“

„Das hat Zeit bis später.“ Der Gruppenleiter wollte seinen Posten beim Rechtsmediziner offensichtlich nicht aufgeben. „Komm lieber mal her! Du hast dich vorhin so schnell verdrückt, man könnte fast meinen, du hättest Bammel, einen toten Menschen aus der Nähe zu betrachten."

„Bammel?" Ed schob seine Sonnenbrille zurecht und ging weiter, bis die Wiese leicht abfiel. Sein Ruf, er wäre eine Mischung aus Sherlock Holmes und den *Men in Black,* eilte ihm seit der Polizeischule voraus, und er hatte nicht vor, ihn zu ruinieren. „Sie haben mir einen Auftrag erteilt und ich habe ihn ausgeführt. Nicht mehr und nicht weniger."

„Lass gut sein. Kennst du schon Dr. Ulrich? Rudi, das ist mein Neuer, Ed Stenzl."

Dr. Rudi Ulrich hob fröhlich die Hand, mit der er eben noch eine Leiche angefasst hatte. „Hab' schon von dir gehört."

„Ach, wirklich?"

„Frisch von der Schulbank, nicht wahr? Dann kannst du hier mal was Richtiges lernen. Nun komm schon ran."

Einmal mehr freute Ed sich über den Besitz verspiegelter Brillengläser, mit deren Hilfe niemand mitbekam, wohin man tatsächlich schaute. Gleichzeitig ließen sie nur einen abgeschwächten Blick auf die Dinge zu: den Körper des toten Jungen zum Beispiel, auf einer Plane liegend, für den Abtransport bereit. Fünfzehn, höchstens sechzehn Jahre alt mochte er gewesen sein und wirkte, als würde er schlafen, hätte auf der Stirn nicht eine Wunde voller Blut geklafft. Dr. Ulrich nahm den Kopf und bewegte ihn zu allen Seiten, damit ihm ja kein Detail entging. Ed spannte Arme und Beine an und versuchte, sich auf den Rest zu konzentrieren: Sebastian hatte strohblondes Haar, leicht gelockt, sein Gesicht war von zarter Haut, ohne jegliche Spur von Pickeln oder Bartwuchs.

„Also ein Schlag mit einem schweren Gegenstand?“, nahm Piwi das Gespräch wieder auf.

„Würde ich sagen. Ein Stein vermutlich. Von denen es hier Hunderte gibt. Das wird ein Spaß, den passenden zu finden.“

„Spaß? Ich lache später.“ Sein Gruppenleiter setzte eine ernste Miene auf.

Ed wusste, der Stein spielte eine entscheidende Rolle, wenn er die Tatwaffe war. „Der Junge kann nicht gefallen sein?“, fragte er, obwohl ihm vielmehr nach Schweigen zumute war.

Der Doktor nickte. „Doch, natürlich, das habe ich nicht ausgeschlossen.“ An Piwi gewandt, fügte er hinzu: „Nicht dumm, dein Neuer. Ich habe keine Spuren für einen Kampf gefunden. Er kann genauso gut ausgerutscht und gefallen sein. Oder man hat nachgeholfen und ihn gestoßen.“

„Oder man hat ihm mit dem Stein eins übergebraten.“ Der Gruppenleiter schien die letzte Variante zu favorisieren. „Was noch?“

„Der Gegenstand traf ihn mittig auf die Stirn.“ Dr. Ulrich deutete mit der Hand darauf. „Doch wie ihr seht, ist die sichtbare Fraktur nicht sonderlich groß.“

„Was bedeutet?“

„Die Fraktur ist nicht groß genug, um mit Sicherheit sagen zu können, dass sie den sofortigen Tod herbeiführte. Der Junge könnte eine Zeit lang dagelegen haben, bewusstlos vermutlich, aber am Leben. Der Leichenstarre nach zu urteilen ist er ungefähr acht bis zehn Stunden tot. Gegen Mitternacht, würde ich sagen, oder etwas später."

„Was ist los, Ed? Du siehst blass aus."

Ed fühlte die Augen des Gruppenleiters auf sich haften. „Wie? Ich habe mich bloß gefragt, was Sebastian um diese Zeit hier draußen getrieben hat", antwortete er. Manchmal war es geschickter, seine Schwächen anderen nicht auf dem Silbertablett zu präsentieren. Vor allem, wenn es sich dabei um die neuen Kollegen handelte.

„Vielleicht musste er aufs Klo?", erwiderte Piwi.

„Aber die Waschräume sind dort hinten." Ed zeigte zu einem der Holzhäuschen.

Der Gruppenleiter grinste, als hätte er das kleine Ablenkungsmanöver durchschaut. „Du siehst jedenfalls so aus, als müsstest du direkt dorthin."

Dr. Ulrich räusperte sich. „Das herauszufinden, dafür seid ihr zuständig." Anscheinend mochte der Mann nicht, in seinen Ausführungen unterbrochen zu werden, denn sein Ton bekam etwas Lehrerhaftes. „Eins solltet ihr allerdings wissen."

„Spann uns nicht auf die Folter."

„Das hier!" Der Doktor nahm die Trainingshose des Toten und dehnte den Stoff zwischen seinen Händen. Ein milchiger Abdruck kam darauf zum Vorschein. „Ihr wisst, was das ist?"

„Der Junge hat auf seine Hose ejakuliert?", rief Piwi erstaunt.

„Er oder jemand anderes. Ich werde die DNA überprüfen lassen."

„So viel zum Thema *Engel*." Trotz seines Schwindelgefühls konnte Ed sich diesen Kommentar nicht verkneifen.

Alles in allem versprach das vorliegende Szenario recht kurzweilige Unterhaltung. Zwar ohne wilde Verfolgungsjagden mit quietschenden Reifen und ohne kniffelige Rätsel, die er aufzulösen liebte, aber wenn sein erster richtiger Fall ihn an die Stätten seiner Kindheit zurückbrachte, noch dazu bei herrlichstem Sonnenschein, was wollte man mehr.

Sein Gruppenleiter, den er in den wenigen Wochen bei der Kripo Anklam als einen Mann kennengelernt hatte, der sich durch nichts so schnell aus der Ruhe bringen ließ, wirkte mit einem Male gestresst. „Na prima, das wird hier kein Picknick, Leute. War es das?"

„Für den Augenblick", antwortete Rudi. „Alles weitere nach der Obduktion."

Piwi kräuselte die Stirn. „Oh mein Gott!"

Dr. Ulrich drehte sich um. Auch Ed nahm seine Brille ab, um das Wesen, das mit Flipflops über die Wiese gestampft kam, genauer zu betrachten. Klein, ein wenig dicklich und viel zu stark geschminkt für den Anlass: Es musste die Loch sein. Sie rief „Huhu", und hätte sie keine Schachtel in den Händen gehalten, hätte sie womöglich gewunken.

„Was will die denn hier?", fragte der Doktor.

„Da staunst du, was? Jo Meier hofft, unsere Flotte durch den Einsatz ausgedienter Fregatten wieder seetauglich zu machen. Übrigens, Ed, habe ich dir schon von deinem neuen Auftrag erzählt?"

„Das kann nicht Ihr Ernst sein, Chef."

„Doch, du wirst dich ein bisschen um Frau Loch kümmern. Wir haben ja über das Programm gesprochen, die Frau braucht praktische Erfahrung. Also wird sie dich begleiten, wenn du die Bewohner der angrenzenden Wohnwagen befragst."

Die genannte Person stieß just in diesem Moment zu ihrem ausgewählten Zirkel. „Hallo", rief sie außer Atem.

„Kann das nicht Börner machen?"

„Anweisung von oben. Brenner soll mich begleiten. Es wird Zeit, mit den Eltern des toten Jungen zu reden."

Ed rollte mit den Augen und merkte erst, als der Doktor anfing zu lachen, dass eine Sonnenbrille ihren Zweck verfehlte, wenn sie nicht am richtigen Körperteil saß. „Na dann", sagte er und zeigte der Flipflopträgerin sein schönstes Lächeln.

Bevor diese auch nur ein Wort erwidern konnte, flötete er: „Frau Loch, darf ich um diesen Tanz bitten?"

Die junge Frau weinte.

Ganz allein saß sie in einem schummrigen Zimmer, das keine Fenster hatte, nur eine Nachttischlampe spendete Licht, seit die Glühbirne an der Decke den Geist aufgegeben hatte. Eine Matratze lag auf dem Fußboden, Sachen überall verstreut, ein Schlafsack, Klamotten, Müll. Zigarettenrauch verdeckte weitaus schlimmere Gerüche.

Als eine Tür zuschlug, gefolgt von dem Geräusch von Schritten, wischte sich die Frau schnell mit einem Tuch über die Augen und griff nach einem Buch. Ein

Buch in den Händen würde davon ablenken, dass sie gerötet waren. Nicht, dass sie etwas zu verbergen hatte. Aber bei Achim wusste man nie.

Die Schritte kamen näher. Ein Mann trat ein, blieb stehen und betrachtete sie.

Die Situation, die er vorfand, musste ihm völlig harmlos vorkommen: seine Verlobte, die in ihrer Pause ein Buch las, das und nichts anderes. Sie kam immer hierher in ihr Zimmer zurück, wo sollte sie sonst auch hin. Doch Achim kannte sie besser.

„Was ist los?“, fragte er.

„Nichts“, antwortete die junge Frau.

„Du lügst doch.“ Er blickte um sich, als würde er die Wahrheit in einer der Zimmerecken vermuten. „Weinst du, weil der Typ tot ist?“

Sie antwortete nicht, sondern konzentrierte sich auf das aufgeschlagene Buch. *Die Schmetterlingsdame* von Seyran Baklan, eines ihrer Lieblingsbücher, hatte sie beim planlosen Griff in den Stapel erwischt.

Achim lachte. „Ich bin froh, dass er tot ist.“

„Du Gangster“, zischte sie, ohne ihn dabei anzusehen.

„Ich, ein Gangster?“ Er zeigte auf sich wie ein Kind, das zu Unrecht einer Straftat beschuldigt wurde. „Das sagt die Richtige.“ Schlagartig wurde es dunkler, weil er zwischen den Schein der Nachttischlampe und ihren Stuhl getreten war. „Sag, warst du verliebt in ihn?“

„So ein Schwachsinn.“

„Bist du ihm deshalb gefolgt gestern Nacht? Ich habe dich was gefragt. Also antwortest du mir gefälligst.“ Seine Augen flackerten ungeduldig, voller Misstrauen, das ihn auszeichnete, seit er Deutschland zum ersten Mal betreten hatte. „Wo warst du letzte Nacht? Bei ihm? Bei dem kleinen *göt herif*?"

„Sebastian war nicht so", zischte sie. „Er war total anders."

Der Mann beugte sich zu ihr herunter. Sie wusste, manchmal würde er sie gerne schlagen, einfach so, weil es seinem Naturell entsprach. Der seltene Schlaf und die permanente Müdigkeit taten ihr Übriges.

„Ich merke immer, wenn du lügst", flüsterte Achim und fuhr ihr langsam mit zwei Fingern über die Wange. Seine Finger waren eisig.

„Und ich merke, wenn du Scheiße erzählst", erwiderte die Frau und schob seine Hand beiseite. Mit einem Knall schlug das Buch auf den Fußboden und verursachte ihr Herzklopfen. Sie ließ es liegen, auch wenn es ihr in der Seele wehtat, und erhob sich.

Achim wich einen Schritt zurück. Wenn es drauf ankam, hatte er einfach keinen Mumm in den Knochen. „Sag mir wenigstens, wo du hinwillst."

„Das geht dich einen Dreck an", sagte sie und huschte an ihm vorbei, hinaus. Er würde ihr nicht folgen, das tat er nie. Unter freiem Himmel kniff sie die Augen zusammen, bis ihre Pupillen sich an das grelle Licht gewöhnt hatten.

Mit geübtem Griff holte sie eine Schachtel Zigaretten aus der Seitentasche ihres Kittels hervor und steckte sich eine an. Der Campingplatz *Zur Sonne* breitete sich vor ihr aus und versuchte mit aller Gewalt so zu tun, als wäre nichts geschehen: Menschen in kurzen Hosen und Tops schlenderten an ihr vorbei, Kinder lachten, aus mindestens drei Radios dudelten verschiedene Lieder und mittendrin glänzte das Absperrband, das den Ort markierte, wo man Sebastian tot aufgefunden hatte. Wenige Stunden zuvor war er noch quicklebendig durch die Nacht marschiert und hatte gar nicht mitbekommen, dass sie ihm nachgelaufen war. Achim hatte recht gehabt mit seiner Vermutung, zumindest mit dieser. Ob sie in Sebastian verliebt war? Nein, das war es nicht gewesen. Sie beide ähnelten sich, das hatte sie miteinander verbunden. Beide mussten sie ihre wahren Gefühle verheimlichen und lebten ihrer Umwelt zum Schein etwas vor. Beiden fehlte der Mut sich zu offenbaren und das eigene Leben beim Schopf zu packen.

Aber vielleicht bot sich ihr eine Chance dazu, ganz bald schon. Sie müsste nur ein paar Dinge herausfinden. *Die Polizei*, dachte die junge Frau und blickte suchend in alle Richtungen.

Grit hatte sich die Begegnung mit ihren neuen Kollegen herzlicher – nicht ausgemalt, ausgemalt, hatte sie es sich genau so – gewünscht. Eine muntere Kennenlernrunde, wie sie das von den Eingliederungskursen kannte. Wie jeder hieß, warum man dort war, was man erwartete und so weiter. Doch in der Praxis schien niemand sonderlich an ihrem Innenleben interessiert: drei Männer hatten vor ihr im Halbkreis gestanden und keiner hatte es für nötig gehalten, sich mit Namen vorzustellen. Immerhin, der junge Mann mit der Sonnenbrille war so nett gewesen anzubieten, ihr alles ein wenig zu zeigen. Ein gut aussehender Bursche, fand Grit, wenn auch viel zu elegant gekleidet für ihren Geschmack.

„Momentchen", sagte der junge Mann nach einigen Metern, die er sie vor sich hergeschoben hatte, und begann, an seiner Krawatte zu zupfen. Eine ehemals weiß gestrichene Parkbank, deren Farbe abgeblättert war, stand einladend direkt vor ihnen.

Grit erwartete gespannt die erste Praxislektion, doch stattdessen kehrte der neue Kollege um und redete mit wuselnden Armen auf den Herrn in Turnschuhen ein. Sie tuschelten und sahen dabei abwechselnd in ihre Richtung.

Gerade als Grit Platz nehmen wollte, kam der junge Mann lächelnd zu ihr zurück. „Wie ich soeben von Piwi erfahren habe, möchte er mich unbedingt bei der Befragung der Eltern des Jungen dabeihaben", sagte er gehetzt. „Es tut mir leid, ich hätte mich so gerne um Sie gekümmert. Sie sollen auf den Kollegen Börner warten, der gleich hier sein wird."

Grit betrachtete den Karton in ihren Händen, der ihr allmählich zur Last wurde. „Aber ich habe ..."

„Später, meine Liebe", rief er im Laufschritt zu diesem Piwi, der demnach der Teamleiter sein musste, auch wenn er mit seinem Hawaii-Hemd und den Schuhen eher wie ein Sozialarbeiter für drogenabhängige Jugendliche wirkte. Keine Minute später waren die zwei aus ihrem Sichtfeld verschwunden, lediglich der Dritte im Bunde, ein älterer Herr im Kittel, war damit beschäftigt, eine Decke auszubreiten. Sie ahnte, dass sich unter der Decke die Leiche des Jungen befand, obwohl die Entfernung zu groß für Einzelheiten war.

„Äh, entschuldigen Sie", rief sie und ging auf ihn zu.

Der Mann im Kittel hob den Kopf, als wäre er unsicher, wer gemeint war. „Ja, bitte?"

„Ich weiß, ich bin hier vermutlich nicht sonderlich erwünscht. Aber ich versuche nur, das zu tun, was ich tun soll. Das Dumme ist, ich weiß selbst nicht genau, was das eigentlich ist." Sie lachte, wie über einen köstlichen Scherz, dabei entsprach es durchaus der Realität.

Der Mann antwortete nicht, blickte nur vielsagend.

Grit wies mit dem Kinn auf den Körper unter der Decke. „Ist er das?"

„Der Junge? Kein schöner Anblick, fürchte ich."

„Darf ich ihn sehen?"

Der Mann zögerte, bevor er sagte: „Ja, warum nicht, ich bin sowieso fertig. Wenn Sie sich das zutrauen?"

„Sonst hätte ich nicht gefragt, oder?" Grit legte ihren Karton auf dem Rasen ab und fügte, weil die Befürchtung sie überkam, zu barsch gewesen zu sein, hinzu: „Ich habe selbst einen Sohn. Da ist man einiges gewohnt."

Ohne darauf zu warten, dass der Mann die Decke für sie entfernte, griff sie danach und hob den Stoff vorsichtig an, so weit, bis Haare, Augen, dann ein ganzer Kopf darunter zum Vorschein kam. Eine Verletzung an der Stirn. Es sah kaum schlimmer aus als die Wunden, die Sven gelegentlich mit nach Hause brachte. Er ging oft ziemlich leichtfertig mit seinem Leben um, schoss ihr in den Sinn. So, als wäre es ihm gar nichts wert.

Der Mann klärte sie über die vermutliche Todesursache auf.

Grit bestätigte seine Ausführungen mit entsprechenden Kopfbewegungen, obwohl die Erinnerungen zum Thema *Tod durch Einwirkung eines schweren Gegenstandes* längst aus ihrem Langzeitgedächtnis gelöscht worden waren. Beziehungsweise überschrieben durch welche mit aktuellerem Bezug zu ihrem Leben.

„Alles in Ordnung mit Ihnen?"

„Es ist nichts. Ich meine, mir ist nicht schlecht oder so." Behutsam legte Grit die Decke zurück. Sie würde dem Gespräch am heutigen Abend eine vollkommen andere Richtung geben als geplant. Svens *In-den-Tag-Hineinleben* musste ein Ende haben, dafür eine neue Aufgabe her. Womöglich ließ sein Meister ihn ja seine Ausbildung fortführen, wenn ihr Sohn sich bei ihm für die Beschimpfungen entschuldigte. Zwei Sanitäter erschienen und transportierten den Körper des toten Jungen ab.

„Frau Loch", grüßte der Mann zum Abschied und machte sich mit ihnen davon.

„Ja, tschüss." Grit seufzte, doch es konnte niemand mehr hören.

Wo eben traurige Betriebsamkeit herrschte, trat eine Art Todesstarre ein. Die Sonne strahlte auf sie herab wie ein überdimensionaler Suchscheinwerfer und ließ die Umgebung nahezu weiß, ja steril wirken. Es war, wie vom Wetterfrosch prophezeit, ein schöner Tag geworden, heiß und noch nicht Mittag. Grit fühlte sich seltsam, seltsam allein, trotz der Menschen um sie herum, die den Campingplatz in Bewegung versetzten wie einen Ameisenhaufen. Besonders dieser dunkle Schatten, der sich ständig in ihren Augenwinkeln bewegte. Suchte sie ihn, verschwand er gleich wieder. Schaute sie woanders hin, kam er näher.

„Er hat das Wesen eines Engels."

Erschrocken drehte Grit sich um und stürzte beinahe über ihren eigenen Karton. Ein junger Mann stand neben ihr, jedoch nicht der schicke mit der Sonnenbrille, sondern fast noch ein Teenager und dazu eher unscheinbar. Sie hatte das Gefühl, ihn zu kennen, was an seinem Durchschnittsgesicht liegen musste. „Was meinen Sie?"

„Ein Engel mit einem *B* davor, wie man so schön sagt."

Grit blickte in die Richtung, in die sich der Mann mit dem Kittel vor wenigen Minuten davongemacht hatte. Er war recht nett gewesen, fand sie, ohne Zweifel, aber ein Engel? „Sie meinen ...?"

„Der tote Junge, ja." Der Teenager erklärte, dass die Campingplatzmutter bei der Beschreibung der Geschehnisse am Morgen diese Bemerkung gemacht hätte und sie seitdem durch alle Köpfe schwirrte.

„Natürlich." Grit lächelte verlegen.

„Ich bin übrigens Till Brenner. Wir sollen zusammen die Bewohner der Wohnwagen befragen."

„Mein Name ist Loch. Grit Loch."

„Weiß ich. Können wir?" Kaum ausgesprochen, lief der Teenager los.

Dieser Till Brenner war normal groß, hatte mittelbraunes Haar und trug Jeans mit einem kurzärmligen, beigefarbenen Hemd. In seinen Augen lag etwas Scheues, als hätten sie nie viel Blickkontakt zurückerhalten. Aus einem der Wohnwagen in der Nähe ertönten die ersten Takte des Liedes *Money Money Money* von ABBA. Grit konnte den Text mitsingen, obwohl sie eigentlich kein Englisch gelernt hatte. *I work all night, I work all day, to pay the bills* und so weiter. Es schien der passende Zeitpunkt, um ein paar Unklarheiten zu beseitigen.

„Wer sind die anderen?", fragte sie und gab sich Mühe, trotz des Kartons in der Hand und der Flipflops an den Füßen mit dem Teenager Schritt zu halten. „Ich kenne bisher nur Johannes Meier."

„Mit Jo Meier haben wir zum Glück nicht viel zu tun", antwortete Till. „Und wenn, macht das Piwi, also Peter Vollmer, unser Gruppenleiter. Er ist ganz locker drauf." Till Brenner blieb vor dem nächstbesten Wohnwagen stehen und klopfte gegen die Tür, allerdings ohne erkennbaren Erfolg. Die Insassen dieses hässlichen, grauen Verschlages waren, wenn sie Verstand besaßen, an den Strand gegangen oder spazieren.

Piwi, Gruppenleiter, locker drauf, versuchte Grit sich einzuprägen.

„Der Kollege Ralf Petersen ist vor Kurzem nach Kiel versetzt worden", fuhr Till fort, während er einen Stellplatz weiter rannte. „Dafür ist Ed Stenzl zu uns gekommen. Der Blonde mit der Sonnenbrille!"

Grit nickte. *Ed mit der Sonnenbrille* konnte sie sich gut merken.

„Dann Flora Bütting, die aber Mutterschutz macht. Und meine Wenigkeit, Till Brenner, zur Zeit im P3. Wir sind eine kleine Truppe." Der zweite Wohnwagen schien ebenfalls verlassen und schaute mit seinen eingedellten Wänden und vergilbten Gardinen hinter den Fenstern nicht behaglicher aus als der zuvor.

„Verstehe." Vier Personen, sie eingeschlossen, zählte Grit. Der Gedanke an die Unmengen verschiedener Teilchen in ihrem Karton verursachte ihr ein leichtes Magendrücken. „P3 heißt was?"

„Praktikum Nummer 3, das Hauptpraktikum."

„Praktikum? Na, da fällt mir aber ein Stein vom Herzen."

„Wieso?"

„Äh ... Ich meine nur. Dann bin ich nicht alleine mit meiner Unerfahrenheit."

Till Brenner stemmte die Hände in die Hüfte und erklärte in leiernder Sprache, dass das Hauptpraktikum sechs Monate dauere und man vorher zwei Jahre lang die Schulbank der Polizeischule gedrückt habe. „Wann haben Sie denn Ihre Ausbildung gemacht?"

„Vor einer Ewigkeit?", erwiderte Grit, jedoch mehr zu sich, so als hätte sie entschieden, sich den fälligen Tadel für ihre unbedarfte Bemerkung selber zu erteilen.

Till schien einverstanden mit ihrem Urteil, zumindest sagte er nichts, als er weiterlief.

Grit rannte ihm hinterher. Der wichtigste Stellplatz, der unmittelbar neben dem Fundort der Leiche, lag noch vor ihnen. Und genau diesen betraten sie nun. „Aber wer ist die junge Frau?", wollte sie wissen.

„Junge Frau? Wovon reden Sie da?"

Grit war überzeugt, dieser ständige, dunkle Schatten um sie herum musste eine Frau sein. Wenn es niemand aus dem Polizeiteam war, wer dann? „Die junge

Frau, die hier die ganze Zeit herumläuft. Ich habe sie eben wieder gesehen. Nein, verdammt, jetzt ist sie weg."

3. Kapitel

Der Vater des toten Jungen war alles andere als erfreut, die Polizei zu sehen. Nur widerwillig hatte er sie in sein Vorzelt gelassen, das vielmehr einem Wohnraum glich, aber gleichzeitig gemuffelt, warum sie so spät gekommen wären. Ed hatte die widersprüchliche Haltung von Angehörigen auf der Schule durchgenommen. Der Schock über den Verlust eines geliebten Menschen, gepaart mit dem Umstand, es unverhofft mit der Polizei zu tun zu haben, ließ sie in ein paradoxes Verhaltensmuster fallen.

„Es tut uns sehr leid", schloss Piwi seine einleitenden Worte des Bedauerns, in denen er mit viel Feingefühl die bisherige Situation dargelegt hatte, „aber bevor wir nicht wissen, ob Sebastian gestürzt ist oder ob jemand nachgeholfen hat, müssen wir vom Schlimmsten ausgehen. Wann haben Sie das Fehlen Ihres Sohnes zum ersten Mal bemerkt?"

Der Vater, der bisher unruhig auf- und abgelaufen war, schien – mit einer Frage konfrontiert – seinen Bewegungsdrang zu verlieren und setzte sich in einen Sessel. Ed betrachtete ihn genauer. Der Mann war Glatzenträger, etwa fünfzig Jahre alt, und trug einen Jogginganzug, unter dem sich deutlich ein Bauch abzeichnete. Hätten sie ihn woanders kennengelernt als im Vorzelt seines riesigen Wohnmobils mit allem möglichen Pipapo, Ed wäre davon ausgegangen, dass der Mann Campingfahrzeuge dieses Kalibers nur zum

Saubermachen anfassen durfte. „Ich weiß nicht", antwortete er und machte ein dummes Gesicht. „Silvana?"

Seine Frau hatte bislang kein einziges Wort gesagt, sie saß regungslos auf der Couch. Die Beine eng zusammengepresst, der Rücken kerzengerade, hielt sie die Hände zu Fäusten geballt vor ihre Augen. Als ihr Name gerufen wurde, gab sie ihr Gesicht zum ersten Mal frei. Es strahlte trotz der Tränen Klasse aus.

„Erst heute Morgen", erklärte sie ruhig. „Um sieben. Ich gehe jeden Morgen laufen. Allein." Silvana Liebermann betrachtete ihren Mann, als wollte sie seine körperliche Fitness bemängeln. „Als ich zurückkam, habe ich in sein Zelt geschaut. Sebastian war nicht da." Sie schluchzte und drückte ihre Hände vors Gesicht, bis fast nur noch das auberginefarbene Haar zu sehen war.

„Verstehe", sagte Piwi. „Und was ist dann passiert?"

„Wir haben ihn gesucht", brummte der Mann. „Was denken Sie?"

„Nein, das stimmt nicht." Silvana nahm ein Taschentuch und schnäuzte sich. „Zuerst haben wir uns gar nichts dabei gedacht. Ich bin duschen gegangen. Dann habe ich das Frühstück vorbereitet. Als er immer noch nicht auftauchte, begann ich mir Sorgen zu machen und habe Paul", sie deutete auf den glatzköpfigen Mann, „gebeten, nach ihm zu schauen."

„Kam das öfters vor, dass Ihr Sohn morgens nicht da war?"

„Was heißt öfters. Wir haben Sebastian nicht allzu sehr kontrolliert. Er war ziemlich selbstständig für sein Alter."

Ed, der diskret hinter seinem Gruppenleiter stand, ließ sich die Aussage der Mutter auf der Zunge zergehen. Es schmeckte eindeutig nach Widerspruch, und da Piwi nicht nachhakte, beschloss er, nach vorne zu treten und selbst zu fragen: „Aber an diesem Morgen erschien es Ihnen sonderbar, dass Sebastian weg war?"

Die Frau antwortete, ohne von ihrem Taschentuch aufzusehen: „Ja."

„So sonderbar, dass Sie sogar nach ihm gesucht haben?", bohrte er nach.

„Ja", wiederholte Silvana, nur dieses Mal klang es angespannt.

„Warum?"

„Was zum Teufel soll das, warum?", knurrte ihr Mann Paul.

Ed checkte mit einer schnellen Kopfbewegung, ob Piwi übernehmen oder gar eingreifen wollte. Sein Gruppenleiter blieb stumm. „War gestern vielleicht irgendetwas anders als sonst?", fragte er deshalb.

„Geht Sie das was an?" Paul umklammerte die Armlehnen seines Sessels.

„Haben Sie denn etwas zu verbergen?"

Der Mann sprang auf. „Sie wollen doch wohl nicht unterstellen, dass wir etwas mit Sebastians Tod zu tun haben, oder?"

„Paul, bitte."

„Wenn das nämlich der Sinn dieses Gesprächs sein sollte, verlange ich sofort meinen Anwalt."

„Selbstverständlich unterstelle ich Ihnen nichts", sagte Ed und sprach betont sachlich. „Aber Sie könnten zum Beispiel etwas gehört oder gesehen haben. Etwas, das uns weiterhilft, den Tod Ihres Sohnes aufzuklären." Ed konnte Menschen wie Paul nicht ausstehen. Ein einziger Blick reichte ihm aus, um zu wissen, dass der Mann nicht mit offenen Karten spielte.

Paul schien sich seine Erklärung durch den Kopf gehen zu lassen, ehe er sich – leicht besänftigt – wieder auf seinen Sessel setzte.

„Doch wenn wir das tun sollen, müssen wir wissen, was gestern Abend passiert ist", ergänzte Ed und wandte sich an Silvana. „Das verstehen Sie bestimmt?"

„Wir helfen Ihnen so gut wir können", versicherte diese.

„Ist Sebastian normal zu Bett gegangen?"

„Ich denke schon", antwortete sie. „Er hat ein separates Zelt, wissen Sie. Wir bekommen nicht immer mit, wann er kommt und wann er geht."

„Ein Junge in seinem Alter braucht ab und an seinen Freiraum", ergänzte der Vater laut.

„Das glaub' ich Ihnen sofort", sagte Ed und verkniff sich eine Anspielung auf die Spermaflecken an Sebastians Hose.

„Worauf wir hinauswollen, Frau Liebermann." Piwi ergriff das Wort, als hätte er geahnt, was ihm durch den Kopf ging. „Ihr Sohn ist gegen Mitternacht gestorben. Auch wenn er wie gewohnt schlafen ging, irgendwann hat er sein Zelt verlassen und den Campingplatz überquert. Wissen Sie, was er gewollt haben könnte?"

Silvana studierte ihr Taschentuch. Erst als Paul mit dem Kopf schüttelte, antwortete sie: „Wir haben um diese Zeit schon geschlafen. Es tut mir leid. Wir wollen Ihnen ja helfen. Aber wir wissen nichts."

„Nichts ist relativ wenig", sagte Ed. Das bislang einzig Interessante am Gespräch war das Wahrnehmungsvermögen der Liebermanns. Wie konnte er Silvana Liebermann dazu bringen, mehr von sich preiszugeben? Mit Charme würde er nicht weiterkommen, vor allem nicht mit einem Terrier von Ehemann neben ihr. „Hatte Sebastian eigentlich eine Freundin auf dem Campingplatz? Oder im Ort? Sie kommen doch das dritte Jahr in Folge hierher, nicht wahr?"

„Das stimmt. Uns gefällt die Gegend, es ist so ... friedlich." Beim letzten Wort stieß Silvana einen Schluchzer aus. „Nein. Ich weiß nicht, ob er eine Freundin hatte. Er hat nie eine erwähnt."

„Freunde im Allgemeinen?"

„Ich glaube nicht."

„Hatte er Feinde?"

„Feinde? Du meine Güte!"

„Jetzt reicht es aber wirklich." Mit einem Satz war Paul zu seiner Frau geeilt, um den Arm um sie zu legen. Silvana schob ihn beiseite, ganz offenkundig war ihr seine Nähe momentan zuwider. „Ist sonst noch was?", schnaubte er Ed an.

„Das frage ich Sie", schnaubte Ed zurück. „Bisher waren Sie keine Hilfe. Entweder wollen Sie uns nichts sagen oder Sie wissen wirklich gar nichts über Ihren Sohn. Oder wollten Sie es nicht wissen?"

„Ed! Lass gut sein." Piwi ergriff seinen Oberarm.

Die unerwartete Berührung durch seinen Vorgesetzten ließ ihn zusammenzucken. Paul Liebermann dagegen gefiel diese Art der Zurechtweisung, dem breiten Grinsen nach zu urteilen.

„Also?", rief Ed, doch die Glatze zischte bloß. Silvana schaute in ihr Taschentuch.

Piwi dankte den Eltern für die Auskünfte und übergab ihnen seine Karte mit der Bitte sich zu melden, falls ihnen etwas einfiele. „Wir würden uns jetzt gerne Sebastians Zelt ansehen, wenn Sie nichts dagegen haben. Allein", betonte er, ohne eine Antwort abzuwarten, und schob Ed hinaus.

Draußen schlug ihnen ein Temperaturunterschied von gefühlten zwanzig Grad entgegen.

„Wie kannst du nur so ausflippen?", zeterte Piwi im Flüsterton, damit die Eltern nichts davon mitbekamen. „Lernt man das heute auf der Polizeischule?"

„Wie können Sie so ruhig bleiben?", erwiderte Ed. „Der Typ verheimlicht uns was. Haben Sie nicht gesehen, wie Frau Liebermann seinen Arm abgelehnt hat, als er sie trösten wollte?" Noch ein paar Minuten intensiver Befragung und Paul hätte ihm den Grund dafür auf dem Silbertablett präsentiert.

„Ihr Sohn ist heute Nacht gestorben. Da ist ein bisschen Feingefühl gefragt."

Ed lockerte die Krawatte und zog sie über seinen Kopf, damit der Knoten erhalten blieb. „Sorry, Chef. Aber Typen wie dieser Paul bringen mich zur Weißglut. *They always have and always will.*"

„Dann mach dich zur Abwechslung mal nützlich!" Der Gruppenleiter wies auf Sebastians Zelt, vor dem Ed stand und das ihm gerade bis zum Bauchnabel reichte, höchstens einen Meter breit und zwei lang. Kein Vergleich zum Luxus der Eltern, sondern eine bescheidene, rein praktische Schlafstätte.

Ed beugte sich hinunter, um den Reißverschluss zu öffnen.

„Warten Sie!"

Er hielt inne. „Das Medaillon", hörte er eine Frauenstimme sagen.

„Eine Kette mit einem Anhänger", erklärte Silvana. In der freien Natur wirkte ihre Erscheinung unpassend, wie ein Fremdkörper. Ihre Aufmachung erforderte offenbar das passende Ambiente. „In seinen Sachen ist sie nicht und vorhin bei der Identifizierung habe ich sie auch nicht gesehen. Sebastian würde sich niemals davon trennen. Es ist ein Geschenk seines Vaters."

„Danke für die Information, Frau Liebermann", sagte Piwi andächtig.

Ed lächelte und zog den Reißverschluss des Zeltes geräuschvoll bis unten auf. *Von wegen Feingefühl ist gefragt,* dachte er und kletterte ins Innere, bevor Piwi ihn auf seinen Gesichtsausdruck ansprach. Manchmal musste man einfach ein bisschen rummaulen, um die Dinge ins Rollen zu bringen. Provozieren. Ein verschwundenes Medaillon war jedenfalls genau nach seiner Fasson.

Der schäbigste aller Wohnwagen befand sich nur wenige Meter vom Fundort der Leiche entfernt, ein kleiner Wagen in Eiform, dem man sein Alter deutlich ansah. Die Verkleidung aus Plastik war an vielen Stellen kaputt, die Farbe, ein militärischer Grauton, abgeblättert. Moos wuchs auf dem Dach. Allem Anschein nach stand er bereits seit etlichen Sommern an demselben Platz.

Till Brenner klopfte gegen die Wagenwand.

Eine Mädchenstimme mit deutlich osteuropäischem Akzent antwortete sofort: „Zwei Sekunden".

Seine Miene hellte sich auf. Er hatte keine Lust gehabt, den gesamten Vormittag mit Klinken putzen zu verbringen, noch dazu mit diesem Trampel von Kollegin im Schlepptau, das bei *P3* zuerst an die Pizza ihres Lieblingsitalieners dachte. „Wahrscheinlich meinen Sie die da drinnen", sagte er zu Grit Lochs Hirngespinst, dass eine Frau ihnen gefolgt wäre, und schritt den Wohnwagen ab wie ein Wachsoldat.

„Das ist schlecht möglich", erwiderte die Kollegin, einen sperrigen Karton in den Händen haltend. „Die, die ich meine, hat sich zuletzt bei den Toiletten herumgetrieben".

„Noch eine Sekunde", rief die Mädchenstimme, kurz darauf öffnete sich die Wagentür und der dazugehörende Kopf lugte heraus, ein Handtuch darum gewickelt.

Till blieb stehen, damit ihm keine Einzelheit entging. Das Gesicht war das einer Puppe, die Haut nahezu weiß, mit großen Augen und breiter Stirn. Nie hätte er vermutet, dass etwas so Zartes in etwas so Klobigem hausen könnte. Er erzählte, dass sie von der Polizei wären und Fragen hätten wegen des toten Jungen.

„Sebastian?“ Das Mädchen kletterte aus dem Wohnwagen und schloss die Tür hinter sich ab. Es trug einen rosafarbenen Bademantel, der eng um die Taille zusammengebunden war. Offensichtlich hatte es eben geduscht.

Till streckte sich, um größer zu wirken. „Ja, genau, Sebastian Liebermann. Also kanntest du ihn?“

Das Mädchen verneinte. „Nicht sehr gut. Wir haben uns manchmal unterhalten in der Rezeption. Sehr traurig, was passiert ist.“ Obwohl es von Trauer sprach, lag ein Lächeln in seinen Mundwinkeln.

Till konnte gar nicht anders, als zurücklächeln. Er schätzte das Mädchen auf etwa sechzehn Jahre, auch wenn sein polnischer Ausweis es als neunzehn ausgab. Der Name lautete Natalie Zybler. „Wir müssen wissen, wann du Sebastian das letzte Mal gesehen hast.“

Natalie überlegte. „Gestern Nachmittag.“

„Und wo?“

„Bei den Spülbecken. Er musste den Abwasch machen. Ich auch. Er hasste das Spülen. Ich auch.“

Sich Mädchen wie Natalie bei so profanen Dingen wie Hausarbeit vorzustellen, fiel Till nicht leicht. Andererseits, wer sollte das sonst für sie erledigen? Bei genauerem Hinsehen sah Natalies Stellplatz nicht unbedingt ordentlich aus: Der kleine Plastiktisch vor dem Wohnwagen war übersät von Krümeln, Gläser hatten Ränder aus Rotwein hinterlassen. Eine volle Mülltüte hing wenig appetitlich über der Lehne und zog die Wespen an. „Und danach hast du ihn nicht mehr gesehen?“, fragte er.

„Nein.“

„Was hast du gestern Abend gemacht?“

„Gestern Abend? Ich war hier. Die ganze Zeit. Allein.“ Das Sonnenlicht schien für einen Augenblick zwischen den Zweigen der großen Buchen hindurch, sodass sie blinzeln musste.

„Dann hast du vielleicht etwas Auffälliges bemerkt?“

Natalie verneinte und zerschlug damit seine Hoffnungen, bei Piwi durch schnelle Ergebnisse zu punkten. „Wenn ich allein bin, gehe ich früh schlafen“, erklärte sie.

„Und wenn du nicht allein bist?“

Sie lachte und strich sich dabei mit der Fußspitze über die Wade. Ihre Zehennägel waren sorgfältig in Dunkelrot lackiert.

Till spürte, wie sein Kopf eine ähnliche Farbe annahm. „Ich meine, es klang so, als hättest du etwas anderes vorgehabt.“

„So?“ Sie lachte weiter und wich seinem Blickkontakt nicht aus.

„Nadine ...“

„Natalie!“

„Natalie!“ Till stockte. Er hatte glatt vergessen, was er fragen wollte. Ob das Mädchen noch etwas unter seinem Bademantel trug bestimmt nicht, jedenfalls nicht laut und vor Zeugen.

Seine Kollegin Loch hustete und half seiner Erinnerung somit unbeabsichtigt auf die Sprünge. „Wir fragen uns, was Sebastian gestern Abend hier getrieben haben könnte. Hast du eine Idee?“

„Schon möglich.“

„Und zwar?“

Sie zögerte, als fielen ihr die deutschen Begriffe nicht sofort ein. „Er hat gerne in mein Fenster geschaut, wenn du verstehst."

„Augenblick mal. Du meinst, Sebastian war ein ...?" Wenn der Junge gerne am Wagen dieser polnischen Schönheit gestanden hatte, wäre es ihm nicht zu verübeln gewesen, dachte Till. Die Spermaflecken auf seiner Hose konnten genau auf diese Weise entstanden sein. „Und du hast ihn tatsächlich gesehen?"

„Ja, ich habe ihn, wie sagt man, erwischt. Es hat mich nicht gestört."

In Tills Fantasie zog sich Natalie ihren Bademantel aus und bemerkte den heimlichen Zuschauer auf der anderen Seite des Wohnwagenfensters mit gespielter Entrüstung. Ihm wurde heiß, obwohl die großen Buchen eigentlich genügend Schatten spendeten.

Das Mädchen kicherte, als würde es ahnen, was ihm durch den Kopf ging und sich geschmeichelt fühlen.

„Aber gestern Abend hast du ihn nicht gesehen?", fragte er schnell.

„Ich sagte schon, nein."

„Gut. Ich meine schade. Ich meine, vielen Dank, das wäre alles. Fürs Erste. Es sei denn ..." Till überlegte, was er noch loswerden konnte und blickte von Natalie zu Frau Loch, die bis auf ihren Huster nur schweigend zugehört hatte. Im direkten Vergleich sah seine neue Kollegin älter aus, als sie vermutlich war. Sie hatte ungleich dickere Waden und die Größe ihrer Bermudas betrug mindestens das Doppelte des rosafarbenen Bademantels. Ihm fiel leider nichts mehr ein, womit er Natalies Zeit stehlen konnte. „Es sei denn, *Sie* haben eine Frage?", sagte er zur Kollegin.

„Äh ... Eine einzige, ja." Grit Loch räusperte sich und brauchte eine Ewigkeit für die Formulierung. „Frau Zybler, Sie machen hier Urlaub?"

„Genau", antwortete Natalie knapp.

Weil sie weiterredete, kam ein Unterton in ihrer Stimme zum Vorschein. „Warum? Das ist doch nicht verboten, oder?"

„Urlaub machen ist nicht verboten", stimmte Grit zu.

Immerhin das wusste sie schon, dachte Till und fächelte sich Luft zu. Die neue Kollegin war wirklich sonderbar.

4. Kapitel

Pamela Müller hatte am Morgen die Leiche gefunden.

Piwi wies seinen Mitarbeiter an, ihn zur Befragung der Platzmutter zu begleiten. Er solle sich jedoch am Riemen reißen und notfalls ihm das Reden überlassen. Seit Ed sich die Krawatte über den Kopf gezogen hatte, standen seine Haare kreuz und quer, dachte Piwi belustigt, als sie nebeneinander den Weg zur Rezeption zurücklegten. Es ließ ihn das erste Mal wie einen Menschen aussehen und nicht wie einen Lackaffen, genau wie die zerbeulte Anzughose, die der Kollege sich beim Herumkriechen in Sebastians Zelt geholt hatte. Es gab so einiges an ihm zurechtzurücken, damit er ins Ermittlungsteam passte. Vor allem ging es nicht an, in US-Krimiserien-Manier unerlaubt Material mitzunehmen wie dieses schwarze Notizbuch, von dem nicht einmal klar war, ob es überhaupt zu etwas taugte.

Mittlerweile war es zwölf Uhr Mittag durch und die Platzmutter zeterte, dass sie längst Kioskdienst hätte. Piwi war das egal, er würde eh noch ein Hühnchen mit ihr rupfen, da machte es auch keinen Unterschied, dass sie sich ihm vertraulich als *Päm* vorstellte. *Päm*! Der Ausruf knallte wie der Korken einer billigen Flasche Sekt. Piwi zog es vor, die 1,80 m-Frau mit Nachnamen anzureden.

„Frau Müller", sagte er, nachdem die drei im Büro hinter dem Empfangsraum Platz genommen hatten, ein schmuckloses Zimmer, in dessen Ecke ein Ventilator surrte und die schlechte Luft verteilte. Den Teil, in dem er normalerweise Smalltalk führte, übersprang er diesmal, *ein Campingplatz ist bestimmt ein spannendes Terrain, man trifft viele unterschiedliche Leute, arbeiten, wo andere Urlaub machen*, und kam gleich zum Kern: „Ihr Ehemann hat uns eingangs nicht die Wahrheit gesagt. Schlimmer noch, er hat versucht, belastendes Material zu vernichten. Auch wenn sich herausstellt, dass die Steuerhinterziehung und der Tod des Jungen in keinerlei Beziehung stehen, wird gegen Sie ermittelt werden. Deshalb hoffe ich umso mehr, dass Sie uns von nun an nicht weiter belügen. Haben wir uns verstanden?"

Päm nickte beleidigt. „Ich habe Roberto gleich gesagt, es wäre Unsinn", sagte sie mit kräftiger Stimme. „Früher oder später kommt die Wahrheit immer ans Licht und für ein paar Kröten setzt man nicht seine Existenz aufs Spiel. Aber hört er auf mich?"

„Lassen wir das jetzt mal außen vor, Frau Müller. Können Sie uns beschreiben, was heute Morgen passiert ist?"

„Mit Vergnügen." Die Platzmutter blühte nach diesem Friedensangebot sichtlich auf. Selbst im Sitzen kam ihre enorme Körpergröße zur Geltung. „Ich mache jeden Morgen und jeden Abend meine Runde. Schließe das Tor auf beziehungsweise zu, je nachdem. Schaue nach, ob die Abreisenden wirklich abgereist sind. Kontrolliere, dass alles in Ordnung ist. Mülleimer nicht zu voll, genügend Klopapier überall und so weiter, Sie wissen schon. Auf die Putzfrau ist leider nicht immer Verlass."

„Und?"

„Seife musste nachgefüllt werden bei den Männern im Waschhaus 2."

„Ich meinte eigentlich, was Ihren Fund der Leiche betrifft."

Päm wagte ein Lächeln und entblößte, dass einer ihrer oberen Schneidezähne zur Hälfte fehlte. „Das weiß ich ja. Ich wollte Sie nur auf den Arm nehmen. Es war im Grunde ziemlich unspektakulär. Ich bin über die Wiese gegangen und fast über den Jungen gestolpert."

„Was taten Sie?"

„Ich hab euren Verein angerufen."

„Sie kannten den Jungen näher?" Piwi erinnerte sich nur zu gut daran, wie sie ihm Sebastian Liebermann bei ihrer kurzen Begegnung am Morgen beschrieben hatte: ein Engel von einem Jungen, so unschuldig und rein, als handele es sich um eine biblische Gestalt.

„Was heißt näher. Er war sehr hilfsbereit und hat mir zum Beispiel beim Tragen geholfen, wenn ich vom Einkaufen gekommen bin. War immer freundlich. Ein bisschen verschlossen vielleicht. Ich mag diese Art."

„Sie haben ihn einen *Engel* genannt."

Die Platzmutter zuckte mit den Schultern. „Es war das Erste, was mir durch den Kopf ging. So bin ich nun mal."

„Haben Sie eigentlich Kinder?", fragte Piwi einem Impuls folgend, doch Pamela Müller machte mit wenigen Worten klar, dass sie nicht gewillt war, auf dieses Thema einzugehen. Er vermutete, dass ihre Ehe kinderlos geblieben war, was sich zügig durch Computerrecherche bestätigen ließ. Also kam er auf das Ausgangsproblem zurück und fragte, ob ihr am Fundort der Leiche oder in der Nähe etwas aufgefallen wäre.

Päm brauchte nicht lange zu überlegen. „Nein. Gar nichts. Bis auf ..." Jetzt zögerte sie. „Dieser Ben hat sich dort herumgedrückt und jeden Grashalm einzeln umgedreht."

„Ben? Wer ist das, ein Gast?"

Päm nickte. „Man soll ja nicht schlecht über seine Gäste sprechen. Aber dieser Ben hat einen an der Klatsche, wenn Sie mich fragen."

Piwi notierte sich den Namen in Gedanken.

„Was ist mit gestern Abend, Frau Müller?", sagte Ed Stenzl, der sich offenbar nicht länger auf seine Rolle als stummer Beobachter beschränken wollte. Er hatte sich von seinem Stuhl erhoben und mit verschränkten Armen bedrohlich nah vor die Platzmutter gestellt.

Piwi beschloss abzuwarten, wohin dieses Manöver führte.

„Was soll mit gestern Abend sein?", fragte Päm.

„Ob Ihnen da etwas aufgefallen ist. Als Sie Ihre Runde gemacht haben. Das Tor zugeschlossen und geschaut haben, ob genug Klopapier da ist."

„Gestern Abend ..." Wider Erwarten begann sie nervös zu werden. „Nun, da habe ich ehrlich gesagt keine Runde gedreht."

„So? Dann habe ich das eben wohl missverstanden, als Sie gesagt haben, dass Sie jeden Morgen *und* jeden Abend Ihre Runde drehen."

„Vielleicht nicht jeeeden", sie zog das Wort in die Länge. „Aber fast."

Ed Stenzl nahm ihre Antwort entgegen wie ein gelungenes Geburtstagsgeschenk. „Wer hat dann das Tor abgeschlossen?", wollte er wissen.

„Ich nehme an, Tessa. Unsere Ferienjobberin."

„Tessa-Mäuschen. Interessant. Noch interessanter wäre es zu erfahren, wo *Sie* anzutreffen sind, wenn Sie Ihre allabendliche Runde schwänzen. Und erzählen Sie mir nichts von Bingo-Abenden oder so. Das lässt sich nämlich ganz einfach überprüfen."

„Wird das hier ein Kreuzverhör?"

„Nein. Ich will Sie nur auf den Arm nehmen."

„Ed", rief Piwi, er hatte genug gehört. „Setz dich hin. Ich übernehme. Frau Müller, selbstverständlich ist das kein Kreuzverhör. Trotzdem bitte ich Sie, die Frage meines Kollegen zu beantworten. Wo waren Sie gestern Abend? Routine, verstehen Sie?"

Päm blickte zuerst den Kollegen, dann ihn misstrauisch an. Ed war übers Ziel hinausgeschossen, ohne Zweifel. Aller Wahrscheinlichkeit nach würde sie nun blockieren, dabei war ihre Aussage womöglich ausschlaggebend, was die Ereignisse der letzten Nacht betraf. Ihre Ermittlungen standen zwar erst am Anfang, aber noch tappten sie völlig im Dunkeln.

„Also gut, ich will ehrlich sein", sagte Päm, und die Art, wie sie sprach, ließ ihn genau hinhören. „Roberto und ich waren zusammen im Bett."

„Den ganzen Abend?", fragte Ed.

„Es gibt Männer, die das können."

„Ihr Mann wird uns das sicher bestätigen."

Päm lächelte. „Ich denke schon, dass er sich daran erinnern kann. Wissen Sie, so oft kommt das nämlich nicht vor mit der eigenen Frau."

Piwi seufzte. Hier verschwendeten sie nur ihre Zeit. Unter einer *heißen* Spur hatte er sich doch etwas anderes vorgestellt.

„Sollten wir nicht eine zweite Meinung einholen?"

„Warum das?" Der Teenager blieb stehen und schaute sie an, als litt sie an Wahrnehmungsstörungen. Soeben hatte er Piwi per Handy über das Gespräch mit Natalie Zybler informiert. Inhalt: Der tote Junge war das, was man gemeinhin einen Spanner nannte.

Für Grit eine vorschnelle Einschätzung. „Ja, so wie bei einer Kfz-Werkstatt. Manchmal stellt sich heraus, dass viel weniger repariert werden muss als behauptet wird." Ihr war die unbezahlte Rechnung ihres Seat eingefallen. Sie würde gleich am Abend per Internet eine Überweisung an die Bank losschicken. Nachdem sie mit ihrem Sohn über das Leben gesprochen hätte.

Till Brenner blieb skeptisch. „Was haben Sie gegen Frau Zybler?"

„Ich habe nichts gegen Frau Zybler. Ich meine, nur um sicherzugehen."

„Was schlagen Sie vor?"

Grit wies auf einen Wohnwagen etwa zwanzig Meter weiter, so gut das ging mit ihrem Karton in den Händen.

Brenner folgte mit den Augen. „Dann zeigen Sie mal, was Sie drauf haben."

„Nach Ihnen", sagte sie und wartete ab, dass er vorging.

Der besagte Wohnwagen war in weit besserem Zustand als alle vorherigen zusammen und stand windgeschützt vor einer Wildrosenhecke mit Blick auf die gesamte Umgebung. Weiße Häkelgardinen in den Fenstern, ein Topf mit Schnittlauch und Petersilie sowie zwei Gartenzwerge links und rechts der Eingangstür brachten Grit ins Schwärmen.

„Ach wie schön", sagte sie. „Von so einem haben mein Exmann und ich früher immer geträumt."

„Mmh", machte der Teenager bloß. Er war offensichtlich mit seinen Gedanken woanders.

Grit wusste auch, wo; sie kannte diesen verträumten Gesichtsausdruck von Sven, der jeden Monat von einem anderen Mädchen schwärmte, dazu meist dem falschen.

„Ein hübsches Ding, diese Natalie, oder?", sagte sie ganz unverfänglich.

„Wie?" Till nickte. „Was sollte eigentlich Ihre Frage, ob Natalie hier Urlaub macht?"

„Finden Sie das nicht merkwürdig?"

„Was?"

„So jung. Und ganz alleine hier."

„Ja, und?"

Grit wollte erwidern, was ihr durch den Kopf ging, jedoch hatten sie den putzigen Wohnwagen erreicht und damit die imaginäre Grenze jedes Stellplatzes überschritten, denn die Tür öffnete sich unmittelbar. Ein kleines, grauhaariges Ehepaar kam heraus und machte sich als Hermann und Eleonore Färber bekannt, die seit über fünfundzwanzig Jahren die warmen Monate auf Usedom verbrachten.

„Oder sind es schon sechsundzwanzig, Liebes?“ Der Mann betrachtete seine Frau zärtlich.

„Lass mich nachdenken, Schatz!“ Die zierliche Eleonore spitzte das Kinn. „Ja, du hast wie immer recht. Es müssen schon sechsundzwanzig Jahre sein. Ach, hätte ich nur dein Gedächtnis.“

Grit und Till tauschten einen amüsierten Blick aus. Es war das erste Mal, dass der junge Kollege sie ansah, ohne die Augenbrauen zusammenzukneifen. Als er anstelle einer Gesprächseröffnung seine Hände in die Hosentaschen steckte, wurde ihr klar, dass er wie befürchtet ihr das Zepter überließ.

„Äh, wir würden Sie gern um Ihre Mithilfe bitten“, sagte Grit und erklärte, dass sie den Tod des Jungen Sebastian Liebermann untersuchten.

„Eleonore und ich haben uns schon gefragt, ob Sie zu uns auch kommen, nicht wahr, Liebes?“

„Wir sind schon ganz aufgeregt“, gab diese zu.

Ehrlich gesagt fühlte Grit sich genauso. Heute Morgen noch hatte sie sich darauf gefreut, nach etlichen Stunden der Theorie erstmals wieder einer echten Zeugenbefragung beiwohnen zu dürfen, und nun leitete sie diese sozusagen. Hoffentlich fielen ihr die richtigen Fragen ein, besonders die erste, wusste sie, war entscheidend.

Eleonore kam ihr zuvor, indem sie ihnen ein Tässchen Kaffee anbot.

Erleichtert deponierte Grit ihren Karton auf dem Fußboden, der mit Plane ausgelegt und sorgfältig abgefegt worden war. „Äh, ich weiß nicht", antwortete sie und hob die Schultern.

Till lehnte – mit Blick auf die Uhrzeit – wortlos ab.

„Nein, danke" sagte Grit daher. „Aber vielleicht können Sie uns sagen, ob Ihnen in der vergangenen Nacht etwas aufgefallen ist?"

Das Ehepaar reagierte enttäuscht. „Nein", riefen sie fast gleichzeitig.

„Wir haben einen gesunden Schlaf", ergänzte Hermann. „Viel Bewegung an der frischen Luft, wissen Sie."

„Aber Sie haben den toten Jungen gekannt, oder?" Grit schaute zum Kollegen, ob diese Frage gut war, doch der ließ sich nichts anmerken.

„Oh ja, ja. Ein lieber Junge, der Sebastian. Hat immer freundlich gegrüßt. Er hat meiner Frau manchmal ein paar Journale aus der Rezeption mitgebracht."

Eleonore kicherte. „Ich lese so gern die Klatschblätter. Meine kleine Schwäche, müssen Sie wissen." Auf dem Hocker, auf den sie zeigte, lagen ein paar Ausgaben davon, dazu ein aufgeschlagenes Rätselheft.

Grit ahnte, dass es schwierig würde, zwischen all dem Blabla brauchbares Material aus ihnen herauszukitzeln. Noch dazu zu einem eher heiklen Thema; die Färbers wirkten so unbedarft, ob sie überhaupt wussten, was ein Spanner tat? „Sie haben Sebastian also manchmal gesehen, wenn er über den Platz gelaufen ist."

„Aber ja."

„Auch abends?"

„Abends? Kann sein. Was meinst du, Eleonore?"

Seine Frau überlegte, als wäre das gesuchte Wort extrem kniffelig: Ausdruck der Zustimmung mit zwei Buchstaben. „Ich würde sagen, ja."

„Vielleicht auch in der Nähe des Wohnwagens von Frau Zybler?"

Der Mann schnalzte verächtlich. „Sebastian war ein anständiger Junge. Zu so einer Person ist er nicht gegangen."

Der Teenager zog die Hände aus den Hosentaschen hervor. Grit hatte sich schon gefragt, wann Till anfinge, sie zu unterstützen. „Was meinen Sie mit so *einer* Person?", fragte er.

„Sie ist ein Flittchen", antwortete Hermann, und als seine Gattin protestieren wollte, legte er nach. „Das ist sie, hast du selber gesagt."

Eleonore versuchte zu beschwichtigen. „Frau Zybler empfängt regelmäßig Männer in ihrem Wohnwagen. Und die kommen mit Sicherheit nicht zum Karten spielen vorbei."

„Was für Männer?", wollte Grit wissen.

„Als ob wir Namen wüssten. Nur den einen kennen wir, Roberto Müller."

„Sie meinen den Platzvater?"

„Genau den. Er kommt mit seiner Werkzeugtasche und behauptet, an ihrem Wohnwagen etwas in Ordnung bringen zu müssen."

„Der glaubt, wir sind von gestern", ergänzte Hermann.

Mit dieser Einschätzung erschien Grit das Ehepaar Färber in einem völlig anderen Licht. Auf den ersten Blick handelte es um zwei niedliche, kleine Persönchen, bei denen man sich vorstellen konnte, wie er den Gartenzwerg auf Hochglanz polierte, während sie den neuesten Klatsch über das englische Königshaus las. Jedoch machte sie dieses Verhalten zu den besten Beobachtern, die man sich wünschen konnte, und in ihren Augen uneingeschränkt verlässlich. „War Roberto Müller gestern Abend bei ihr?“

„Soviel wir mitbekommen haben, hat Frau Zybler den gestrigen Abend allein verbracht. Ausnahmsweise.“

„Verstehe.“ Grit wollte eine neue Frage formulieren, nämlich ob sie sich ganz sicher seien, Sebastian niemals dort gesehen zu haben, doch Till zeigte demonstrativ auf seine Armbanduhr. Also bedankte sie sich herzlich für die hilfreichen Auskünfte, nahm ihren Karton und verabschiedete sich.

Ein paar Vögel zwitscherten vergnügt in den Baumkronen über ihnen. Bei jedem Schritt, den sie sich von den Färbers entfernten, spürte Grit, wie die Endorphine durch ihr Blut strömten. Das Gespräch war mehr als zufriedenstellend verlaufen, schätzte sie, und das ohne Vorbereitungszeit. Till dagegen tat ihr ein bisschen leid. Er war in der Gesellschaft der schönen Polin förmlich aufgeblüht und hatte während der Befragung der Eheleute Färber nur eine einzige Frage gestellt.

„Dann wären wir wieder bei Null angekommen“, sagte Grit und beeilte sich hinterherzukommen. Der junge Kollege hatte vorgeschlagen, Piwi und Ed aufzusuchen und das so schnell wie möglich.

„Wieso?“, stieß er aus, ohne sein Tempo zu drosseln.

„Weil plus und minus Null ergeben? Die Färbers haben nicht bestätigt, dass Sebastian ein Spanner war."

Statt zu antworten, fuchtelte Till mit den Armen herum.

„Ihnen gefällt nicht, was sie über Frau Zybler gesagt haben, oder?"

„Klatsch, nichts weiter. Eleonores kleine Schwäche. Was ist?" Erst jetzt bemerkte er, dass sie stehen geblieben war.

Grit zeigte auf das Toilettenhäuschen. „Gehen Sie schon mal vor", rief sie. „Ich muss eben aufs Klo."

Der Teenager gab ein Geräusch von sich, als wäre eine Pinkelpause das Dümmste, was man an diesem Ort machen konnte.

Grit wartete, bis er außer Sichtweite geraten war, was nicht allzu lange dauerte bei seinem Laufschritt. Anstatt das Toilettenhäuschen zu betreten, schlug sie eine andere Richtung ein.

5. Kapitel

„Wo zum Teufel warst du?"

„Telefonieren. Ich ...", trotz des wohltemperierten Raumklimas schwitzte sie, „habe Ingo informiert."

Paul sagte nichts. Das Schweigen zermürbte sie mehr als tausend Vorwürfe.

„Verstehst du nicht, er hat ein Recht darauf, es zu erfahren", schluchzte sie. Silvana hielt sich beide Hände vors Gesicht, wie immer, wenn sie ihre Gefühle nicht preisgeben wollte. Jeder dachte sofort, dass es Tränen wären. Nur diesmal war es echt.

„Hör schon auf", sagte Paul, der wie ein König in seinem Sessel saß und sich endlich bequemte aufzustehen, um zu ihr zu kommen. „Ist ja gut, Prinzesschen. Du – hast ihm doch nichts gesagt? Über letzte Nacht?"

Sie schüttelte seinen Arm ab, konnte seine Nähe nicht ertragen, diesen Gestank nach Lüge. „Selbstverständlich nicht. Was hätte Ingo davon?"

„Ganz genau. Wir wollen deinen Exmann nicht mehr verwirren, als ihm guttut."

Silvana hasste es, wenn Paul so sprach, vor allem in diesem Singsang. Als Nächstes würde er davon anfangen, wie dumm sie doch gewesen war, sich auf einen Mann wie Ingo überhaupt eingelassen zu haben.

Er tat es nicht und das überraschte sie. Stattdessen schob er seinen Körper träge durch das Vorzelt zur Kommode, auf der ihre Handtasche lag. Er öffnete die versilberte Schnalle.

„Was machst du?“, fragte Silvana und wischte sich die Augen mit einem Taschentuch trocken.

„Das weißt du. Wir haben darüber gesprochen.“

„Aber schon wieder?“

Paul nahm zwei Scheine aus ihrem Portemonnaie. „Das sollte reichen. Du hast doch nichts dagegen?“

Sie antwortete nicht, was sollte sie auch sagen? Dieses Spiel spielten sie schon eine Ewigkeit mit unveränderten Regeln. Und seit heute war es ihr ehrlich egal.

„Der ist dafür, wie du mich vor den Bullen behandelt hast. Und der, dass du ihnen nachgelaufen bist“, sagte er und rollte die Scheine zusammen. In die Seitentasche seiner Joggingjacke gesteckt, merkte man ihm den plötzlichen Reichtum nicht an, schäbig wie er sich kleidete. Doch Paul wüsste schon damit zu prahlen bei den passenden Damen. „Du hast wohl geglaubt, dass ich das nicht mitbekommen habe, wie?“

„Paul. Nicht!“

„Aber ich kriege das mit. Ich sehe alles. Ich rieche alles. Ich weiß alles.“ Er hatte sich über sie gebeugt und schnupperte an ihrem Hals wie ein Köter. „Ich rieche, dass du an Ingo gedacht hast. Du hast sogar mit ihm telefoniert. Mit zwei Hunnis bist du mehr als gut dabei weggekommen, Prinzesschen.“ Er küsste sie in den Nacken.

Silvana senkte die Augenlider und genoss diese Berührung genauso sehr wie sie sich selber dafür verabscheute.

„Du weißt, dass er nicht der Richtige für dich war, oder?“

Sie nickte stumm.

„Sag es", befahl er.

„Ich war dumm, mich auf einen Mann wie Ingo einzulassen."

Er küsste sie erneut. „Weiter!"

„Er hat mein Leben zerstört."

„Gut."

Silvanas Augen flehten ihn an, damit er weitermachte mit den Küssen, sie auch am Hals berührte, an der Schulter, an ihren Brüsten. Sie wollte ihn auf sich spüren, seinen ganzen massigen Körper, seine Männlichkeit. Ihre Lippen zitterten.

Er hörte auf.

Zwei, drei Sekunden lang sah er ihr ins Gesicht, grinsend, dann stieg er vom Sofa und zog seine Jogginghose zurecht. Es war vorbei.

„Wo willst du hin?", fragte sie mit gebrochener Stimme.

„Warte nicht auf mich, kann spät werden." Wie einem Kind kniff er ihr in die Wange und verließ das Zelt.

Die letzte Berührung hatte wehgetan. Doch solange sie den Schmerz spürte, spürte sie nichts anderes, insofern war es gut. Erst als er nachließ, drängte sich ein viel quälenderes Gefühl in den Vordergrund. Alles um sie herum kam ihr sinnlos und leer vor. Die Möbel, das Wohnmobil, ihr Leben.

Silvana nahm ein Streichholz und zündete die Kerze auf dem Couchtisch an. Sebastian hatte sie dort platziert. Ihr Sohn hatte Kerzen geliebt, besonders solche, die nach Vanille dufteten. Als die Tränen hervorschossen, ließ sie ihnen freien Lauf. Warum auch nicht? Mit seinem Tod gab es niemanden mehr, für den sie die Starke spielen musste.

Mit einem gelegentlichen Schulterblick, ob der Teenager ihr heimlich folgen würde, lief Grit über die Wiese zurück. Er tat es nicht. Till war wohl zu sehr mit seinen aufflammenden Gefühlen für die Zeugin Zybler beschäftigt, dachte sie, als dass er sich für seine alternde Kollegin in der Wiedereingliederung interessierte. Was ihr im Augenblick nur recht war.

Außer Atem vom Laufen (oder war es die Aufregung?), klopfte Grit gegen die Tür des schäbigen Wohnwagens und gab sich Mühe, einen selbstsicheren Blick aufzusetzen. „Äh, wir haben da noch Fragen“, sagte sie, als ihr geöffnet wurde.

Das Mädchen schaute verwundert in alle Richtungen. „Wir? Ich sehe kein *wir*.“

„Mein Kollege lässt sich entschuldigen. Haben Sie kurz Zeit?“

Natalie stieg die Stufen hinab und bot ihr einen Platz auf einem der Plastikstühle an. Sie hatte den rosafarbenen Bademantel gegen Shorts und ein buntes T-Shirt eingetauscht und wirkte darin wie ein kleines Mädchen, nur der Lolli fehlte.

Grit vergewisserte sich ein letztes Mal, dass Till ihr nicht gefolgt war. „Es geht um Ihren Urlaub“, begann sie und setzte sich hin. Der Stuhl stieß ein ächzendes Geräusch aus. „Seit wann wohnen Sie auf dem Campingplatz?“

„Sie haben eben schon so seltsam gefragt. Seit ein paar Wochen. Und?“

Grit stellte sich vor, ihr Sohn Sven würde ihr eine seiner wahnwitzigen Geschichten auftischen und machte die entsprechende Miene dazu. „Ein paar?“

„Seit drei Monaten, zufrieden?“, verbesserte das Mädchen sich.

„Der Wohnwagen sieht mir eher nach drei Jahren aus.“

„Er gehört ... einer Freundin.“

„Frau Zybler, wir ermitteln in einem Mordfall.“ Grit wusste zwar, die offizielle Bezeichnung lautete *ungeklärter Todesfall*, aber Mord klang dringlicher. „Und die Leiche wurde neben Ihrem Wohnwagen gefunden.“

Natalie streckte das Kinn hervor. „Für mich ein Beweis, dass ich nichts damit zu tun habe. So blöd ist kein Mensch ...“

„Wer blöd ist und wer nicht, entscheidet der Richter. Darauf würde ich mich nicht verlassen. Dass die Leiche hier gefunden wurde, steht dagegen zweifelsfrei fest. Ich würde mir an Ihrer Stelle ein paar Sorgen machen.“

„Also, was wollen Sie?“

„Zunächst eine Auskunft, was Sie auf dem Campingplatz tatsächlich treiben.“

Das Mädchen blickte beschämt auf die Tischplatte und den Schmutz, der sich darauf befand. Sauber machen schien nicht zu ihrem Zeitvertreib zu gehören. „Können Sie sich das nicht denken? Ich muss Geld verdienen. Für mich und meine Familie.“

Der Verdienst war vermutlich um einiges höher als der einer Putzfrau, dachte Grit und fragte sich, ob Natalie schon vorhin diesen ausgeprägten Akzent beim Sprechen hatte. „Wer ist Ihr Zuhälter?"

„Ich habe keinen."

„Kommen Sie, Schätzchen, und verarschen Sie mich nicht."

„Bestimmt nicht. Roberto passt auf mich auf."

„Roberto Müller? Ich nehme an, als Gegenleistung darf er ab und zu mit der Werkzeugtasche vorbeikommen."

Das Mädchen hatte angefangen, an ihrem Daumen zu kauen und hörte auch nicht damit auf, als sie „Warum fragen Sie, wenn Sie alles wissen" sagte.

Grit unterdrückte den Drang zu jubeln angesichts ihres ersten eigenständigen Ermittlungserfolgs. Ihre Vermutung, was Frau Zybler betraf, war soeben bestätigt worden. Ob das weiterhalf, die Wahrheit über Sebastian Liebermanns Tod herauszufinden, blieb abzuwarten. Mit großen blauen Augen blickte das polnische Mädchen sie an und nahm ihren Daumen augenblicklich aus dem Mund.

„Wie alt sind Sie?", fragte Grit.

„Neunzehn."

„Wir können Ihre Papiere auf Echtheit prüfen lassen."

„Also gut, fast achtzehn."

Und damit nicht volljährig, schlussfolgerte Grit. „Ich könnte mir vorstellen, dass jemand, der Ihre Geschäfte beobachtet, einige brisante Details erfährt", sagte sie.

„Worauf wollen Sie hinaus?" Natalie hob einen Krümel von der Tischplatte auf und rollte ihn zwischen den Fingern hin und her.

Das Mädchen wusste nicht, wohin mit ihren Händen. Genau wie Sven, wenn er nervös wurde, dachte Grit, nur dass der mit den Knien zappelte oder den Füßen aufschlug. „Wie oft hat Sebastian Sie beobachtet?"

„Ich weiß nicht. Zwei, drei Mal."

„Hat er etwas gesehen, dass er nicht sehen durfte?"

„Nein?"

„Hat er jemanden beobachtet, der nicht erkannt werden wollte?"

„Ich sagte doch, nein. Ich weiß es nicht."

Grit wurde es zu bunt. „Der Junge wohnt anderthalb Wochen auf dem Campingplatz. Und jetzt ist er tot. Reden Sie endlich!" Sie gebrauchte diese Lautstärke sonst nur, um gegen Svens Musikkonsum anzubrüllen.

Eine Träne floss über Natalies Wange. „Wenn ich es doch nicht weiß. Ich kenne die meisten Männer kaum. Sie kommen einmal, höchstens zweimal und dann nie wieder."

Grit zerriss es innerlich das Herz, das Mädchen in einen solchen Zustand versetzt zu haben. Ob der Zweck die Mittel wirklich immer heiligte? Oder sagte man das bloß, um sein Gewissen zu beruhigen? „Ich will eine Liste mit Namen."

„Was? Das geht nicht. Roberto würde mich umbringen."

„Nur wenn er davon erfährt", sagte Grit und umfasste Natalies Hand, nicht allein um sie zu halten, sondern vor allem, um sie ruhig zu stellen.

Das Mädchen atmete heftig, aber immerhin weinte es nicht mehr.

„Geben Sie sich einen Ruck, Frau Zybler. Ich verspreche Ihnen, es wird niemand außer uns davon erfahren. Tun Sie es Sebastian zuliebe. Vielleicht hat einer der Männer etwas mit seinem Tod zu tun.“

Ed wurde den Eindruck nicht los, beobachtet zu werden, und wenn er ein Gefühl kannte, dann dieses. Sie hatten just die Rezeption verlassen, als sein Gruppenleiter – dessen rote Gesichtsfarbe ließ keinen anderen Schluss zu – ihm wegen seines forschen Befragungsstils bei der Platzmutter die Leviten lesen wollte.

Noch bevor Piwi einen Ton von sich geben konnte, hob Ed abwehrend die Hand. „Stopp mal!“, rief er seinem sichtlich verwirrten Vorgesetzten zu.

„Wie bitte?“, brachte der nur heraus.

„Da ist jemand. Da vorne.“

Piwi drehte sich um, doch alles, was es noch zu sehen gab, war ein dunkler Schatten, der hinter einem der Waschhäuschen verschwand. „Willst du mich verarschen?“

„Nein, Chef, da ist echt jemand.“

Die zwei beschlossen, sich aufzuteilen und jeder von einer anderen Seite um das Häuschen zu rennen. Es ging alles so schnell, dass Ed zweifelte, was er überhaupt wahrgenommen hatte. Ein Mädchen? Dunkel. Schwarze Kleidung?

Auf der Rückseite trafen sie sich wieder. Von der Person keine Spur, nur eine Tür führte ins Innere. Wenn sie sich nicht in Luft aufgelöst hatte, musste sie hineingelaufen sein.

Die beiden nickten einander zu, dann öffnete sein Gruppenleiter die Tür mit einem Ruck und fixierte sie mit dem Fuß. „Hallo?“, rief er. „Kommen Sie da raus!“

Ed wünschte sich, eine Knarre dabeigehabt zu haben: Sie hätten das Häuschen gestürmt, sich ständig dabei gesichert, Raum für Raum eingenommen und den Feind schließlich überrumpelt. Niemand antwortete.

„Wir sind bewaffnet“, rief Ed und hielt seine Faust mit ausgestrecktem Daumen und Zeigefinger in die Höhe. „Zwingen Sie uns nicht zu schießen.“

„Nein, nicht“, wimmerte eine Stimme, eindeutig weiblich.

„Kommen Sie heraus! Dann passiert Ihnen nichts.“

Eine Tür klapperte, dann wurde ein Körper sichtbar, vollkommen in ein schwarzes Kleid gehüllt, das sich bei Tageslicht als Kittel herausstellte. Das Haar war lang und genauso schwarz, die Haut schimmerte im Kontrast dazu hell, obwohl sie wesentlich dunkler war als seine eigene.

„Wer bist du?“, fragte Ed und steckte die „Waffe“ ein.

„Zara Aslin.“

„Sarah?“

„Zetta Erra“, sagte sie und es dauerte eine Weile, bis er begriff, dass sie buchstabiert hatte.

„Komm her, wir tun dir nichts. Warum bist du weggelaufen?“

„Ich weiß nicht.“ Draußen im Sonnenlicht schien sie sich stärker zu fühlen, denn sie ergänzte: „Die Polizei macht oft Ärger.“ Ihre Aussprache hatte einen türkischen Klang und passte zu ihrem Gesicht. Sie mochte achtzehn sein, vielleicht zwanzig.

Sein Gruppenleiter konnte die Anschuldigung gegen sein Berufsethos nicht auf sich sitzen lassen. „Die Polizei hilft einem auch, nicht wahr?"

Zara nickte langsam, wenig überzeugt. „Ich weiß etwas", sagte sie. „Über Sebastian."

„Sebastian Liebermann?"

„Ja."

„Und was?"

„Er ... war nicht glücklich."

Die Kleine wollte es spannend machen, dachte Ed. „Was meinst du damit?"

„Er hatte Probleme mit sich." Das Mädchen lehnte ihren Rücken gegen das Holzhäuschen und kramte eine Zigarette hervor, die sie sofort anzündete. „Ein Geheimnis, das niemand kennen durfte."

Sein Vorgesetzter schien das Gleiche zu denken wie er: Wenn es darum ging, dass Sebastian Liebermann gerne nachts über den Campingplatz geschlichen war, um sich beim Anblick nackter Frauen zu erfreuen – so viel wussten sie bereits. Laut Börners Anruf gab es sogar eine Zeugin dafür, eine Polin namens Natalie. „Und du kennst dieses Geheimnis", vermutete Ed.

„Ja. Sebastian hat es mir erzählt, weil ... Er hat sich mir anvertraut."

„Und wollen Sie es uns erzählen?", fragte Piwi.

„Ja, natürlich." Zara blies den Zigarettenrauch in eine andere Richtung. „Deshalb habe ich Sie gesucht. Damit Sie nichts Falsches von ihm denken. Sebastian hat sich nicht für die Polenschlampe interessiert."

„Nicht?"

„Nein."

„Und wie kommen Sie darauf?"

„Sebastian war schwul."

„Schwul?" Erneut trafen sich Piwis und sein Blick. Das änderte die Sachlage mit dem Spanner natürlich, überlegte Ed. Sebastian erfreute sich nicht am Anblick nackter Frauen, sondern nackter Männer. Aber sonst? Was sagte das über mögliche Tatmotive? Er würde in Ruhe darüber nachdenken müssen. „Wer sagt mir, dass das stimmt?", fragte er Zara. „Wir sind in seinem Zelt gewesen. Es gibt keinen Hinweis darauf, dass er schwul war." Ed pokerte, aber es war seine einzige Chance.

„Was glauben Sie, was es dort geben sollte? Einen rosa Schlafsack? Sebastian war nicht so."

Sie hatte den Test bestanden, dachte er, und den Eindruck, den er bei der Durchsuchung von Sebastians Zelt gewonnen hatte, bestätigt. Es war nichts Auffälliges darin gewesen. Keine extrem weibischen Dinge wie Kosmetikkrams oder Liebesromane, aber auch nichts Männliches wie Pornohefte oder ein Fußball. Gerade solch stereotypischen Dinge dienten in der Pubertät doch entscheidend zur Orientierung. Stattdessen wirkte es wie das Zelt eines Jungen, der nach seiner Identität suchte.

„Und seine Familie wusste nichts davon?", fragte Piwi in der Zwischenzeit.

„Es wusste niemand." Zara blies den Rauch zu Ende aus, bevor sie weitersprach: „Sebastian hat zu mir gesagt, würden seine Eltern es akzeptieren, wäre es für ihn das schönste Gefühl, das es gibt." Sie lächelte, doch ihre Augen blieben leer. „Selbst Achim war eifersüchtig auf ihn."

„Wer ist Achim?"

„Achim, also Ahmed, mein Verlobter. Er mochte Sebastian nicht besonders und hat mir verboten, mit ihm zu reden." Zara betrachtete die Aschespitze ihrer Zigarette. Nicht auszuschließen, überlegte Ed, dass dieser Ahmed ihr auch das Rauchen verboten hatte.

„Hatte außer Achim jemand einen Groll gegen Sebastian?"

„Nein. Sebastian war harmlos, echt."

Ein *Engel*, schoss es Ed in den Sinn. „Hatte Sebastian einen Freund?", fragte er.

Ohne zu zögern, wiederholte Zara: „Nein."

„Oder einen Flirt oder wie sagt man das?"

Ihre Finger begannen, an der Zigarette zu knibbeln. Die Haut war rot und rissig, die Nägel kurz, typische Arbeitshände. „Da ist Ben. So ein älterer Kerl. Ich glaube, da lief was."

Ben. Ed erinnerte sich, den Namen von der Platzmutter gehört zu haben. „Du scheinst viel mitzubekommen von dem, was hier so passiert, Zara Aslin."

Das Mädchen zuckte mit den Schultern.

Ed lehnte sich neben sie gegen die Holzwand, um ihr das Gefühl zu vermitteln, dass sie und er auf Augenhöhe miteinander redeten. Zara sollte Vertrauen zu ihm entwickeln. Sie war clever, gleichzeitig sehr gehemmt, trotz ihres vordergründig selbstbewussten Auftretens. „Ich frage mich, was du über die letzte Nacht weißt?"

Das Fingerknibbeln hörte auf. „Gar nichts“, antwortete sie kurz.

„Ach komm ...“

„Nein, wirklich.“ Zara warf ihre Zigarette auf den Boden und trat sie aus. Offensichtlich hatte sie seine Taktik durchschaut.

„Das glaube ich dir nicht“, bohrte er nach.

„Es stimmt aber.“ Gleich würde sie wegrennen. Was war mit letzter Nacht, dass sie darüber partout nicht sprechen wollte?

„Sag, welche Rolle spielst du auf dem Campingplatz, Zara Aslin?“

„Ich sein Putze. Ich nix verstehen“, sagte sie und lief fort.

6. Kapitel

Das Team traf sich zur verspäteten Mittagspause am Kiosk neben der Rezeption, wo es Eis am Stil, Zeitschriften und die üblichen Schokoriegel zu kaufen gab. Auf einer Tafel stand mit Kreide *Pommes nur 2,50* geschrieben, doch leider war die Fritteuse seit Juni kaputt. Auf Piwis Frage, wo man sich ungestört besprechen könnte, verwies die Platzmutter auf eine klobige Sitzgruppe ein paar Meter vom Geschehen entfernt, keineswegs ideal, aber besser als ins Revier zu fahren und dann wieder hierher zurück. Päm spendierte Kaffee und trug die Thermoskanne zusammen mit Tassen, Milch und Zucker sogar bis zu dem Holztisch, als würde sie etwas wiedergutmachen wollen.

„Danke, Frau Müller", sagte Piwi freundlich und fügte bestimmter: „Sie können jetzt gehen" hinzu, weil sie keine Anstalten machte, sich zu entfernen.

Es war mittlerweile so heiß geworden, dass ihm allein die Aussicht auf eine Tasse Kaffee den Schweiß auf die Stirn trieb. Der Sonnenschirm spendete nicht genug Schatten für alle und die Kollegin Loch bot freiwillig an, den Sonnenplatz zu übernehmen. Piwi akzeptierte nur deshalb, weil sie die luftigste Kleidung von allen trug.

„Lasst uns mal zusammentragen, was wir haben", sagte er, der es als Teamleiter gewohnt war, bei Besprechungen vor der Gruppe zu stehen oder auf- und abzulaufen. Ganz geheuer war ihm die vertrauliche Form des Kaffeeklatsches nicht. „Sebastian Liebermann wird in unmittelbarer Nähe des Wohnwagens von Natalie Zybler tot aufgefunden. Laut ihrer Aussage war er ein Spanner, der sie schon öfter beobachtet hat. Hat er also auch in dieser Nacht heimlich irgendwo zugesehen und sich dabei selbst vergnügt? Es kann sein eigenes Sperma an der Hose sein. Aber wo ist das Motiv für einen Mord?" Mit einem Kopfnicken bedankte er sich bei Grit Loch, die seine Kaffeetasse als Erstes gefüllt hatte.

„Ist doch klar. Sebastian hat etwas gesehen, das nicht für seine Augen bestimmt war", antwortete Ed Stenzl und hielt der Kollegin ungeduldig seine Tasse hin. „Nicht jeder hat beim – *Sie wissen schon* – gerne Zuschauer." Sein Gespräch mit der jungen Türkin hatte ein abruptes Ende gefunden, dachte Piwi mit einem Hauch von Schadenfreude. Ob er deswegen so grimmig dreinschaute?

„Da bin ich ganz bei dir, Ed. Nur, wen hat Sebastian beobachtet? Ich fürchte, dass der halbe Campingplatz dafür infrage kommen könnte."

„Ich stehe auf dem Schlauch", rief Till dazwischen. „Wieso der halbe Campingplatz? Sebastian wurde bei Natalie getötet. Was spricht dagegen, dass sie es war, die er in der Nacht beobachtet hat?"

„Du hast es selber erzählt. Sie war allein, das spricht dagegen", antwortete Piwi.

„Ja und?"

Ihm fiel ein, dass sein Azubi von den Informationen, die sie bei ihrer unerwarteten Begegnung mit Zara Aslin erhalten hatten, nichts wissen konnte. „Sebastian war angeblich schwul. Niemand wusste davon."

Es schien Brenner weder zu schockieren noch zu überraschen, vielmehr achtete er darauf, dass die Kollegin Loch seine Kaffeetasse anständig vollmachte.

„Deine Polin hat ihn total kalt gelassen“, neckte Ed ihn.

„Sie ist nicht meine Polin.“

„Ach komm, Börner. Der Sabber tropft dir schon aus dem Mundwinkel.“

Auch Piwi hatte bereits registriert, dass sein Azubi ein Auge auf die Zeugin geworfen hatte. Das war natürlich inakzeptabel und musste aufhören, bevor er sich zu einer Schandtat hinreißen ließ.

„Chef, trotzdem kann es mit Natalie zusammenhängen“, fuhr Ed fort und beugte sich umständlich über den Tisch, um zum Milchkännchen zu gelangen. „Wenn das stimmt, was Till uns über sie erzählt hat, ist sie nicht bloß zum Urlaub machen hier.“

„Was willst du damit sagen?“, fragte Brenner.

„Die polnische Grenze ist nur einen Steinwurf entfernt. Mensch Börner, sei nicht immer so naiv. Sie macht es für Geld. Fang lieber schon mal an zu sparen.“ Er trank einen Schluck aus seiner Tasse und verzog den Mund. „Vielleicht war sie letzte Nacht nur deshalb allein, weil einer ihrer Besucher gerade etwas Wichtiges zu erledigen hatte. Sebastian aus dem Weg räumen zum Beispiel.“

„Ed hat recht“, sagte Piwi nachdenklich. Unter all dem Gefasel, das der Kollege Stenzl den ganzen Tag von sich gab, befand sich zweifellos eine Menge Brauchbares. „Gibt es Hinweise, wer ihre *Besucher* sind?“

„Äh ...“

„Ja, Frau Loch?“

„Der Platzvater wird regelmäßig bei ihr gesehen“, erklärte Grit von ihrem Sonnenplatz aus. „Er kommt mit der Werkzeugtasche und tut, als würde er an ihrem Wohnwagen eine Reparatur durchführen.“

„Das ist nicht gesagt“, widersprach Brenner laut. „Die Aussage der Eheleute Färber ist nur mit absoluter Vorsicht zu genießen.“

„Ich, äh, habe hier eine Liste der Männer, die Frau Zybler in den letzten zwei Wochen besucht haben.“ Grit hielt ein Blatt Papier hoch, mit dem sie sich zuvor Luft zugewedelt hatte. „Ich musste ihr versprechen, sie nur im Notfall weiterzugeben. Nur so viel: Der Platzvater steht ganz oben drauf. Übrigens ist sie erst siebzehn, und nicht wie behauptet neunzehn Jahre alt.“

Piwi entging nicht, wie Till ihr einen bösen Blick zuwarf. „Er ist auf der Liste. Wir werden daher mit ihm anfangen“, entschied er.

„Roberto Müller ist ein Lügner, machen Sie sich darauf gefasst“, entgegnete der Azubi. „Seine Aussage zu der Steuerhinterziehung war voller Widersprüche.“

„Willst du damit andeuten, dass ich nicht in der Lage bin, ein Verhör zu führen?“

„Ich meine nur, jemand müsste die kompletten Unterlagen studieren, die er vernichten wollte.“

Piwi fuhr sich mit den Händen an den Kopf. „Kannst du mir auch erklären, wer? Das sollen mal schön die Kollegen von der Steuerfahndung machen. Außerdem bezweifle ich, dass es da einen Zusammenhang gibt.“

Grit räusperte sich.

„Frau Loch, immer raus damit, wenn Sie einen Geistesblitz haben. Hier kriegt keiner eine Extraeinladung."

„Ich bin heute Morgen beim Campingplatz nebenan gewesen. Um mich mal umzuhören. Wie es klingt, hat Roberto Müller einen ziemlich üblen Ruf. Man traut ihm so einiges zu."

Piwi schob seine halb volle Tasse von sich weg. Die Hitze wurde langsam unerträglich und das Gebräu, das die Platzmutter als *schönen starken Kaffee* angekündigt hatte, war nicht besser. „Dann muss ich mit Jo Meier sprechen, dass er mir einen zusätzlichen Mann schickt. Es führt kein Weg daran vorbei. Übrigens, gute Arbeit, Frau Loch." Er blickte fragend in die Runde. „Also, wie geht es jetzt weiter?"

„Wenn Sebastian nicht auf unsere zauberhafte Frau Zybler abfuhr, muss er in der Nacht noch woanders gewesen sein", antwortete Ed.

„Sehr richtig. Vielleicht wollte er sich mit jemandem treffen. Mit diesem Ben? Es kann genauso gut dessen Sperma sein auf der Hose. Er soll eine Art Flirt gewesen sein."

„Ein Flirt?", fragte Till.

Piwi klärte den Azubi auch über diese Information von Zara Aslin auf. Der Nachteil an parallel verlaufenden Ermittlungen, ständig musste man sich auf dem Laufenden halten. Immerhin gingen sie zu zweit los. Aufgrund der begrenzten Personaldecke würden sie bald gezwungen sein, die Befragungen einzeln durchzuführen.

„Und die Platzmutter hat gesagt, dass dieser Ben sich heute Morgen am Fundort der Leiche merkwürdig verhalten hätte", ergänzte Ed.

„Exakt. Anlass genug, ihn genauer unter die Lupe zu nehmen. Till, das wirst du übernehmen."

Der Azubi bestätigte den Auftrag mit einem zackigen „Klaro".

„Wenn Sebastian nachts unterwegs war", grübelte Grit, „ist es doch wahrscheinlich, dass jemand das mitbekommen hat, oder nicht?"

„Sehr gut kombiniert, meine Liebe." Ed warf ihr einen wenig charmanten Blick zu. „Warum haben Sie in Ihrem Karton keine Liste mit Personen, die ihn dabei beobachtet haben? Dann wären wir einen großen Schritt weiter."

„Ed, was sollen eigentlich deine Sticheleien die ganze Zeit?", rief Till.

„Ach, ich habe mir vorhin an dieser blöden Holzhütte mein neues Sakko aufgerissen", meckerte er, und als niemand Mitleid bekundete, schob er: „Das ist von Boss" nach.

Piwi lächelte in sich hinein. Er würde ebenfalls mit dem Kollegen Stenzl sprechen müssen, damit der sich zu Ermittlungszwecken eine geeignetere Garderobe zulegte. Polizeiarbeit bedeutete manchmal auch im wörtlichen Sinne *im Dreck wühlen*, und Piwi hatte nicht vor, ihn mit solchen Aufgaben zu verschonen. „Um auf Ihre Bemerkung zurückzukommen, Frau Loch. Genau das scheint das Problem zu sein auf dem Campingplatz *Zur Sonne*. Die Personen, die wir bisher befragt haben, waren alle angeblich im Bett. Wir brauchen unbedingt ein paar Zeugen für letzte Nacht."

„Diese Tessa aus der Rezeption womöglich?", schlug Till vor. „Sie hat mir erzählt, dass sie einen kleinen Wohnwagen in der Nähe des Waschhauses bewohnt und in ihrer Freizeit oft Langeweile schiebt."

Piwi überlegte. „Ein guter Hinweis. Tessa soll gestern Abend das Platztor zugeschlossen haben. Wir sollten sie näher dazu befragen."

„Ich tippe auf Zara Aslin", sagte Ed. „Das Mädchen weiß eindeutig mehr, als es zugibt."

„Gut. Dann bleib dran." Piwi war froh, dass es zurück zur Sache ging. Er war von Jo Meier vor die undankbare Aufgabe gestellt worden, aus einem zusammengewürfelten Haufen ein funktionierendes Team zu bilden. Doch wie schaffte man das mit einem größenwahnsinnigen Polizeischulabsolventen, einem Auszubildenden im Hauptpraktikum und einer nun ja ... *Dame,* die nach Jahren ohne Berufspraxiserfahrung an einem Programm zur Wiedereingliederung mitmachte? Was hätte er dafür gegeben, wenn wenigstens Flora Bütting bei ihnen geblieben wäre, die mit ihrer lustigen und vermittelnden Art immer den richtigen Ton gefunden hatte. Auf Flora war Verlass gewesen. Bis sie sich auf der Weihnachtsfeier letztes Jahr von einem Kollegen, dessen Namen bis heute ein Geheimnis geblieben war, ein Kind hatte andrehen lassen. Eine Frau im Team war immer ein Lichtblick, fand er, ein Ausgleich von zu viel Testosteron. Ob Grit Loch ihre Stellung würde einnehmen können?

„Was ist mit Sebastians Vater, Paul Liebermann?", fragte Ed. „Irgendwas läuft da. Der Vater hatte Streit mit der Mutter. Er lügt. Sie lügt auch."

„Wo siehst du ein mögliches Motiv?"

„Keine Ahnung. Vielleicht wussten die Eltern ja doch von seiner Homosexualität und hatten ein Problem damit?"

„Und haben ihn deswegen umgebracht?", spottete Till. „Oh Mann, in deiner Familie möchte ich kein Problem haben."

„Lass meine Familie aus dem Spiel, Freundchen, ist das klar?" Ed packte seine Tasse und hielt sie in die Luft.

Als Nächstes würde er sie auf die Steine pfeffern, erwartete Piwi, doch diese Reaktion blieb zum Glück aus. „Ed", sagte er und erklärte: „Es gibt keinen vernünftigen Grund, warum wir Sebastians Eltern erneut befragen sollten."

„Was ist mit dem Medaillon?"

„Du kannst gerne in deiner Freizeit nach einem fehlenden Schmuckanhänger suchen. Während der Arbeit brauche ich dich hier im Team."

Ed stieß sich von der Tischplatte ab. „Ich muss mal wohin", sagte er nahezu stimmlos und ließ seine Schritte im Kies dafür umso lauter knirschen.

Seichte Dudelmusik schallte von irgendwoher zu ihnen herüber.

„Ist noch Kaffee da?" Piwi hatte das Bedürfnis, das Schweigen zu unterbrechen.

„Der hat bestimmt einen Hitzeschlag bekommen", murmelte Till und folgte dem Kollegen Stenzl in einigem Abstand. Die übrig gebliebene Grit Loch saß nach wie vor in der prallen Sonne.

Piwi würde Flora Bütting fragen, ob sie stundenweise aushelfen könnte, was sie vermutlich täte. Aber ob Jo Meier das unterstützen würde? „Frau Loch, kommen Sie doch endlich mal in den Schatten."

Die Kollegin setzte sich hastig neben ihn unter den Sonnenschirm.

„An und für sich sind wir alle harmlos, auch wenn das im Moment nicht danach aussieht. Ich hoffe, Sie gewöhnen sich rasch ein." Er nahm seine Kaffeetasse und schnupperte daran. „Was gäbe ich jetzt für ein Plunderteilchen."

„Heute ist Ihr Glückstag." Mit einem Lächeln nahm Grit ihren Karton auf den Schoß.

„Ich habe mich schon die ganze Zeit gefragt, was da wohl drin ist."

Sie öffnete den Deckel wie ein Magier seine Zauberkiste. Mindestens zwei Dutzend verschiedene Gebäckteilchen kamen darin zum Vorschein, Mohnschnecken, Berliner, Amerikaner, Nussecken und viele andere mehr. Bei der Hitze hatte ihre Konsistenz ziemlich gelitten.

Ihm war das egal. „Frau Loch, Sie sind ein Schatz", sagte Piwi und bediente sich eifrig. Noch beim Kauen fügte er hinzu: „Willkommen im Ermittlungsteam der Kripo Anklam!"

Dem steifen Gang nach zu urteilen hatte sich *Ed mit der Sonnenbrille* bei seinem Toilettengang kaum beruhigt. Und die Art, wie er Piwis Auftrag entgegennahm, ab sofort *zusammen mit der neuen Kollegin* zu agieren, ließ eine ziemliche Abneigung ihr gegenüber deutlich werden. Zwar sagte er nichts, aber im Grunde war es das; Ed zeigte, was er von ihr hielt durch Ignorieren. Grit fühlte sich auf unliebsame Weise an frühere Einsätze bei der *Firma* erinnert.

„Zuerst kümmert ihr euch um Roberto Müller", sagte der Gruppenleiter, als Ed und sie nebeneinander unter dem Sonnenschirm standen und auf ihren Marschbefehl warteten, „und danach fühlt ihr Zara Aslin auf den Zahn wegen letzter Nacht."

„Geht klar", sagte Ed und stürmte los.

Piwi pfiff ihn zurück. „Herr Stenzl. Hast du nicht was vergessen?" Er gab Grit einen Stoß, damit die beiden sich entgegengingen wie Schulkinder, die gezankt hatten.

Grit hatte keine Eile, mit Ed zusammen den Platzvater aufzusuchen. „Ehrlich gesagt habe ich ein bisschen Bammel vor unserem Auftrag", sagte sie auf dem Weg dorthin. „Nach allem, was ich bisher gehört habe über Roberto Müller, hat er es faustdick hinter den Ohren."

Der Kollege nickte unbestimmt und stampfte weiter. Von Päm hatten sie erfahren, dass ihr Mann sich im Schuppen aufhielt, um Latten für einen Zaun zu streichen. Auf einem Campingplatz gäbe es halt jede Menge zu tun, hatte sie schnippisch hinzugefügt, um zu betonen, dass ihr die Befragung der Polizei allmählich lästig wurde.

Sie überquerten die große Wiese, wo sich mittlerweile das pralle Campingleben abspielte. Kinder tollten vor Freude schreiend über die gesamte Fläche. Väter präparierten ihre Grills, auf denen am Abend Fleisch und Würstchen ihren verführerischen Duft in alle Windrichtungen verströmen würden. Kaffee trinkende und Kuchen essende Frauen quatschten miteinander auf ihren Klappstühlen und genossen das *Dolce Vita*. Niemand schien sich daran zu stören, dass in ihrer Mitte vergangene Nacht ein Junge zu Tode gekommen war, aber warum sollten sie? Es war Ferienzeit, der Tote für die meisten ein Fremder und die Unglücksstelle erinnerte mit ihrem Absperrband vielmehr an eine Baustelle für Kanalarbeiten.

„Ich habe früher gerne Camping gemacht", begann Grit einen weiteren Versuch, mit dem Kollegen ins Gespräch zu kommen, der zumindest mit einem Aha-Laut quittiert wurde. Sie wertete es als Aufforderung weiterzumachen. „Wir hatten natürlich nie so einen richtig schicken Wohnwagen. Nur ein klappriges Zelt. Da wurde es ganz schön eng zu dritt. Wissen Sie, ich habe auch einen Sohn. Er ist nur ein paar Jahre jünger als Sie."

„Ach, wirklich?"

„Ja. Sie haben einiges gemeinsam, Sie und Sven. Ich meine, nicht viele Dinge. Aber so vom Alter her. Na ja, fast."

Ed blieb stehen und verzog das Gesicht, bis es fast einem Lächeln glich. „Das ist kurios. Sie erinnern mich auch an jemanden. An die Frau, die in meinem Viertel die Post verteilt. Blaue Hose, gelbes Hemd. Der einzige Unterschied ist, dass sie ordentliches Schuhwerk trägt."

Grit schluckte. „Dann wäre das ja geklärt." Sie würde von sich aus kein Wort mehr sagen, und der Kollege wollte es offensichtlich genauso halten. Er hatte nicht mal von ihren Gebäckteilchen probiert, die sie für jeden zum Einstand mitgebracht hatte. Keine eingeschweißten aus dem Supermarkt, wohlgemerkt, sondern die vom Bäcker. Nach endlosen Minuten eines peinlich schweigsamen Fußmarsches wurde das Ankommen am Ziel fast zur Erlösung.

Der klapprige Holzverschlag, der ein Schuppen sein sollte, lag direkt am Fuße der Sanddünen. An der Seite führte ein Trampelpfad hindurch, vermutlich eine Abkürzung zur Ostsee. Das Tor stand offen, und wie Päm angekündigt hatte, befand sich ihr Mann dort, pfeifend, mit einem Pinsel in der Hand. Seine Latzhose war von Farbspritzern übersät.

Ed erklärte mit deutlichen Worten, dass eine erneute Befragung unumgänglich wäre. „Wo Sie sich wegen Ihrer Steuerhinterziehung bereits so kooperativ verhalten haben, ist das sicherlich kein Problem für Sie, nicht wahr?" Grit hörte Ironie aus seinem Ton heraus.

Roberto Müller machte mit seinem Pinsel eine Bewegung, die wohl Zustimmung ausdrücken sollte. „Schießen Sie los", meinte er.

„Ist es richtig, dass Sie regelmäßig Sex mit Natalie Zybler haben?“ Ihr Kollege verlor wahrhaftig keine Zeit mit Geplänkel.

„Und wenn?“

„Ja oder nein? Es ist eine eindeutige Frage. Antworten Sie genauso eindeutig.“

Der Mann lächelte. Grit hatte ihn sich völlig anders vorgestellt. Als arrogantes Schwein, schwitzend und unrasiert wie die Schurken in den Filmen, die sie sonst oft schon um diese Zeit schaute. In Wirklichkeit wirkte er durchaus sympathisch, gepflegt, aber nicht übermäßig, gut aussehend, jedoch nicht zu gut, dunkler Typ mit hellen Augen. Der Typ, auf den die Damen vermutlich reihenweise hereinfielen. „Ja“, antwortete er einfach.

„Und Ihre Frau weiß Bescheid?“

„Ja.“

„Sie hat kein Problem damit?“

„Nein.“

„Sie dürfen dabei ruhig mehrere Wörter benutzen.“

Roberto tauchte seinen Pinsel in einen Eimer mit blauer Farbe und platzierte ihn so, dass er nicht hineinrutschte. „Päm und ich führen eine offene Beziehung“, erklärte er. „Wir lieben uns. Aber jeder akzeptiert, dass der andere auch nebenbei Spaß haben darf. Kennen Sie das, Spaß?“

Grit bemerkte das kurze Zögern bei ihrem Kollegen, bevor er die nächste Frage formulierte: „Wenn Sie beide so tolerant sind, warum tarnen Sie die Besuche bei Frau Zybler dann mit einer Werkzeugtasche?“

„Tja, was soll ich sagen, es ist leider nicht jeder so tolerant."

„Tragen Sie deshalb auch ein Tuch um den Hals? Um abzulenken?"

Ein Tuch, wiederholte Grit in Gedanken.

„Verraten Sie mir eins?" Müller stellte sich breitbeinig hin, sodass die Form seiner Oberschenkel sich deutlich in der Latzhose abzeichnete. „Was hat mein Liebesleben mit dem toten Jungen zu tun? Oder gefällt Ihnen einfach die Vorstellung, wie ich es der kleinen Polin besorge?" Er lächelte, aber diesmal wirkte es schäbig.

Dieser Mann war ein Chamäleon, dachte Grit, wandlungsfähig, und genau das machte ihn unberechenbar. Nachvollziehbar, dass man ihm üble Dinge zutraute, wie es die langnasige Familie auf dem benachbarten Campingplatz getan hatte.

„Sie sind doch nicht letzten Endes so jemand wie der arme Sebastian Liebermann und erfreuen sich beim Spannen in fremde Wohnwagen?", fuhr Müller amüsiert fort.

Ihr Kollege ließ sich nicht beeindrucken. „Ihnen war das Verhalten von Sebastian bekannt?"

„Ja, sicher, es war nicht zu übersehen. Auch wenn er immer so getan hat, als würde er sich verstecken, der Rotzbengel. Was soll's. Natalie hat es gefallen. Ist halt ein heißes Gestell." Müller griff zum Pinsel und machte mit dem Schaft eine anzügliche Geste, während er Grit anschaute.

Angewidert wandte sie sich ab. Es gelang ihr nur schwer, sich auf etwas anderes zu konzentrieren als auf ihn. Sie heftete ihre Augen an ein Metallregal an der hinteren Wand, das nahezu überquoll vor Farbtöpfen und Werkzeugen. Überall lag Gerümpel herum, bestenfalls in Bananenkisten gestopft. Das meiste war von einer dicken Staubschicht bedeckt, nur der Holztisch unterm Fenster mit drei unterschiedlichen Stühlen daran blitzte sauber. Der Platzvater hatte offenbar keinen Schimmer, dass er und nicht Natalie der eigentliche Grund für Sebastian gewesen war, regelmäßig zum Wohnwagen zu kommen, und der Kollege wollte diesen Irrtum nicht aufklären.

Stattdessen hörte sie Ed fragen: „Frau Zybler hat es also gefallen beobachtet zu werden. Aber Ihnen nicht? Haben Sie Sebastian deswegen umgebracht?" Grit konnte nicht umhin nachzusehen, was diese Anschuldigung beim Platzvater ausrichtete. Dessen Augenlid zuckte, mehr nicht.

Als Roberto antworten wollte, fiel Ed ihm ins Wort. „Sie können sich denken, dass Sie zur Zeit unser Hauptverdächtiger sind."

„Ich?", lachte er. „Darf man fragen, wieso?"

Ja, wieso überhaupt?, fragte sich Grit dasselbe, einmal abgesehen davon, dass der Kerl ein Widerling war.

Ed ließ die Gegenfrage so lange im Raum stehen, bis Müller von allein anfing zu reden: „Wieso sollte ich ihn umbringen? Ich kannte den Jungen nicht mal besonders. Er war mir im Grunde vollkommen egal."

„Aber Natalie ist Ihnen nicht egal."

„Was soll das jetzt bedeuten?"

„Haben Sie es ihr zuliebe getan?"

„Nein!“

„Hat Sebastian Sie mit Ihrem Verhältnis zu Natalie unter Druck gesetzt?“

„Ich sagte doch schon, meine Frau wusste es. Außerdem bin ich nicht der Einzige, der es mit ihr treibt“, fügte Müller hinzu. „Alle anderen hätten genauso ein Motiv wie ich.“

Allmählich begriff Grit, worauf ihr Kollege hinauswollte. Dadurch, dass der Platzvater unter Druck geriet und den Verdacht von sich auf andere lenkte, kam er ihr zum ersten Mal selber verdächtig vor.

„Keine Sorge, mit den anderen reden wir später“, erwiderte Ed kühl. „Und es macht Ihnen nichts aus, Natalie zu teilen?“

Müller lachte laut auf. „Was heißt teilen. Ich sehe das anders. Motoren, die regelmäßig geschmiert werden, laufen besser, finden Sie nicht?“

Schnaufend drehte Grit sich zur Seite. Sie musste sich nicht mehr dazu zwingen, den Platzvater zu verabscheuen. Diesmal übernahm ein Reflex diese Funktion. *Hallo? Hier ist eine Dame anwesend,* hätte sie am liebsten gerufen. Oder dem Ekel vors Schienenbein getreten.

Ihr Kollege nickte mehrfach hintereinander mit dem Kopf, eine Geste, die sie von ihrer Arbeitsvermittlerin kannte, die stets vorgab, sie würde Grits Wünsche berücksichtigen, dann aber komplett ignorierte. „Das Mädchen ist minderjährig“, sagte Ed. „Ihnen ist klar, dass Sie sich strafbar machen, wenn Sie einer Minderjährigen auf Ihrem Campingplatz die Möglichkeit zur Prostitution bieten.“

„Aber ..."

„Hat Sebastian gedroht, er würde zur Polizei gehen?"

„Sie bluffen. Sie ziehen eine Theorie nach der anderen aus dem Hut."

„Sehr gut erkannt. Ich bin mir sicher, wegen der ein oder anderen kriege ich Sie dran."

Roberto wischte sich seine Hände an der Latzhose ab, als wollte er sie für weitere Aktionen griffig haben. „Wissen Sie was? Machen Sie lieber hin, dass Sie den Fall aufklären, anstatt mich mit lächerlichen Beschuldigungen zu nerven. Das ist nämlich schlecht fürs Geschäft. Wir haben hier Gäste, falls Sie es nicht bemerkt haben."

„Dann gebe ich Ihnen den guten Rat, auf spezielle Gäste wie Natalie Zybler mehr Acht zu geben. Sonst werden wir das für Sie erledigen. Haben wir uns verstanden?"

Müller antwortete nicht, was bei einem Mann wie ihm wohl bedeutete, dass er nachgab. Ed hatte ihn tatsächlich dazu gebracht, dachte Grit. Und wie es schien, war er noch nicht mit ihm fertig. Dafür war sie fast bereit, ihrem Kollegen seine Unverschämtheiten zu vergeben, die er sich auf dem Fußweg zur Scheune geleistet hatte.

„Waren Sie gestern Abend auch bei ihr?", fragte Ed.

„Nein. Ich konnte nicht. Hatte noch zu tun."

„Und was?"

„Ich war mit meiner Frau zusammen. Hat sie Ihnen doch sicher erzählt, oder?"

„Hat sie, in der Tat. Für einen kleinen ...", Ed legte eine Pause ein, „Abstecher hat es nicht gereicht?"

Roberto grinste. „Meine Frau ist, nun wie soll ich sagen ... Ihr Motor läuft nicht mehr ganz rund. Da kann es schon mal länger dauern, bis er anspringt."

„Elender Dreckskerl", rief Grit und schlug sich zugleich die Hand auf den Mund.

Der Platzvater hob die Augenbrauen und wirkte beinahe anerkennend. „Sehr temperamentvoll, Ihre Kollegin", sagte er zu Ed.

„Unsere neue Geheimwaffe", gab dieser trocken zurück.

Grit wollte nur noch raus, an die Luft, und drängte sich an ihnen vorbei, „'tschuldigung" piepsend.

Nicht mal einen Tag im Dienst und sie hatte sich dazu hinreißen lassen, jemanden zu beleidigen. Innerhalb von Sekunden zog ihre Berufslaufbahn in Gedanken an ihr vorbei, der Rausschmiss aus dem Polizeiprogramm, die Predigt beim Arbeitsamt, ein neuer Putzjob. Alles wegen eines Dreckskerls wie Roberto Müller.

Von draußen hörte sie, wie der Kollege weitermachte im Text, als wäre nichts geschehen. Dass sich die Frage dann ja erübrige, ob Müller am gestrigen Abend oder in der Nacht etwas Verdächtiges bemerkt habe, worauf der Platzvater ihm zustimmte, er bedauere es sehr, dass er ihm da nicht helfen könne.

Die einsetzende Stille dauerte vier, fünf Sekunden lang und endete mit dem Geräusch, welches entstand, wenn von einem Pinsel die überschüssige Farbe abgestrichen wurde. „Wenn das alles ist", sagte Roberto Müller. „Wie Sie sehen, habe ich reichlich zu tun."

„Ja, ich auch. Dank Ihrer Unterstützung. Eine Bitte noch." Ed sprach in extrem liebenswürdigem Ton. „Halten Sie sich in der Nähe auf. Andererseits, wo sollten Sie sonst hin, nicht wahr?" Grit hörte, wie der Kollege den Schuppen verließ, ohne auf eine Reaktion zu warten. Beim flüchtigen Blick durch die Tür konnte sie erkennen, wie Müller ein belustigtes Gesicht aufsetzte.

Das Gesicht ihres Kollegen Ed Stenzl sah dagegen ganz und gar nicht freundlich aus, stellte sie entmutigt fest.

Till machte sich auf, um diesen Ben zu besuchen. Obwohl bisher nicht persönlich in Erscheinung getreten, spielte er bei näherer Betrachtung eine wichtige Rolle in dem Fall um Sebastian Liebermann. Ben war am Morgen gesehen worden, wie er sich am Tatort *herumdrückte*, wie es hieß. Das an sich war schon bemerkenswert. Ben wurde jedoch auch ein Flirt mit dem Jungen nachgesagt, und das machte die Sache spannend.

Er fand den Stellplatz am abgeschiedenen Ende des Campingplatzes, vor einer Reihe dicht gewachsener Büsche und Bäume. Die kleine *38* auf dem Metallschild im Rasen ließ sich vor lauter Grün kaum mehr lesen. Von hier aus war der Weg zu den Waschräumen mit Abstand der längste, dafür hatte man die meiste Ruhe. Und genau diese schien der Mann in dem Liegestuhl zu genießen; den Hut über das Gesicht gelegt, machte er im kühlen Schatten der Buchen ein Nickerchen.

Till räusperte sich – ohne sichtbare Reaktion, bis er schließlich „Hallo? Aufwachen, bitte" rief.

Der Mann zuckte zusammen und brauchte ein paar Anläufe, um zur Besinnung zu kommen. „Ja, was ist denn?", murmelte er.

„Ich muss Sie dringend sprechen."

„Das wollen sie alle."

„Sind Sie ... Ben?" Erst bei der Frage nach der Identität fiel Till auf, dass er weder Nachnamen noch sonst eine Information über seinen Gesprächspartner hatte. Also ließ er sich von dem verdutzten Zeitgenossen die Ausweispapiere zeigen, die dessen vollen Namen preisgaben: Benjamin Conze, Alter: 38.

„Genau wie meine Stellplatznummer", fügte der hinzu. Er hatte neugierige Augen und einen langen, nach oben gezwirbelten Schnurbart, der ihn wie einen Spinner aussehen ließ.

Allein deswegen sollte man ihn verdächtigen, überlegte Till. Dagegen galt die Rückkehr an den Tatort als geradezu klassische Reaktion von Verbrechern. Was um alles in der Welt hatte Ben dort gesucht? Wollte er dabei sein, wenn man die Leiche fand? Oder steckte etwas vollkommen Harmloses dahinter? Die Sache war bedeutsam, und dass er ihr als Azubi im P3 alleine auf den Grund gehen durfte, zeigte, wie sehr sein Gruppenleiter an seine Fähigkeiten glaubte. Till erklärte Ben, weshalb er Fragen an ihn hatte.

„Heute Morgen? Ja, das kann sein. Es ist meine Gewohnheit, nach dem Aufstehen zu pinkeln", begann Conze. „Dazu benutze ich meist eine Toilette, nicht immer, wohlgemerkt. Aber an diesem Morgen zog ich es vor, im Waschhäuschen zu urinieren."

„Das Waschhäuschen befindet sich aber ganz woanders."

„Tut es das? Nun, irgendwie muss ich ja dorthin gekommen sein und ich kann so schlecht fliegen. Hat Päm mich gesehen?"

Till hatte gelernt, dass er grundsätzlich nicht auf Fragen antworten sollte und beschloss, um den Redefluss zu wahren, dieses Mal eine Ausnahme zu machen. „Ja. Sie sagte, Sie hätten dort etwas gesucht."

„Oh."

„Haben Sie etwas gesucht?"

„Wissen Sie, ich frage mich gerade das Gleiche. Was könnte das gewesen sein?"

Till wurde das Gefühl nicht los, verarscht zu werden, andererseits war er davor gewarnt worden, dass dieser Ben einen an *der Klatsche* hätte. „Sie haben also nichts gesucht?", fragte er, bemüht, die Kontrolle zu behalten.

„Nein. Und doch ..."

„Ja?"

„Habe ich es gefunden."

„Was?"

Der Mann stand aus seinem Liegestuhl auf und griff in seine Hosentasche. „Das hier. Ist das nicht schön?" Er hielt eine Kette in die Luft, möglicherweise aus Gold, mit einem großen Anhänger in Form einer Muschel. „Ein Medaillon", erklärte er überflüssigerweise.

Till nahm es vorsichtig entgegen. Die Muschel ließ sich öffnen, enthielt jedoch kein Bild oder Relief, nur eine Gravur, die *Von deinem Vater, I.L.* besagte.

„*In Liebe*", erklärte Ben. „Total süß von einem Vater, meinen Sie nicht?"

Kein Zweifel, dass es sich um das verschwundene Medaillon von Sebastian Liebermann handelte. „Wo haben Sie es her?“, fragte Till.

Conze hob die Schultern wie ein Kind, das sein Geheimnis nicht verraten möchte.

„Hat Sebastian es Ihnen gegeben?“

„Vielleicht.“

„Weil Sie und er ...“

Sein Gegenüber brach in herzhaftes Gelächter aus. „Nur weil ich schwul bin, muss ich was mit jedem anderen schwulen Typen im Umkreis von fünfzig Kilometern haben. Das Klischee lässt grüßen.“

„Das habe ich gar nicht behauptet“, verteidigte Till seinen Standpunkt. „Also hatten Sie nichts miteinander?“

„Habe ich das behauptet?“

„Herr Conze ...“

„Ich hätte gerne, zugegeben. Sebastian wollte nicht. Fotografieren durfte ich ihn immerhin. Er war gut gebaut, wenn Sie verstehen, was ich meine.“

„Fotografieren“, wiederholte Till, eine Spur lauter. Dieser Ben tanzte ihm auf der Nase herum. Er überlegte, was Ed Stenzl in seiner Lage getan hätte. Sein Kollege prahlte stets damit, dass es ihm gelänge, Zeugen so zu beeinflussen, dass sie ihm aus der Hand fraßen, vor allem weibliche. „Und dabei kommt Ihr Sperma auf seine Hose?“

Der Mann tat diese Provokation mit einer Handbewegung ab. „Sein eigenes vermutlich. Eine DNA-Analyse dürfte Aufschluss geben. Hören Sie. Ich habe den Jungen seit fast zwei Tagen nicht mehr gesehen.

Er ist mir aus dem Weg gegangen. Ich weiß nicht, wieso."

„Darf ich Ihnen eine private Frage stellen?", versuchte Till eine andere Taktik.

„Tun Sie das nicht die ganze Zeit?"

„Ich meine, für mich privat. Es geht um einen Freund, wissen Sie."

„Es ist immer ein Freund." Ben legte sich auf seinen Liegestuhl zurück und bot Till an, es sich in dem zweiten gemütlich zu machen, was er auch tat. „Lassen Sie mich raten. Ihr Freund ist schwul."

„Ja, das stimmt. Ich meine, nein. Das heißt, ich weiß nicht."

„Sie müssen sich schon ein bisschen deutlicher artikulieren, wenn ich Ihnen helfen soll."

„Ich weiß es nicht. Darum geht es ja. Woher weiß ich, ob er es ist oder nicht?"

Der Mann setzte sich seinen Hut aufs Gesicht, als fände er die Unterhaltung ermüdend. „Das Wichtigste ist doch, es sich selber einzugestehen. Begreifen Sie das?"

„Ja. Ich meine, nein."

„Was denn nun?"

„Es geht wirklich um einen Freund."

Ben nahm den Hut wieder ab und schaute ihn durchdringend an. „Und das ist kein Gefasel? Beschreiben Sie mir Ihren Freund mal."

„Nun, er ist nicht mein *Freund*. Ehrlich gesagt ... So viel weiß ich gar nicht von ihm. Er ist mehr ein Bekannter. Aber ich weiß, dass er gut gekleidet ist. Immer sehr gepflegt. Er will nicht über seine Familie sprechen. Und er hasst es, vor anderen auf der Toilette zu pinkeln.“ Till musste an die peinliche Situation denken, als er sich neben Ed platziert hatte, dabei hatte er ihm bloß moralischen Beistand geben wollen.

„Das ist interessant.“

„Wirklich?“

„Ja, nämlich dass Sie dem irrwitzigen Glauben erliegen, das wären Indizien für Homosexualität. War es das? Sie beginnen mich zu langweilen.“

„Wo haben Sie das Medaillon her? Es ist Sebastians Medaillon, nicht wahr?“

Bens Naserümpfen verriet Till, dass er es geschafft hatte, ihn ein winziges Stück aus dem Konzept zu bringen. „Wusste ich es doch, dass Sie keine Ruhe geben. In Ordnung, bevor Sie mich festnageln, ja, es ist das Medaillon vom lieben Sebastian. Ich habe es gefunden.“

„So weit waren wir schon.“

„Stimmt. Sie wollen wissen, wo. Und meinen, mit dem kleinen Geplauder über mein Fachgebiet hätten Sie plötzlich einen Stein bei mir im Brett. Ach, was soll's, ich sage es Ihnen. Es lag herum. Ganz simpel. Es lag auf dem Boden.“

„Also haben *Sie* Sebastians Leiche zuerst entdeckt, noch vor der Platzmutter?“

Ben schüttelte den Kopf und sagte ernst: „Nein. Ich bin erst durch Päms Gezeter darauf aufmerksam geworden, dass Sebastian tot war, ehrlich. Als sie dann zur Rezeption gelaufen ist, um die Polizei zu rufen, habe ich mich hingetraut. Es war furchtbar, ihn so zu sehen. Er war ein netter Kerl.“ In sein Gesicht legte sich ein Ausdruck, den Till nicht einschätzen konnte.

Spielte er ihm nur eine Komödie vor oder war es echte Trauer um den Verlust eines Freundes?

„Und dann haben Sie das Medaillon an sich genommen."

„Wie? Nein. Verstehen Sie nicht? Ich wusste, er trägt es immer um den Hals, ganz nah an seinem Herzen, und er hatte eine wundervolle Brustmuskulatur. Doch es war nicht da. Es lag auch nicht in der Nähe seines Körpers. Also habe ich den gesamten Campingplatz abgesucht, wie ein Irrer."

„Wo! Wo haben Sie es gefunden!?"

„Na, an der Grotte", antwortete Ben, als sei die Antwort selbsterklärend.

„Grotte?"

„Die Liebesgrotte, ja. Keine richtige Grotte. Aber sie heißt so im Volksmund."

„Aber wieso ..."

„Wieso das Medaillon dort lag? Keine Ahnung. Sebastian muss es dort verloren haben. Das ist die Wahrheit, die reine Wahrheit und nichts als die ... He, was machen Sie da?"

Till kramte sein Handy heraus. Vielleicht interessierte sich sein Gruppenleiter für diese Neuigkeit. Auch wenn Piwi dem Verlust des Medaillons keine Bedeutung beigemessen hatte, bestand zumindest kein Grund mehr, dass jemand danach suchte.

Bevor seine Finger die Nummer eintippten, sagte er zu Ben: „Könnte ich Sie eventuell noch um einen winzigen Gefallen bitten?"

8. Kapitel

Piwi ließ sich von Tessa zum Platztor begleiten.

Es war mittlerweile halb fünf durch und erst maulte sie rum, dass sie Feierabend hätte, immerhin wäre gestern ihr langer Tag gewesen. Dann besann sie sich eines Besseren und ging mit ihm zu dem Durchgang, der links und rechts von Steinmauern begrenzt war. Das Tor wurde tagsüber zur Seite geschoben. Die Straße, die von Ahlbeck herführte, verbreiterte sich davor zu einer Parkbucht und endete als schmale Auffahrt auf das Gelände des Campingplatzes. Unkraut wuchs, wo der Asphalt rissig war.

„Hier", sagte sie und deutete lustlos auf das Metallschloss. „Ich schiebe das Tor zu, stecke den Schlüssel hinein und drehe ihn um."

„Und gestern Abend haben Sie das auch so gemacht?"

Tessa verzog ihren Mund zu einer Schnute, was wohl heißen sollte: *Na klar, was fragst du so doof.*

Piwi war sich selbst als Gruppenleiter nicht zu schade für solch lapidare Ermittlungen. Was blieb ihm anderes übrig? Jo Meier hatte seinen Anruf samt der darin formulierten Bitte um Verstärkung mit einem Schwall an überzeugenden Begründungen abgeschmettert. Also hatte er Ed Stenzl zusammen mit Frau Loch losgeschickt, weil er Ed in seiner momentanen Phase als *Lone Ranger* lieber nicht alleine ermitteln ließ, und er konnte schlecht Till Brenner mitschicken, denn dass hieße wiederum, Frau Loch allein zu lassen. Es war zum Verzweifeln.

„Um wie viel Uhr schließen Sie ab?“

„Immer um neun. Kann ich jetzt gehen?“

„Nicht so eilig“, erwiderte Piwi. „Ihnen ist Ihre Rolle bei der Aufklärung dieses Todesfalles nicht bewusst, wie?“

„Häh?“

Er erklärte ihr, ein offenes Platztor hieße, dass der Täter kurzfristig von draußen eingedrungen sein konnte. Jeder Außenstehende käme somit dafür in Betracht. Ein abgeschlossenes Tor dagegen bedeutete, dass der Täter sich lange vor der Tatzeit auf dem Platz befunden haben musste. Womöglich campte er dort. Das schränkte den Kreis der Möglichkeiten enorm ein.

Tessa schien beeindruckt, ihr Schädel glühte fast vor Aufregung, bis sie ihm mit einer Bemerkung einen Strich durch die Rechnung machte. „Aber das Tor ist nur für Autos. Zu Fuß kommen die Camper durch eine Tür hinter der Rezeption rein und raus. Die wird auch nachts nicht verschlossen.“

„Dann gibt es keine Einlasskontrolle? Wird nicht festgehalten, wer den Platz betritt?“

Tessa erklärte, mittlerweile um einiges freundlicher gestimmt, dass sich alle Camper bei ihrer Ankunft an der Rezeption zu melden und registrieren zu lassen hätten.

Die Gästeliste, richtig, dachte Piwi. Sie lag sauber gefaltet in seiner Aktentasche und wartete darauf, durchgearbeitet zu werden. Genau wie das schwarze Notizbuch, welches Ed unerlaubterweise mitgenommen hatte.

Manchmal ergaben sich aus geduldigem Papier brauchbare Hinweise, allzu große Erwartungen hegte er nicht. „Was ist, wenn die Camper Besuch empfangen?"

„Es gibt auch eine Liste für Besucher. Aber nicht alle melden sich an. Manche kommen und gehen einfach so."

„Verstehe", murmelte Piwi. Der Täter, falls ein Besucher von außerhalb, würde sich kaum eingetragen haben. Die Ausbeute dieser Unterredung war bis dato alles andere als befriedigend; es blieb abzuwarten, ob Tessa noch das Kunststück fertigbrachte, ihn zu begeistern. „Sie wohnen auch auf dem Campingplatz, habe ich gehört?"

„Ja. Roberto war so freundlich, mir gegen eine geringe Gebühr einen Wagen zur Verfügung zu stellen", erzählte sie langatmig. „Nichts Tolles. Aber für mich reicht es."

„Letzte Nacht haben Sie dort verbracht?"

„Ja, natürlich. Wo soll ich sonst gewesen sein?"

Er erinnerte sich an Tills Wortlaut, dass sie abends öfter Langeweile schob. „Ich weiß nicht, wo halten sich junge Frauen gerne auf? Mit ihren Freundinnen in einem Café? Bei ihrem Freund? In der Disco?"

Sie lachte, als fände sie seine Annahme, dass sie ein Privatleben führte, ulkig. „Disco? Am Montagabend? Nein. Ich sitze meist in meinem Wohnwagen und lese. Ich arbeite in Deutschland, um Geld zu verdienen", fügte sie hinzu, weil es wohl erklärungsbedürftig klang. „Ich gehe zurück nach Dänemark nach den Ferien."

„Ist gestern Abend vielleicht etwas anders gewesen als sonst?"

Sie überlegte. „Nein. Es war alles wie immer."

Wie langweilig, dachte er, genauso wie das Mädchen selber. Ein bisschen pummelig, trug sie ein graues T-Shirt Größe XL, das an sich nicht auffiel, an ihr aber wie ein Sack hing. Ihre dürren Beinchen dagegen wirkten in den Leggings wie Stelzen. Wahrscheinlich erlebte sie tatsächlich nicht viel und konnte deshalb nichts Aufregendes berichten. „Warum hat eigentlich niemand etwas gesehen? Wohnen hier nur Schlaftabletten? Keiner, der nachts mal aus dem Fenster schaut? Der aufs Klo muss? Der was weiß ich?"

„Bingo", rief Tessa.

„Wie bitte?"

„Sonntags ist immer Bingo-Abend. Das geht oft ziemlich lang. Bier in Mengen, Sie verstehen? Die meisten Gäste sind am nächsten Abend müde und gehen früher schlafen."

Ein Auto hupte, denn sie versperrten nach wie vor die Zufahrt zum Platz. *Holländer,* dachte Piwi beim Blick auf das Kennzeichen und sprang beiseite. Er würde bei Tessa nur seine Zeit verschwenden. Eine halbe Stunde, kostbare dreißig Minuten, alles für die Katz.

„Außer Achim, natürlich."

„Was haben Sie gesagt?"

Tessa wiederholte brav ihre Aussage. „Er ist der Nachtwächter. Ich habe ihn gesehen. Das interessiert Sie bestimmt nicht."

„Moment, Moment." Piwi traute seinen Ohren nicht. „Es gibt einen Nachtwächter? Warum sagt einem das niemand? Ich weiß, wir haben nicht gefragt. Erzählen Sie!"

Das Mädchen starrte ihn an, als hätte sie noch nie jemanden gesehen, der sich vor Aufregung die Haare raufte. „Was soll ich erzählen? Es war, keine Ahnung, um elf oder halb zwölf. Er lief über die Wiese in diese Richtung." Sie zeigte zur Ostsee. „Achim geht jede Nacht über den Campingplatz. Er ist der Nachtwächter."

Achim, sagte Piwi in Gedanken, irgendwo hatte er diesen Namen schon gehört. „Wo finde ich diesen Achim jetzt?"

„Ich weiß nicht. Fragen Sie Zara. Er ist ihr Verlobter."

Es dämmerte ihm. Achim, also Ahmed. Sein Handy klingelte im selben Augenblick. *Till Brenner* stand im Display.

„Das werde ich tun", sagte er und drehte sich weg. „Ja, Till?"

Der Azubi erklärte ihm, wo er sich zur Zeit befand und was das Gespräch mit Ben Conze mit seinem Ortswechsel zu tun hatte.

„Bleib, wo du bist. Ich komme sofort dorthin." Da er den Weg nicht kannte, bat er die höflich auf ihre Entlassung wartende Tessa um einen allerletzten Gefallen: „Wo geht es hier zur Liebesgrotte?"

Ein vager Verdacht breitete sich in ihm aus, der ersehnte Hoffnungsschimmer vielleicht, doch wenn er Recht behielte, würden sie auch ohne zusätzlichen Mann im Ermittlungsteam einen ganzen Schritt weiterkommen. Er wählte die Telefonnummer der Rechtsmedizin, anstatt zuerst die Spurensicherung zu informieren.

„Rudi?“, sagte er im Laufschritt. „Peter Vollmer hier. Sag, gibt es schon Neuigkeiten zu Sebastian Liebermann? Vor allem würde mich eines interessieren: Könntest du dir vorstellen, dass man die Leiche erst nachträglich an ihren Fundort geschafft hat?“

Sie suchten Zara Aslin im Waschhäuschen, vor dem es zu dem unverhofften Zusammentreffen mit ihr gekommen war. Vergeblich. Der Raum, in den sich das Mädchen geflüchtet hatte - ziemlich auffällig sogar, wie ihm im Nachhinein bewusst wurde - entpuppte sich als winziger Putzraum, in dem die üblichen Utensilien aufbewahrt wurden, Eimer mit Schrubbern, Toilettenreiniger, Seife und so weiter.

„Nichts“, sagte Ed, als er durch die Tür zurück ins Freie trat, wo Frau Loch auf ihn wartete. Sie hatte während der vergangenen zehn Minuten kein Wort von sich gegeben. „Wo könnte sie noch sein?“, überlegte er laut.

„Ich hatte von Anfang an das Gefühl“, begann Grit und wartete ab, ob sie weiterreden durfte, „dass das Mädchen uns gefolgt war.“

„Gefolgt war?“, wiederholte Ed. „Wie meinen Sie das?“

Mit ihrem Verhalten beim Platzvater hatte die neue Kollegin den Ball mittig vors Tor gelegt. Überflüssig, ihr in langen Reden klarzumachen, dass es besser für sie und andere wäre zu schweigen, sie hatte es von selbst gemerkt. Ein Blick von ihm zur Bestätigung hatte ausgereicht.

„Wie ein Schatten“, antwortete Grit knapp.

„Verstehe." Es deckte sich mit seiner eigenen Wahrnehmung. Er hatte eine Idee. Doch zuerst würden sie in dem anderen Waschhäuschen nachschauen, um auf Nummer sicher zu gehen. Ohne eine verkrampfte Unterhaltung führen zu müssen, wie noch vor dem besagten Vorfall, liefen sie über die Wiese zu dem Holzhaus, doch im Gegensatz zu dem ersten besaß es überhaupt keinen Putzraum.

„Rezeption?", schlug Grit vor, was Ed abnickte.

Päm Müller hatte noch immer Kioskdienst. „Nein, ich weiß nicht, wo Zara sich aufhält", beantwortete sie genervt ihre Frage und sortierte Schokoriegel in einer Pappbox um. „Ich dachte, *Sie* wären die Polizisten."

Ed überhörte die Stichelei und wollte wissen, ob Zara um diese Uhrzeit vielleicht frei hätte.

Anstatt zu antworten, packte die Platzmutter die Riegel aus der Box, um sie genauso wieder einzusortieren.

„Frau Müller? Hat Ihre Putzfrau frei oder muss sie gerade für Sie arbeiten?"

„Zara kann sich ihre Arbeitszeit frei einteilen. Gut möglich, dass sie mit ihrem Verlobten nach Anklam gefahren ist." Päm stellte die neu sortierte Packung zurück ins Regal.

„Ich hätte gerne einen."

„Was?"

„Einen Schokoriegel. Mit Nüssen", sagte er und kassierte einen strafenden Blick, weil die Frau sich erneut umdrehen und zum Regal strecken musste. Mit ihrer Größe kam sie jedoch problemlos bis ans oberste Fach.

„Und natürlich einen für meine Kollegin", fügte Ed hinzu, aber erst, nachdem er den Riegel bekommen hatte. „Frau Loch, was darf es sein? Ich gebe einen aus. Mit Nüssen oder lieber pur?"

„Äh, lieber pur."

Die Platzmutter warf ihm schnaubend den zweiten Riegel auf die Theke. „Wissen Sie, was mir langsam auf die Nerven geht? Ihre Fragerei." Zur seiner Verwunderung zog sie die gesamte Pappbox aus dem Regal und leerte den Inhalt lautstark über der Arbeitsfläche aus. „Darum könnten Sie sich mal kümmern."

Ed konnte seinen Spaß kaum verbergen. „Um Schokoriegel", lachte er.

„Ja. Ständig verschwinden hier Sachen." Sie senkte die Stimme, weil zwei Männer, die an der Theke Dosenbier schlürften, bereits in ihre Richtung schauten. „In dieser Box müssten mindestens zwanzig Riegel sein. Wie viele sind drin? Neun. Das Toilettenpapier verschwindet in großen Mengen. Blumenerde säckeweise. Seife. Handtücher. Alles, was nicht niet- und nagelfest ist, wird mitgenommen."

„Ach, das ist interessant. Haben Sie eine Vermutung, wer dahinterstecken könnte?"

„Hätte ich Sie gefragt, wenn es so wäre?"

Ed legte zwei Münzen auf den Tresen. „Also werde ich meinem Gruppenleiter vorschlagen, dass wir alles stehen und liegen lassen und uns von nun an auf das *Geheimnis des verschwundenen Schokoriegels* konzentrieren."

Das Gezeter, das als Reaktion zu ihm herüberschallte, überhörte er geflissentlich. Die Männer mit dem Dosenbier stießen mehrere Lacher aus, obwohl sie kaum mitbekommen haben dürften, worum es gegangen war. Ed gab seiner Kollegin ein Zeichen, ihm nach draußen zu folgen, wo er vorschlug, die Schokoriegel unter dem Sonnenschirm zu verzehren.

„Sehen Sie ganz natürlich dabei aus", sagte er und nahm auf der Holzbank Platz.

Augenscheinlich verstand Grit seine Anweisung nicht.

„Sie glauben doch nicht, ich setze mich zum Vergnügen hier mit Ihnen hin", klärte er sie auf. „Ich will Zara anlocken. Sie haben selbst gesagt, dass sie einen verfolgt wie ein Schatten. Wenn man sie sucht, findet man sie nicht. Sie selber muss einen finden."

Anstatt eines natürlichen Gesichts machte die Kollegin gleichwohl ein ziemlich langes. Sie öffnete die Verpackung ihres Schokoriegels mit einem Riss und konnte nicht stillhalten. „Es tut mir so leid, wie ich mich vorhin im Schuppen verhalten habe", plapperte sie. „Ich weiß auch nicht, was in mich gefahren ist."

Ed versuchte, Grit mit einer Handbewegung zum Schweigen zu bringen.

„Das war total daneben", redete sie weiter. „Sonst bin ich gar nicht so, wirklich."

„Frau Loch ..."

„Sie können mich vom Dienst suspendieren, wenn Sie wollen."

„Das kann ich nicht."

Grit hob stirnrunzelnd den Kopf, endlich ruhig.

„Aber Jo Meier", sagte Ed und genoss für eine Sekunde die Genugtuung, ihr Schicksal völlig in der

Hand zu haben. „Hören Sie! Wir machen einen Deal. Ich werde Piwi nichts erzählen. Im Gegenzug hören Sie auf, mich die ganze Zeit zuzublubbern. Einverstanden?"

Die Kollegin starrte auf ihren Schokoriegel, als müsste sie ihn ungegessen zurückgeben, und willigte dann ein.

„Das hat gar nichts mit Ihnen persönlich zu tun", erklärte Ed. „Ich kann mich einfach besser konzentrieren."

Die Kollegin nickte stumm und schloss sich zu allem Überfluss in einer Geste den Mund ab und warf den Schlüssel weg.

Grit Loch konnte ihm durchaus nützlich sein, fand Ed. Nicht auf die Weise, wie sie sich bisher verhalten hatte, sondern als eine Art Watson. Als jemand, der dumme Fragen stellte, damit er über die richtigen Antworten nachdenken konnte. Diese Rolle barg durchaus einen gewissen Reiz und durfte nicht jedem übertragen werden. „Was halten Sie von ihm?", fragte er daher.

„Dem Schokoriegel?"

„Dem Platzvater."

„Oh." Grit brauchte einen Moment, bevor sie reagierte: „Er ist ... äh, er hat enorme Ausstrahlung. Und er hat Dreck am Stecken. Warum nicht einen Mord?"

„Sehr gut", sagte Ed. „Weiter."

„Weiter ..." Ihr war anzumerken, dass sie sich anstrengte. „Er ist ein Trampel, was die Gefühle anderer betrifft. Diese Sache mit der offenen Beziehung ... Mir kann keiner weismachen, dass so etwas funktioniert.

Und das mit Natalie sieht mir auch nicht nach Liebe aus."

Ed machte ein Geräusch, das in Quizshows bei der falschen Antwort ertönt. „Sie haben nicht richtig hingesehen."

„Was meinen Sie?"

„Roberto trug ein Halstuch."

„Ein Halstuch? Ich verstehe nicht."

„Man sieht es, Frau Loch." Behutsam faltete er das Papier seines Schokoriegels auseinander. „Nun, ganz einfach. Während Sie Roberto Müllers stramme Oberschenkel begutachtet haben – und leugnen Sie nicht, dass Sie das getan haben –, habe ich mir seinen Hals angesehen. Ein Knutschfleck. Müller hat versucht, ihn mit dem Tuch zu verdecken. Wovor, habe ich mich gefragt. Warum sollte er ihn verstecken, wenn nicht aus Rücksichtnahme auf die Gefühle anderer?"

Die Kollegin schaute aus, als hätte sie entweder seine Schlussfolgerung nicht begriffen oder wäre anderer Meinung. Dennoch sagte sie: „Also liebt er seine Frau. Und der Fleck ist von Natalie. Oder umgekehrt. Ja, wen von beiden liebt er denn?"

„Wer sagt, dass es keine dritte Person gibt?"

„Elendiger Dreckskerl", zischte Grit und knüllte ihr Papier zusammen. „Und wo ist das Motiv?"

Ed lächelte in sich hinein. Ohne Komplikationen hatte seine Kollegin die Rolle übernommen, die er ihr zugedacht hatte. „Die bessere Frage ist: Wo ist die Verbindung? Die Verbindung zwischen Roberto und dem toten Sebastian?"

„Ist das nicht dasselbe?"

„Nicht zwangsläufig. Bei einem Motiv wäre die Frage, warum er Sebastian *umgebracht* hat. Meine Frage wäre, warum er *Sebastian* umgebracht hat. Wenn es keine Verbindung gibt, können wir Müller als Täter ausschließen. Bisher kenne ich nur die eine: Sebastian hat Roberto und Natalie beim Schäferstündchen beobachtet. Was gab es zu sehen, was er nicht sehen durfte?"

„Ist das von Belang? Müller hat für die Tatzeit ein Alibi."

Ed wiederholte das Geräusch einer falschen Quizshow-Antwort. „Sie meinen Päm? Dieses Alibi hat so viel Wert wie eine Tüte voll Ostseeluft. Ehefrauen geben ihren Männern gerne mal ein falsches Alibi. Das wissen wir nicht erst seit *Zeugin der Anklage*."

Grit schien eine Bestätigung dafür in der Papierkugel zu suchen, die sie aus ihrer Verpackung geformt hatte. „Also hat uns das Gespräch mit ihm überhaupt nicht weitergebracht?"

Ed entgegnete, dass es trotz aller offenen Punkte aufschlussreich gewesen wäre, aber kein Durchbruch. Mit dem ranzigen Geschmack älterer Schokolade auf der Zunge ließ er den Blick über die Wiese schweifen. So viele Menschen liefen um ihn herum, nur derjenige nicht, den man brauchte. Ein Mann, der am Morgen neben seiner Frau gehumpelt hatte, stand ohne die Spur einer Beeinträchtigung an der Rezeption und quatschte. Eine dicke Frau im Liegestuhl knabberte Chips aus einer Tüte, die sie unter ihrer Zeitschrift versteckt hielt. Ed hätte stundenlang so weitersitzen können, um die Eigenarten, Vorlieben oder kleinen Sünden dieser Leute zu studieren. „Wenn nur Zara endlich auftauchen würde", sagte er mit Blick auf die Uhrzeit.

„Was hat es mit dieser Zara auf sich?"

Ed erzählte von der Begegnung am Waschhäuschen. „Sie hat es so inszeniert, dass wir sie ansprechen, davon bin ich überzeugt. Und sie weiß etwas über letzte Nacht. Ich hoffe nur, dass ... Moment, bitte."

Sein Handy klingelte. „Ja? Echt? Gut, bis gleich."

Im Aufstehen begriffen, gab er der Kollegin Piwis Worte wieder: „Wir sollen hier abbrechen. Es könnte sein, dass Sebastian gar nicht am Zelt von Frau Zybler, sondern ganz woanders getötet wurde."

„Sie haben kein Alibi für letzte Nacht?", wiederholte Piwi seine Frage und achtete darauf, dass seine Stimme den nötigen Schneid besaß.

„Nein, nein und nochmals nein. Gottchen, wäre ich davon ausgegangen, dass ich eins brauche, hätte ich mir einen Typen angelacht, der mir eins gibt."

„Wann haben Sie das Medaillon gefunden?"

„Heute Morgen. Das sagte ich bereits dem jungen Burschen." Ben Conze warf Till einen Blick zu, dem der sofort auswich. „Sie wollen mir doch nicht vorwerfen, dass ich Sebastian etwas angetan habe? Da muss ich protestieren. Wo ich Ihnen das Medaillon aus freien Stücken gezeigt habe."

„Das könnte ebenso gut Taktik sein", erwiderte Piwi.

Wie eine Statue stand er auf einem Stein, der aus dem Dünensand herausragte, und wartete auf die Kollegen von der Spurensicherung. Sie würden nicht darüber jubeln, so kurz innerhalb eines Tages zum zweiten Mal zur Untersuchung desselben Falles gerufen zu werden. Allerdings war es ihre Aufgabe, den Tatort zu examinieren, und da sie bisher geglaubt hatten, Sebastian wäre direkt auf der Wiese getötet worden, war es ihre verdammte Pflicht. Die Rechtsmedizin hatte seiner Vermutung zugestimmt: der Körper des Jungen könnte auch erst nach seinem Tod dort hingebracht worden sein.

„Ich stelle mir das so vor. Sebastian macht sich gestern Abend auf den Weg zur Grotte. Sie, Herr Conze, folgen ihm, wollen ihm näherkommen, er lässt sich nicht darauf ein. Sie töten ihn und nehmen das Medaillon dabei mit. Um die Spuren zu verwischen, tragen Sie die Leiche zur Wiese."

„Genau. Und weil es so herrlich logisch ist, zeige ich der Polizei am nächsten Tag die richtige Stelle", ergänzte Ben.

„Wie gesagt, es könnte Taktik sein."

Piwi scheuchte mit einer Handbewegung eine Horde Kinder ohne Aufsichtsperson weiter. Die Touristen bevölkerten den Strand um diese Tageszeit in Massen. In den letzten dreißig Minuten hatte er etliche von der Düne fernhalten müssen, allerdings mit fragwürdigem Effekt: die meisten Spuren waren eh durch nackte Füße, Flipflops und Badelatschen unbrauchbar getrampelt worden. Die Ostsee wirkte allzu verlockend mit ihrem glitzernden Blau in der Sonne. Wie gerne hätte er selber die Schuhe ausgezogen und wäre bis zu den Knien hineingelaufen, um sich von der Hitze abzukühlen. „Und das hier ist die Liebesgrotte?"

„Finden Sie es selbst heraus", antwortete Conze trocken. „Warum soll ich Ihnen helfen, wenn Sie mich für einen Mörder halten?"

„Das tue ich gar nicht. Aber es spricht einiges dafür. Ich erledige hier nur meine Pflicht, dafür haben Sie hoffentlich Verständnis."

„Sicher habe ich das. Trotzdem würde mich interessieren, *was* Ihrer Meinung nach dafür spricht."

„Ganz einfach. Bis wir die Analyse des Spermas auf Sebastians Hose haben, sind und bleiben Sie tatverdächtig." Piwi fing schon wieder an, sich zu verteidigen. Er müsste härter durchgreifen, hatte Jo Meier ihn mehrfach bei Personalgesprächen ermahnt und kritisiert, dass er zu weich wäre für diesen Job. Hatte Meier ihm deshalb diesen Fall übertragen? Weil er annahm, der Tod des Jungen wäre ein Unfall gewesen und Piwi würde das gerade noch hinkriegen? Eine offizielle Bestätigung, dass Sebastian durch Fremdeinwirkung gestorben war, gab es nach wie vor nicht.

„Sehen Sie? Das verstehe ich vollkommen", erwiderte Ben. „Was ist mit dem Motiv?"

„Das Motiv ..."

„Kommen Sie mir jetzt nicht mit verschmähter Liebe oder so. Das zieht bei mir nicht."

Piwi hob die Schultern. „Das Medaillon", sagte er. „Es ist schon für weitaus weniger getötet worden. Wer weiß, unter Umständen ist es ein Vermögen wert. Und Sie wussten das."

„Chef?" Sein Azubi wedelte mit einer Broschüre. *Zur Sonne und seine Lichtblicke* stand darauf geschrieben. „Tessa hat mir die heute Morgen in die Hand gedrückt. Es *ist* die Liebesgrotte. Keine richtige Grotte. Aber ein romantisches Plätzchen, das vor allem bei Pärchen sehr beliebt ist."

„Ist das so? Herr Conze?"

„Ja." Der Mann verdrehte die Augen. „Die Leute kommen scharenweise her, um sich in der Grotte zu paaren. Keine Ahnung, vielleicht bringt das Glück oder gesunde Kinder."

„Und das Medaillon lag hier?“ Mit der Spitze seines Turnschuhs deutete Piwi auf eine Stelle neben ihm, um keine zusätzlichen Spuren zu hinterlassen.

„Ja doch, zum hundertsten Mal.“

„Dann muss sich irgendwo Blut befinden. Ich würde glatt meinen Arsch darauf verwetten.“

Conze stemmte seine Hände in die Hüften. „Bei so einem Wetteinsatz wäre ich glatt geneigt, dagegen zu wetten.“

„Hast du eigentlich nichts zu tun?“, blökte Piwi, worauf der Azubi sein albernes Grinsen hinter der Campingplatz-Broschüre versteckte. „Wo die Spurensicherung bleibt, wenn man sie mal braucht.“ Piwi hielt sich den Finger vor den Mund, um nachzudenken. Nichts verabscheute er mehr, als sich vor den Untergebenen zu blamieren. „Also. Sebastian liegt hier, um zuzuhören, wie es in der Grotte abgeht. Was sieht er? Die Akteure?“

„Das ist sehr gut möglich“, antwortete Till. „Wir hatten Vollmond. Andererseits ...“ Der Azubi hatte sich in die ungefähre Position von Sebastian gebracht. „Ich sehe nicht wirklich, was dort unten passiert.“

„Was soll das heißen, *nicht wirklich*?“

„Ich sehe Steine. Ich sehe Sand und Gras. Aber ich kann nicht bis zur Grotte gucken.“

Piwi stieg von seinem Sockel, um die Aussage zu überprüfen. Die Dünen erhoben sich kaum merklich, wenn man obendrauf stand, doch vom Boden aus betrachtet versperrten sie eindeutig den Blick zum Wasser. Er kletterte wieder auf den Stein und konnte die Ostsee sehen, den Strand und die Felswand, die einen

Halbkreis zeichnete. „Du hast recht, Till. Wer auch immer in der Grotte war, Sebastian konnte es definitiv nicht erkennen."

„Aber das Paar wird sich nicht ewig in der Grotte miteinander beschäftigt haben", warf Ben ein.

Nicht ganz uneigennützig, wie Piwi schien. „Davon ist auszugehen. Er oder sie kommt zurück, entdeckt Sebastian und erschrickt. *Zack,* kriegt der Junge was über die Rübe."

„*Das* klingt logisch für mich."

„Sebastian verliert sein Medaillon, wo Sie es am nächsten Morgen finden."

„Exakt."

„Stellt sich nur eine Frage: Warum zum Kuckuck hat man sich die Mühe gemacht, die Leiche an einen anderen Ort zu schaffen? Wie ich es sehe, wäre das gar nicht nötig gewesen."

Conze breitete die Arme aus. „Da bin ich überfragt."

„Sehen Sie, ich auch." Das ergab überhaupt keinen Sinn, überlegte Piwi und raufte sich die Haare. Fast einen Tag Ermittlungsarbeit und alles, was sie vorweisen konnten, waren neue Fragen. Jo Meier aber verlangte nach Ergebnissen, zumindest nach vorläufigen, die er einfach und verständlich und am besten schön bunt angemalt präsentiert haben wollte. Eine Besprechung mit dem Vorgesetzten, ohne den Namen mindestens eines Verdächtigen parat zu haben, konnte im Desaster enden. Wenn Piwi den Feierabend retten wollte, hatte er dies bei seinem weiteren Vorgehen zu berücksichtigen.

„Ehrlich gesagt sieht mir der Abtransport der Leiche nach einer reinen Verwirrtaktik aus", sagte er und ließ seinen Blick zum Horizont schweifen, um niemandem in die Augen blicken zu müssen. Sein Verdächtiger stand fest. Jetzt ging es darum, ihm das beizubringen, möglichst ohne Federn zu lassen. „Was meiner Auffassung nach für einen Täter spricht, der extrem clever ist. Sein Motiv wirkt dagegen geradezu banal. Er sieht Sebastian. Er will das Medaillon. Um die Polizei in die Irre zu führen, bringt er die Leiche woanders hin."

„Wenn das die Pointe der Geschichte sein soll, finde ich sie ausgesprochen langweilig", erwiderte Ben.

„Damit muss ich leben. Herr Conze, ich mache Sie darauf aufmerksam, dass Sie das Gelände bis auf Weiteres nicht verlassen dürfen."

„Sie wollen mich festnehmen?"

„Nein, für eine Festnahme ..."

„Ach, wie schade."

Als sein Azubi grinste, begriff Piwi, dass Conze das Wort *festnehmen* wohl anders ausgelegt hatte. Noch während er sich heftig durch die Haare fuhr, bogen die Kollegen Stenzl und Loch um die Ecke, die sich unterstehen sollten, Till nach der Ursache seines Amüsements zu fragen. Nur die wichtigsten Leute ließen nach wie vor auf sich warten. Er fühlte sich scheußlich in seiner Haut und brauchte dringend eine Dusche.

„Wo bleibt nur die beschissene Spurensicherung?", rief Piwi und drehte sich weg.

Sie durfte nach Hause.

Natürlich brauchte Piwi ihr das nicht zweimal zu sagen. Es war eine Dienstanweisung und Grit befolgte

Anweisungen, genauso, wie sie es sich am Morgen beim Verlassen ihrer Wohnung vorgenommen hatte. *Interessiert sein, engagiert* und *pünktlich*. Über alles andere dachte sie zum jetzigen Zeitpunkt lieber nicht nach.

Als Grit ihren Seat erreichte, der den Tag über in der direkten Sonne gestanden hatte, spürte sie das dringende Bedürfnis nach Abkühlung. Allein der Gedanke an die Rückfahrt in einem aufgeheizten Auto ohne Klimaanlage ließ ihr Deo platzen. Sie würde beiden eine Erfrischung gönnen, ihrem Seat durch Herunterkurbeln der vorderen Fensterscheiben und sich selber, indem sie zurück zum Kiosk lief, um etwas Kaltes zu trinken.

Päm Müller, die vorhin dort ihren Dienst verrichtet hatte, war weit und breit nicht mehr zu sehen. Ebenso wenig ihr Mann Roberto, was Grit ganz gelegen kam. Stattdessen hockte ein junges Mädchen an der Theke, den Kopf auf die Ellbogen gestützt, als wäre er zu schwer. Bestimmt diese Tessa, deren Name während der Gruppenbesprechung gefallen war, vermutete Grit und bestellte bei ihr eine Cola. „Aber kalt, bitte."

Das Mädchen quittierte den Extrawunsch mit einem Augenrollen, ehe es sich aufraffte und seinen Körper zum Kühlschrank schleppte.

„Ganz schön heiß heute, nicht?", sagte Grit und fächelte sich mit einem Blatt Papier Luft zu.

„Was Sie nicht sagen", erwiderte Tessa und knallte ihr eine Getränkedose hin.

Grit bezahlte mit Kleingeld.

„Na toll, und ich bin's wieder gewesen, wenn die Kasse nicht stimmt. Nein, jetzt lassen Sie." Das Mädchen kratzte die Münzen von der Theke und zählte dabei laut, jedoch ohne die deutsche Zahlen zu benutzen.

„Sie sind aus Dänemark, stimmt's?", fragte Grit.

„Ich bin vor allem stinksauer. Eigentlich hab' ich längst Feierabend." Tessa warf das Geld in eine Kassette und schlug den Deckel zu. Der Lärm ließ sie zusammenzucken, als hätte sie nicht damit gerechnet. „Tut mir leid", sagte sie, „ich wollte nicht ..."

„Ist schon gut."

„Sie sind von der Polizei, oder?"

Grit bejahte. „Aber jetzt habe ich Feierabend. Ich will Sie nichts fragen, keine Bange. Dieses hier ist schon ein privates Getränk." Sie öffnete die Dose mit einem Zischen und trank, als hätte es seit Ewigkeiten keine Cola mehr zu kaufen gegeben.

Das Mädchen setzte sich auf den Hocker zurück, sichtlich froh darüber, dass es weder Fragen beantworten sollte noch sonst in irgendein Gespräch verwickelt wurde.

Grit musste an die *Firma* denken. Diese Tessa zu sehen war in gewisser Weise wie ein Blick in den Spiegel. Nicht nur äußerlich gab es bedenklich viele Übereinstimmungen zwischen ihr und der jungen Grit. Auch beim Temperament waren sie sich offenbar ähnlich. Tessa ließ ihren Gefühlen freien Lauf. Oder anders ausgedrückt, sie war nicht in der Lage, sie für ein soziales Miteinander unter Kontrolle zu halten. Grit fragte, ob es Pfand auf die Dose geben würde.

„Nein", antwortete das Mädchen, „die kommen aus Holland. Da gibt es keinen Pfand."

„Na, dann", Grit trank den letzten Schluck und warf die Dose in den Mülleimer, „wünsche ich einen schönen Abend. Auf dass Sie bald Ihren Feierabend kriegen."

„Ihr Zettel", rief Tessa ihr nach.

Beinahe hätte sie ihn vergessen. Grit nahm das Papier, das sie zum Luft wedeln verwendet hatte, und faltete es auseinander. *Du meine Güte,* schoss ihr durch den Kopf. Es war die Liste mit den Männernamen, die sie bei ihrer Unterhaltung mit Natalie Zybler in Erfahrung gebracht hatte. Nicht auszudenken, was passiert wäre, wenn ...

„Ist er wichtig, der Zettel?", fragte Tessa.

„Oh ja, und wie. Jetzt haben Sie einen gut bei mir."

Das Mädchen lächelte.

Grit überflog die Namen, geschrieben in Frau Zyblers kindlicher Handschrift. *Roberto Müller* stand ganz oben. Sofort begannen ihre Hände zu zittern beim Gedanken an das Gespräch mit dem Platzvater im Schuppen. Oder vielmehr daran, wie es geendet hatte. Der nächste Name auf der Liste lautete Johann Geher, gefolgt von verschiedenen internationalen Namen, die Grit auf dem Stellplatz nur kurz überflogen hatte. Detlef Kuyper, ein Holländer. Enrico Ramazotti, Italiener. Ihre Hände zitterten so sehr, dass die Schrift auf dem Papier verschwamm. *Nein, bitte nicht,* dachte sie.

„Geht's Ihnen nicht gut?"

„Holland", rief Grit. „Wie heißt noch gleich der Schnaps aus Holland?"

„Wie bitte?", fragte Tessa verwirrt. „Genever, meinen Sie? Oder De Kuyper."

„Scheiße!“ Grit traute sich kaum weiterzulesen. Jack Daniels. Kapitän Morgen. *Genug!* Wütend knüllte sie den Zettel zusammen und warf ihn dahin, wo kurz zuvor die pfandfreie Coladose gelandet war.

Das Mädchen starrte sie mit offenem Mund an. „Aber ich dachte ...“

„Ja, ich auch“, erwiderte Grit laut. „Wie kann man nur so doof sein? Von vorne bis hinten verarschen lassen habe ich mich von ihr.“

„Von ihr?“

„Von ... Argh, ich darf das jetzt nicht laut sagen.“

„Moment, ich habe was für Sie.“ Das Mädchen stieg vom Hocker und lief nach hinten, um etwas zu holen. „Das wird Sie aufmuntern“, rief es.

Grit bezweifelte, dass es in ihrer Situation etwas gab, das es schaffte, sie aufzumuntern, zumindest nicht unter 30%. Ihre Freunde auf Natalies Liste ließen grüßen.

„Die hat Roberto heute Nachmittag besorgt. Ganz frisch, aus der Stadt, hat er gesagt.“ Tessa präsentierte einen Karton in ihren Händen, der Grit verdächtig bekannt vorkam.

„Eigentlich soll ich sie ja für 1,50 pro Stück verkaufen.“ Sie hob den Deckel an und hielt Grit den Inhalt unter die Nase. „Aber bei Ihnen mache ich eine Ausnahme. Kommen Sie, greifen Sie zu!“

„Mistkerl“, zischte Grit und wandte sich ab. Der Anblick ihrer Backwaren, oder was die Hitze mittlerweile daraus gemacht hatte, war unerträglich.

Ja, sie widerstand dem Drang, dem Mädchen den blöden Karton aus den Händen zu schlagen. Und ja, sie widerstand der Versuchung, einfach gegen den Mülleimer zu treten.

Roberto Müller war ein Betrüger. Mindestens ein Lügner, dies war der Beweis.

Grit wusste nur nicht, wie lange sie sich unter Kontrolle halten konnte.

Die beiden hatten vom Gruppenleiter einen letzten Auftrag erhalten, bevor der Dienstschluss für sie eingeläutet wurde.

Zwar hätte Ed kein Problem damit gehabt, weiterzuarbeiten – auf der Schule hatte es immer geheißen, dass im Falle dringender Ermittlungen auch mal rund um die Uhr geschuftet wurde. Doch offensichtlich sah sein Chef eben keine besondere Dringlichkeit, das Team mehr als nötig in Beschlag zu nehmen. Ed spürte erst, wie lang der Tag auf dem Campingplatz inzwischen geworden war, als sie der sinkenden Abendsonne entgegengingen und ihre Körper lange Schatten auf die Wiese warfen. Börner trabte schweigend neben ihm.

„Kaum zu glauben, dass Conze freiwillig zugestimmt hat, dass wir seinen Wohnwagen durchsuchen dürfen", sagte Ed zu ihm.

„Das wundert dich? Du hast gedroht, ihn zur Schnecke zu machen, falls er auf einen richterlichen Beschluss bestehen sollte."

„Ach ja, richtig. Ich höre es so gerne, wenn du das sagst." Er lachte. Aufgaben wie diese machten aus einem Beruf eine Berufung. Herrlich, in den Sachen anderer Leute herumzuschnüffeln und sich dadurch ein Bild ihrer Persönlichkeit zusammenzusetzen. Der Kollege hingegen schien seine Begeisterung nicht zu teilen. „Was ist los mit dir, Börner? Noch sauer, weil deine Russin dich hat abblitzen lassen?"

„Natalie ist Polin", antwortete der erwartungsgemäß. „Und sie hat mich nicht abblitzen lassen."

Ed winkte ab. Der Stellplatz Nummer 38 lag ihnen zu Füßen. Er beäugte das Terrain wie ein Kind einen neuen Spielplatz. Der Wohnwagen stand hinten gegen die Büsche gepresst, ein schmales Modell mit vermutlich selbst gezimmerter Holzverkleidung, die zudem farbig bemalt war. Die Liegestühle sahen bequem aus, der runde Tisch davor romantisch, und die Wäscheleine, die zwischen einem Baum und dem Wagen gespannt war, praktisch, doch all das war nebensächlich. Was sich in seinem Inneren befand, zählte. Er konnte es kaum erwarten hineinzukommen.

„Was suchen wir eigentlich?", wollte Till wissen, als hätte Piwi versäumt, ihnen eine Einkaufsliste mit notwendigen Beweisstücken mitzugeben.

„Alles, was man gegen ihn verwenden könnte natürlich." Ed öffnete die Tür. Ein Schwall warmer Luft strömte ihm entgegen; die Sonne hatte den Wohnwagen in einen Brutkasten verwandelt, obwohl zwei Fenster offen standen. „Schau dir das an. Du hast mir gar nicht erzählt, dass Conze Künstler ist." Nahezu jeder Quadratzentimeter des Fußbodens war bedeckt mit Papier, Fotos und Kartons, was den ohnehin kleinen Innenraum geradezu vollgestopft wirken ließ. Ed trat hinein wie ein Storch.

„Woher sollte ich das wissen?", erwiderte der Kollege, ihm folgend.

Ed schaute zuallererst in eine alte Bonbondose, die Buntstifte in verschiedenen Dicken und Farben enthielt, und widmete sich dann einer Skizze, die zwischen Spülmittel und Kaffeemaschine lag. Erst halb fertig, konnte man bereits ein junges Mädchen erkennen, das ihn sehr an jemanden erinnerte.

„Und, was hältst du von der neuen Kollegin Loch?“, fragte er Börner, der die Kartons auf dem Tisch bei der Eckbank durchsuchte.

„Ganz in Ordnung“, antwortete der kurz.

„Sie ist ein ziemliches Nilpferd, oder?“

Der Kollege brummte ein „Ja“.

„Ach komm, schlag dir die Kleine aus dem Kopf. Die steht eh nicht auf solche Typen wie dich.“

Till schaute tatsächlich einen Moment lang auf. „Was meinst du mit *solchen Typen*?“

„So Langweiler wie du. Bürofuzzis. Die Kleine braucht Action.“

„Wenn du meinst.“

Ed legte die Skizze an seinen Platz zurück und blickte dem Kollegen über die Schulter, der damit beschäftigt war, einen weiteren Karton zu inspizieren. „Was ist da drin?“, fragte er Börner.

„Fotos.“

„Was für welche? Was hast du da?“ Er wurde das Gefühl nicht los, dass Till etwas unter seinem Hemd versteckt hatte.

„Komm, lass das mal!“

„Zeig doch her!“ Ed ließ nicht locker, bis er das Foto in die Finger bekam; eine Schwarz-Weiß-Aufnahme von Natalie Zybler, die leicht bis gar nicht bekleidet auf einem Stuhl hockte. Man konnte ihre Brüste sehen, die Scham war von ihren Händen bedeckt. Das unverblümte Lächeln machte sie jünger als sie sowieso war.

„Wolltest du das mitgehen lassen?“, fragte er und tat schockiert.

„Quatsch!“, zischte Börner.

„Nun nimm es schon, ich habe nichts bemerkt. Schau dir die Skizze da vorne auf der Küchenablage an.“ Dieses Foto war eindeutig die Vorlage dafür, dachte er und durchsuchte die anderen Bilder in dem Karton. Ganze Serien von Fotos junger Mädchen kamen darin zum Vorschein, alle vom Stil her ähnlich. Nach einer Weile hielt er inne. „Merkwürdig“, lautete sein Fazit.

„Was denn?“

„Stell dir vor, du wärst schwul. Würdest du nicht viel lieber Jungs fotografieren?“

„Ben hat erzählt, dass er neulich Bilder von Sebastian gemacht hätte“, fiel Till ein.

„Dann muss hier irgendwo eine Kamera sein, richtig?“

Die beiden schauten in allen möglichen Ecken nach, unterm Esstisch, zwischen der Wäsche im Wandschrank, in Plastiktüten und Taschen, ohne Erfolg.

„Bei einem Chaoten wie Conze würde mich nicht wundern, wenn er sie im Kühlschrank aufbewahrt“, überlegte Ed, worauf sie ihre Suche in den Fächern der Küchenzeile fortsetzten. „Da bekommt der Ausdruck *nicht alle Tassen im Schrank* gleich ein Gesicht, oder?“ Er zog eine wuchtige Digitalkamera zwischen Tellern, Topf und Bratpfanne hervor und drückte auf *On. 32 Bilder* stand im Display und die waren rasch im Schnelldurchlauf durchgeblättert.

„Volltreffer“, rief Ed und hielt Börner die Kamera hin. Dem Datum nach mussten sie Sonntagnachmittag, also vorgestern, entstanden sein, etwa zwei Dutzend Fotos von Sebastian, mit freiem Oberkörper, der in der Sonne glänzte. Auf den ersten trug er eine abgeschnittene Jeanshose, die ihm bis zu den Knien ging, auf den nächsten eine Boxershorts, die er kokett ein Stückchen nach unten zog, jedoch überall sein Medaillon um den Hals. Auf dem letzten Bild hielt er sich den Muschelanhänger ans Ohr, als würde er das Rauschen des Meeres hören und von Reisen in ferne Länder träumen.

„Eines muss man diesem Conze lassen", sagte Ed. „Er versteht etwas davon. Sehr schöne Bilder."

„Du, sag mal, bist du eigentlich ..." begann sein Kollege mit diesem plötzlichen Ausdruck in der Stimme. „Ich meine, hast du eigentlich eine Freundin?"

„Hast du eine?"

„Nein."

„Siehst du? Eine Freundin sollte daher kein Ausschlusskriterium sein, wenn du herausfinden willst, ob jemand schwul ist. Du musst deine Frage konkretisieren."

„Ach komm, ist egal."

Da es allmählich dämmerte, knipste Ed das Licht im Wohnwagen an. „Na gut, ich habe keine Freundin. Zufrieden? Was grinst du jetzt so doof? Wenn du so groß im Schlüsse ziehen bist, schließ doch mal was aus diesen Aufnahmen."

„Kein Problem." Börner machte einen Moment die Augen zu, bevor er sagte: „Conze hat behauptet, er hätte Sebastian vor zwei Tagen das letzte Mal gesehen. Dem Datum auf dem Display nach hat er die Wahrheit gesagt."

„Bist du Polizist oder bei der Heilsarmee? Schau doch mal hin! Was siehst du?“ Ed hielt ihm die Kamera unter die Nase und ließ einige der Bilder erneut durchlaufen. „Wo sind die Fotos gemacht worden?“

„Da ist eindeutig Sand“, antwortete Till langsam. „Aber das im Hintergrund sind keine Dünen. Du meinst ...“

Ed machte ein Geräusch, als hätte der Quizshowteilnehmer die richtige Lösung erraten. Ihm war gleich aufgefallen, dass die steinige Rückwand ungewöhnlich für die Gegend war. Als Kind hatte er öfter dort gespielt, nicht nur auf dem Campingplatz, sondern auch unten am Strand. Immer, wenn es ihm bei seiner Oma zu langweilig geworden war. Seine Mutter hatte ihn meist die gesamten Ferien über bei ihr geparkt.

„Die Liebesgrotte“, sagten beide gleichzeitig.

„Also ist Ben mit Sebastian am Tatort gewesen“, resümierte Ed.

„Aber das beweist nichts.“

„Nun sei mal nicht so fantasielos, Börner. Du hast Piwi gehört. Jemand trifft sich mit Sebastian an der Grotte und nimmt das Medaillon an sich. Diese Bilder beweisen das Erste und das Zweite hat Conze zugegeben. Für einen Indizienprozess völlig ausreichend.“

„Musst du eigentlich jedem gleich einen Mord anhängen?“ Till klang genervt.

„Ach, Börner. Du bist langweilig, wenn du verliebt bist.“

„Also warst du noch nie verliebt?“

„Du willst es nicht anders, wie?“ Ed drückte den Azubi auf einen Hocker. Noch nie hatte er das jemandem erzählt. Vielleicht sollte es genau jetzt sein. „Sperr mal die Lauscher auf. Ich werde dir eine Geschichte erzählen!"

„Willst du wieder zu ihr?"

Das Licht der beiden Wandleuchten links und rechts war schummrig, aber wenigstens verbarg es auf diese Weise die schäbige Blümchentapete. Und den abgewetzten Teppichboden, auf dem sie abends ihre Kreise drehte wie ein eingesperrtes Schaf. Den nackten Rücken gegen das Kopfgestell gedrückt, feilte Päm sich ihre Fingernägel. Mit seinem rosafarbenen Cordstoff wirkte das Bett wie in einer billigen Absteige, und genauso fühlte sie sich. Ihr Mann hatte eben seine Pflicht erfüllt, anders konnte man sein liebloses Herumgerutsche auf ihr nicht nennen, zumal er noch Socken und sein albernes Halstuch dabei getragen hatte. Das Fenster stand halb offen und ließ die kühle Abendluft hinein. „Ob du wieder zu ihr willst, habe ich gefragt."

Roberto drehte sich zu ihr um. Er hatte sich schick gemacht, frisch geduscht und eine helle Hose angezogen. Dazu ein weißes Hemd, dessen oberste Knöpfe offen standen, damit seine Brustbehaarung besser zur Geltung kam. Ihr Mann kam gut an bei den weiblichen Gästen, wie ein Animateur einer mallorquinischen Ferienanlage, selbst auf ihrem piefigen Campingplatz in der Einöde Usedoms.

„Ich will nicht *wieder* zu ihr", sagte er und gab ihr einen Kuss auf die Stirn.

Sie schloss die Augen und genoss die kurze, sanfte Berührung seiner Lippen, den Duft seines Aftershaves. Das stechende Gefühl dabei war nicht neu. Seit ihrer Hochzeit blieb er regelmäßig einzelne Nächte weg, damals noch unter dem Vorwand von Geschäftsreisen oder Verwandtenbesuchen. Als ihm das Lügen zu aufwendig geworden war, hatte Roberto ihr gestanden, dass er sie zwar liebte, aber keinesfalls auf gewisse Kontakte außerhalb der Ehe verzichten wollte. Für Päm bedeutete es das Ende der Illusion, was eine erfüllende, monogame Partnerschaft betraf. Sie hatte sich damit arrangiert, so wie manche Frauen lernten, nach einer Amputation mit nur einer Brust zu leben.

Als sie die Augen öffnete, stand ihr Mann bereits in der Schlafzimmertür. „Dann sag mir, wo du gestern Nacht gewesen bist."

„Warum?"

„Ich habe gelogen für dich. Das gibt mir ein Recht darauf."

Ohne eine Reaktion zu zeigen, trat er durch die Tür ins Wohnzimmer nebenan.

„Roberto?", rief sie ihm nach, doch nicht allzu laut. Die Wände ihres Bungalows waren dünn und die meisten Gäste neugierig. Es wurde eh schon zu viel getuschelt. Wie hatte sie das Gerede und die dummen Sprüche satt. „Was hältst du davon, wenn wir hier weggehen?"

„Was?", lachte er, als er zurückkam. „Das ist ein Scherz, oder?"

„Wir gehen weg, in den Süden, wie wir uns früher immer gewünscht haben, weißt du noch?"

„Päm ..."

„Wir wollten reisen. Wir konnten plötzlich überall hin und wollten nur noch weg. Wir bauen uns in Spanien eine neue Existenz auf. Oder Mexiko."

„Du bist ja verrückt!"

„Verrückt?" War man das, wenn man seine Ehe retten wollte? Wenn man sie schützen wollte vor dem alltäglichen Einerlei aus Schuften und Schlafen? Vor den Versuchungen ständig wechselnder Campinggäste, die jedes Jahr jünger wurden? War es verrückt, wenn man sich über all die Zeit ein bisschen Fantasie aufbewahrt hatte? „Die Polizei wird uns richtig Ärger machen, hörst du?" Päm richtete die Nagelfeile auf ihren Mann wie eine Waffe. „Wenn sie erst herausfindet, dass wir illegalen Leuten Unterschlupf leisten, ist …"

„Halt den Mund", rief er laut. Der entspannte Ausdruck seiner Gesichtszüge hatte der Furche zwischen seinen Augenbrauen Platz gemacht.

Päm stand auf und zog sich ein T-Shirt über.

Sein Blick gierte längst nicht mehr nach ihren nackten Brüsten, er nahm sie bestenfalls in Kauf wie ihren Hals oder die Hände. „Aber es ist wahr. Du kannst nicht die Augen vor den Problemen verschließen. Unser Traum ist gescheitert. Oder an der Realität zerschellt, wie auch immer. Für einen Ort der gestrandeten Seelen ist in Deutschland kein Platz." Sie ging einen Schritt auf ihn zu. „Aber woanders bestimmt."

„Hör auf, so zu reden. Die Polizei wird über kurz oder lang von hier verschwinden. Die interessiert sich doch nur am Rande für unseren Campingplatz. Die wollen einen Mord aufklären."

„Das glaubst du nicht wirklich, oder? Es wird alles den Bach runtergehen.“

„Blödsinn!“ Er drehte sich zur Tür, zögerte aber hindurchzugehen, als würde ihn etwas aufhalten. Was, blieb sein Geheimnis.

„Lass uns fortgehen, Roberto.“ Päm stellte sich hinter ihn, sein Rücken nur einen einzigen weiteren Schritt von ihr entfernt. Wie gern hätte sie ihn umarmt und sich an ihn gedrückt, seine Wärme gespürt. Sich beschützt gefühlt von seiner Kraft, gefesselt von seiner Initiative, wie früher, als sie einen gemeinsamen Traum hatten. Sie wollten die Welt sehen. Trampen, immer der Sonne nach, solange das Geld reichte, und wenn keins mehr da war, wen kümmerte das. Sie waren bis zur Ostsee gekommen.

„Das wird schon alles, wirst sehen“, sagte er und ging hinaus, doch seine Stimme hörte sich unecht an.

Es war ihr nicht gelungen, sich Roberto zu nähern. Dabei fehlte bloß ein einziger Schritt, aber eine Mauer hatte den Zugang zu ihm versperrt.

11. Kapitel

Als Grit die Wohnungstür aufsperrte, hatte sie laute Musik erwartet. Den Höllenlärm, den Sven immer hörte, wenn er frustriert war, und da Sven sein bisheriges Leben fast dauerfrustriert verbracht hatte, war Heavy Metal zu seiner Schicksalsmelodie geworden. Harter Bass, der durch Wände direkt in den Magen fuhr, Gitarrenklänge, die einen normal besaiteten Menschen zur Weißglut brachten, und Geschrei, als hätte jemand verdammt starke Schmerzen. Doch nichts von alledem war zu hören, als sie ungeduldig durch den Flur lief, vorm zweiten Zimmer rechts stehen blieb und das Ohr gegen die Tür presste.

Gut so, dachte Grit und unterdrückte ein lautes Gähnen, um ihn ja nicht aufzuwecken. Der Junge müsste sich einmal richtig ausschlafen. Sie selber würde nur eben im Wohnzimmer nach dem Rechten sehen, anschließend sofort ins Bett steigen und ihre herrlich kühle Satinbettwäsche – ein Sonderangebot aus dem Versandhaus – nicht verlassen, ehe es sein müsste. Obwohl die Rollläden den Tag über heruntergelassen waren, hatte die Wohnung die Temperatur eines Backofens angenommen.

Grit nutzte den Weg zu ihrem Lieblingssessel, um schon mal die Flipflops abzustreifen und die Hose auszuziehen, was am schnellsten ging, wenn man alles einfach auf den Boden fallen ließ. Zur Feier ihres ersten Arbeitstages wäre ein Gläschen angebracht, fand sie und nahm die Flasche Weinbrand (eine Marke ohne

Männernamen, wofür Grit heute außerordentlich dankbar war), die stets griffbereit auf der Kommode neben dem Sessel stand, sodass sie bei Durst nicht groß aufstehen musste. Der vertraut-beißende Geschmack lief ihr die Kehle hinab, als sich der Rest ihres Körpers in das Polster lümmelte und das Gefühl vermittelte, endlich zu Hause zu sein, zurück in ihrem eigenen 70-qm-Revier. Sie füllte ihr Glas auf und trank einen zweiten Schluck, der das wohlige Gefühl verstärkte. Eiswürfel fehlten zu ihrem Glück. Ein Schuss Cola, damit sie morgen aus dem Bett kommen würde.

Da ihr Kühlschrank jedoch kein Eisfach hatte, war der Wunsch nach Eiswürfeln utopisch, real dagegen das Chaos, das sich in der Küche auftat: ihr Geschirr vom Frühstück hatte sich in der Zwischenzeit verdoppelt, eine halb aufgegessene Salami-Pizza lag auf dem Backblech, in der Spüle stapelten sich die Teller vom Vortag und da der Mülleimer überquoll, war der Platz daneben kurzerhand zur Müllhalde erklärt worden.

Das Allerschlimmste aber offenbarte der Blick in den Kühlschrank: keine Cola mehr da. Ob Sven die letzte Flasche mit in sein Zimmer genommen hatte, fragte sie sich und wog sorgfältig ab, ja oder nein, sie oder er? In der nächsten Minute stand Grit im Flur und klopfte gegen die zweite Zimmertür rechts.

Niemand reagierte. Vorsichtig öffnete sie die Tür einen Spalt breit, dann ganz: Sven lag nicht in seinem Bett. „Verflucht noch eins", rief sie und fasste sich an den Hals, um die drohende Atemlosigkeit zu unterdrücken. Ein paar Herzschläge lang war sie geneigt, ihn suchen zu gehen, aber wo um alles in der Welt sollte sie damit anfangen? *Du bist doch bei der Polizei,* würde er sie aufziehen. Der Gedanke daran veranlasste Grit dieses Vorhaben aufzugeben. Wenigstens auf dem Handy konnte sie versuchen, ihn zu erreichen, doch so einfach wollte er es ihr offenbar nicht machen: Es nahm niemand ab.

Erst Stunden später schlug etwas mit einem Knall gegen die Wand, sodass sie zusammenfuhr.

„Wo kommst du jetzt her?", murmelte Grit benommen, weil sie in ihrem Sessel eingeschlafen war.

Ihr Sohn klammerte sich an der Tür zum Wohnzimmer fest. Sein strähniges Haar wirkte noch zerzauster als sonst. „Von draußen. Ist was?"

„Ich denke, du bist krank."

„Hast du Zigaretten besorgt?"

Sie verneinte. In dem Trubel heute hatte sie nicht mehr daran gedacht und – Hand aufs Herz – auch gar nicht gewollt. Das Gespräch mit ihm dagegen sehr. Svens Zustand, wie er wegen Übelkeit im Bett lag, hatte ihn vorübergehend in den kleinen Jungen von einst zurückverwandelt, auf den sie meinte, Einfluss zu haben. Bei dem ausgewachsenen jungen Mann, der ihr torkelnd gegenüberstand, war das allerdings längst vorbei. „Wir müssen reden."

„Ach ja?"

„Du hast wieder getrunken."

Sven lehnte seinen Kopf gegen den Türrahmen. „Na und?", gähnte er. „Du ja auch."

Wie sollte Grit ihm erklären, dass sie wie üblich nur zur Entspannung ein Gläschen trinken wollte, und als sie dann merkte, dass er nicht da war, sich Sorgen zu machen begann. „Es kann so nicht weitergehen. Mit deinem Leben. Es muss etwas passieren."

„Und, was erwartest du? Dass ich in den Polizeidienst trete?" Die Art, wie Sven die Worte betonte, zeigte deutlich, dass er nicht bereit war, über seine Zukunft zu verhandeln. Kategorisch lehnte er alles ab, was sie ihm vorschlug.

Grit überlegte, ob seine Jeanshose schon heute Morgen diesen Riss gehabt hatte oder ob er neu hinzugekommen war. „Es ist mir egal, was, Hauptsache du *tust* etwas."

„Wie gnädig von dir."

„Sprich doch noch mal mit deinem Meister und entschuldige dich."

„Niemals." Svens Oberkörper fing bedrohlich an zu schwanken. Beinahe riss er den Bilderrahmen, der das Dezembermotiv des Tankstellenkalenders enthielt, von der Wand. „Er hat es verdient, der Arsch. Jedes einzelne Wort."

„Du kannst nicht rumrennen und sofort die Leute beleidigen, wenn dir etwas nicht passt."

„Warum nicht?"

„Weil es dir nicht hilft. Für den Moment magst du dich gut fühlen. Aber auf lange Sicht verbaust du dir damit alles."

„Stammt das aus den Fachzeitschriften, die du im Nagelstudio liest?"

„Du wirst gemein." Grit trank das Glas, das sich während ihres Nickerchens in ihrer Hand befunden haben musste, in einem Zug leer. Mit gelockerter Zunge wäre es eh einfacher, ihrem Sohn davon zu erzählen. „Komm, setz dich zu mir.“ Sie klopfte auf das durchgesessene Sofapolster neben sich. Staub wirbelte auf. „Ich weiß das, weil ich früher genauso war. Ich konnte mich nicht unterordnen. Hast du dich nie gefragt, warum ich damals so schnell geheiratet habe?“ So nah bei ihr konnte sie eine ziemliche Fahne riechen.

Sven tat, als hätte er die Geschichte schon hundert Mal gehört. „Du warst verliebt in Papa“, sagte er. „Und dann kam ich.“

„Ja, natürlich. Aber ich hätte warten können. Doch es ging nicht anders. Sie haben mich rausgeschmissen auf Deutsch gesagt. Weil ich ...“

„Weil was?“

Sie musste lachen und aufpassen, nicht ihr Glas fallen zu lassen. „Ich habe meinen Chef dorthin getreten, wo es besonders weh tut.“

„Wirklich?“ Sven kriegte sich nicht mehr ein und kippte auf dem Sofakissen zur Seite. „Wieso hast du das nie erzählt? Das verdient Respekt.“

„Nein“, erwiderte Grit, schlagartig ernst geworden. „Das tut es nicht. Auch wenn er mich begrapscht hat. Mit dieser Aktion habe ich mir mein eigenes Grab geschaufelt.“

Sven zündete sich eine Zigarette an und zerknüllte die leere Packung. „Er hat dich begrapscht? Du hattest jedes Recht dazu.“

„Vielleicht. Aber ich habe dadurch meine Glaubwürdigkeit verloren. Ich hätte mich offiziell über ihn beschweren müssen. Ich hätte mich verteidigen müssen. Ich konnte das nicht.“ Sie stellte das Weinbrandglas auf den Tisch zurück, als wollte sie damit ein Zeichen setzen. Von nun an würden andere Zeiten anbrechen. „Es ist wichtig, dass man sich verteidigen kann, hörst du? Worte sind mächtiger als Tritte. Aber nicht beleidigen. Verteidigen."

Sven zog bedächtig an seiner Zigarette. Beduselt wie er war, fiel ihm kaum auf, dass seine Mutter viel akutere Ereignisse belasteten als jene, die Jahrzehnte zurücklagen.

„Ich habe Mist gebaut", sagte Grit daher. „Ich habe einen Verdächtigen *Dreckskerl* genannt."

Ihr Sohn schien auszuloten, ob er wieder mit Lachen anfangen sollte oder nicht. „Das war ... nicht gut?"

„Nein, das war Scheiße. Und völlig überflüssig, weil das Gespräch sowieso für die Katz war. Aber wenn ich Pech habe, beschwert er sich über mich. Dann bin ich schneller raus aus dem Programm als ich *Hartz IV* sagen kann. Dabei hat es mir dort gefallen. Es hat mir wirklich gefallen. Die Kollegen sind okay. Man muss sich halt erst kennenlernen. Die Arbeit ist auch gut. Und was mache ich Trampel? Nenne den ersten widerlichen Verdächtigen gleich einen Dreckskerl."

Als Sven sah, dass ihr eine Träne über die Wange lief, legte er seine Hand auf ihre Schulter. „Vielleicht war das gar nicht so schlimm. Im Fernsehen verprügeln die Cops manchmal die Leute, damit sie eine Aussage machen."

„Wir sind aber nicht im Fernsehen. Und ich bin nicht Iris Berben. Was habe ich denn für Aussichten da draußen? Kein Arbeitgeber, der halbwegs bei Verstand ist, würde mich nehmen. Dafür bin ich zu lange aus allem raus."

„Hast du deinem Chef schon das mit dem *Dreckskerl* erzählt?"

„Nein."

„Dann entschuldige dich direkt bei dem Kerl, bevor ..." Sven hielt inne und sah aus, als hätte er ein Déjà-vu. „Das hast du doch alles geplant, oder?", sagte er und verzog das Gesicht zu einer Fratze.

„Was?"

„Das ganze Gefasel. Und ich falle darauf rein." Hektisch drückte er seine Zigarette aus und verteilte dabei die Hälfte der Asche auf dem Fußboden.

„Nein. Sven, bleib hier."

„Ich werde mich trotzdem nicht bei dem Arsch entschuldigen", schrie er und stürmte zur Tür, fiel dabei über ihre Flipflops und stürzte mit dem Kopf gegen die Schrankwand. Fast gleichzeitig erbrach er alles, was er in den letzten Stunden zu sich genommen hatte. Es war eine riesige Sauerei.

Ohne ein Wort zu sagen, half Grit ihm, die dreckigen Sachen auszuziehen und ihn in sein Zimmer zu bringen. Sie kannte die Prozedur in- und auswendig: Den Eimer ans Bett. Eine Flasche Wasser. Eine Kopfschmerztablette. Einen Kuss auf die Stirn. Am nächsten Morgen würde er sich an nichts von alledem mehr erinnern.

Sie hatte sich nicht mehr getraut, ihre Kammer zu verlassen. Dieser Brief war vermutlich eine Nummer zu groß gewesen. Doch er war ihre Chance, endlich aus allem rauszukommen. Endlich ein richtiges Leben zu führen. Sie hatte dies alles hier so satt. Den Dreck. Die Enge. Das fehlende Geld. Ahmed.

Zara liebte ihn nicht. Seit ihrer ersten Begegnung war ihr klar gewesen, dass er ein Mann zum Heiraten wäre, aber nicht zum Lieben. Einen zum Vorzeigen, zum Wahren des Scheins, ihrer Wurzeln wegen. Die ersten Monate als Verlobte waren hart gewesen, doch sie vergingen, genauso wie die Schwellungen immer wieder abheilten. Seine Wutausbrüche machten ihr schon lange keine Angst mehr, und mit der Angst verging der Respekt. Achim war im Grunde seines Herzens ein Feigling. Sie konnte ihn nur bedauern.

Das Zimmer war dunkel, nur die Nachttischlampe beleuchtete das kleine Nest. Sie hockte darin wie ein junger Vogel, der darauf wartete, ausfliegen zu können. Mit dabei ihre Habseligkeiten; obwohl schon fünf Jahre in Deutschland, passte ihr bescheidener Wohlstand in einen Stoffbehälter. Ein paar Anziehsachen. Eine Uhr. Das bisschen Geld versteckte sie in einem ihrer Bücher, weil keine Bank ihr ein Konto eröffnen wollte. Sie hatte vorsorglich alles zusammengepackt. Nicht mehr lange, dann wäre es so weit. Endlich frei.

Ahmed war weggefahren. Sie hatte ihn gebeten, ihr von einem Bekannten Tabletten zu besorgen. Er würde nicht vor morgen früh zurückkehren. Dieser Schachzug hatte ihr genug Luft verschaffen, um alles zu regeln. Ihren Plan vorzubereiten. Den besagten Brief zu schreiben. Ihn zu übergeben, natürlich nicht direkt. Niemand würde auf die Idee kommen, dass sie als Urheber der anonymen Botschaft verantwortlich zeichnete. Und trotzdem war es besser gewesen, die restliche Zeit im Verborgenen zu verbringen. In wenigen Minuten sollte die Übergabe stattfinden, an einem von ihr festgelegten Ort. Sie müsste nur hingehen, das Geld abholen und wäre ihre Sorgen für immer los. Vorausgesetzt, sie käme rechtzeitig zum Bahnhof und damit außer Reichweite ihrer jüngeren Vergangenheit.

Zara steckte sich eine neue Zigarette an, bestimmt die zehnte. Ein Kribbeln breitete sich in ihrem Magen aus und wanderte höher bis in ihre Brust. War es die Vorfreude auf die unverhoffte Zukunft? Wie lange hatte sie von einem Neuanfang geträumt? Schon als kleines Mädchen, das sich nicht ihrem Schicksal in dem kleinen türkischen Bergdorf ergeben wollte. Der Drang war so stark gewesen, dass sie als 15-jährige alles hinter sich gelassen hatte, um in der Ferne ein neues Leben zu wagen. Fünf Jahre und ein bisschen war das her, sinnierte sie, während die Stationen ihres Aufbruchs vor ihrem inneren Auge abliefen. Die anstrengende Flucht über das Strandscha-Gebirge nach Bulgarien, lange Fahrten als Tramperin quer durch Europa, das Umherstreunen von einer Stadt zur nächsten, bis ihr jemand vom Ort der gestrandeten Seelen auf der Ostseeinsel Usedom erzählt hatte. Ein Campingplatz, wo man sicher leben konnte, auch ohne Pass oder Aufenthaltserlaubnis.

Der Wecker piepte, sieben Minuten nach Mitternacht genau. Zur Sicherheit hatte sie ein bisschen zusätzliche Zeit verstreichen lassen. Ihre Kammer verdiente keine Verabschiedung und erst recht kein *Auf Wiedersehen*. Mit dem Rucksack über der Schulter, der viel schwerer wog als er aussah, trat Zara hinaus in die Dunkelheit. Der Vollmond tauchte den Campingplatz in romantisches Licht, doch er würde ihr nicht fehlen.

Er hatte ihr nicht das Erhoffte gebracht. Sie nahm sich nur, was ihr zustand.

Die Container für Altglas, Papier und Müll befanden sich auf der anderen Seite des Tores vor einer Reihe mit Sträuchern. Das Geld sollte in einer Mülltüte versteckt obenauf liegen. Wenn etwas schiefging oder jemand Unverhofftes auftauchte, könnte sie immer noch behaupten, sie würde den Mülleimer leeren. Schließlich war sie die Putzfrau und konnte sich die Arbeit frei einteilen. Lautlos öffnete Zara die Tür hinter dem Rezeptionshäuschen, glitt hindurch und landete auf dem Platz davor.

Wie erwartet war niemand mehr unterwegs um diese Uhrzeit. Obwohl von vier Straßenlaternen nur zwei funktionierten, war es hell genug, um das festzustellen. Die parkenden Autos reflektierten den Laternenschein zusätzlich in ihren Scheiben. Es hatte sich fühlbar abgekühlt, doch Zaras Körpertemperatur lag bei geschätzt 40° Celsius.

Der Müllcontainer war verschlossen. Das Kribbeln in ihrem Magen verstärkte sich, als sie langsam auf ihn zu schritt und den Rucksack ablegte, um ihn mit beiden Händen öffnen zu können. Er stieß ein dumpfes Poltern aus – hastig überprüfte sie, ob jemand auftauchte. *Korkma, Zara!* Sie müsste sich beruhigen. Den Deckel komplett nach hinten geschoben, gab er seinen bauchigen Inhalt frei. Sie atmete tief durch. Der Gestank war ihr egal, reine Gewohnheit. Je schneller sie hier fertig war, desto besser.

Es machte nicht den Anschein, als wäre einer der Müllbeutel mit Geld gefüllt. Vielmehr wirkten alle alt und dreckig. Vielleicht war er einfach gut getarnt? Wie im Rausch griff sie nach einem, der es sein konnte und öffnete ihn. Safttüten, Dosen, Essensreste. Zara holte Luft und packte den nächsten. Wieder nur der übliche Abfall von Campinggästen. Ein weiterer Beutel. Sie war so sehr damit beschäftigt, vor lauter Aufregung nicht in den Container zu fallen, dass sie die Geräusche überhörte. Jemand näherte sich ihr, blieb stehen, ging weiter und stand wieder still. Der nächste Beutel. Und der übernächste. Alles bloß Müll. Zaras Magenkribbeln wuchs zu einem mächtigen Krampf. Die Zeit rannte ihr davon. Noch einmal beugte sie sich weit in den Container hinein, um nach einem Sack zu greifen, der recht sauber aussah. Er musste es sein. Sie ergriff ihn und riss ihn auf, mit letzter Kraft. Fast hätte sie dabei das Gleichgewicht verloren.

„Wen haben wir denn da?"

Wie eine aufgescheuchte Katze beim Beutezug reckte Zara ihren Kopf zu allen Seiten. Es gab keinen Zweifel, wer da sprach. Nur, woher die Stimme kam.

„Dachte ich es mir doch", hörte sie die Person sagen und dann Schritte.

„Ich ... habe nur den Müll weggebracht. Ich bin die Putzfrau."

„Eine Lügnerin bist du." Wieder Schritte in ihre Richtung.

Zara wusste, sie hätte aus dem Container gleiten und davonrennen müssen. Aber das hieße, mit einem Schlag alles zu verlieren. „Ich verstehe nicht", versuchte sie, weiter zu bluffen und zeitgleich wie eine

Irre nach der Tüte zu wühlen. Ihr Kleid blieb an einer Kante hängen und riss ein Stück weit auf.

„Das stimmt", sagte die Stimme. „Du verstehst wirklich nichts."

Zwischen den Sträuchern blitzte es, der Schein der Laterne spiegelte sich in etwas Metallenem wider. Bestenfalls eine Gürtelschnalle. Es war zu spät, man hatte sie durchschaut. Aus unerfindlichen Gründen war ihr Plan gescheitert.

Endlich trat die Gestalt aus ihrem Versteck hervor ins Licht. Als sie näher kam, ließ sich der Ausdruck in den Augen deutlich erkennen. Zorn war darin zu lesen, aber auch Verzweiflung. Die Worte kamen langsam: „Es war nämlich alles ganz anders."

Mit einem Mal wurde Zara klar, was ihr die Magenkrämpfe verursacht hatte. Es war nicht die Angst davor, entdeckt zu werden. Sondern die Scham für das, was sie getan hatte. „Und wie war es?", fragte sie und merkte, wie ihre Stimme zitterte.

Sie wollte nur noch zurück auf den Boden rutschen, doch die Person hatte ihre Beine bereits umklammert.

Sonnenstrahlen, die durch ihre geschlossenen Augenlider hindurchbrannten, zwangen sie zum Wachwerden. Ihr Schädel dröhnte. Er dröhnte noch mehr, als sie feststellte, dass es neun Uhr vierzehn war. Und ihr Handy drei Anrufe in Abwesenheit anzeigte.

Grit war gestern Nacht offensichtlich im Wohnzimmer eingeschlafen, nachdem sie ihren Sohn ins Bett gebracht hatte. Und sie musste den Weinbrand ausgetrunken haben, denn die Flasche lag leer und ohne Deckel auf der Couch zwischen ihren Füßen. Sven war gestürzt und hatte sich von ihr verhätscheln lassen, erinnerte sie sich. Anschließend hatte sie die halbe Salami-Pizza in den Backofen geschoben und aufgegessen. Mehr wollte ihr im Moment nicht einfallen.

Grit stand auf und streckte sich. Die ungewohnte Schlafstellung würde sich spätestens morgen mit einem üblen Hexenschuss rächen. Aus Svens Zimmer ertönte regelmäßiges Schnarchen. Es beruhigte sie, dass er wenigstens nicht wieder abgehauen war. Sie brauchte dringend eine Dusche und Kaffee, am besten gleichzeitig. Ein ungewohnter Laut störte den Gedanken an warmes Wasser, das über ihren Rücken rann. Das Mobiltelefon der *Firma* klingelte.

„Loch", krächzte sie, räusperte sich und sagte erneut: „Hier Grit Loch!"

„Mann, wo stecken Sie? Ich habe schon zigmal angerufen." Es war Piwi, er klang gestresst. „Haben Sie die Absicht, heute zum Dienst zu erscheinen oder wie sieht Ihre Tagesplanung aus?“

„Ja, natürlich komme ich. Mein Sohn ist krank und ...“

„Ihre familiäre Situation in Ehren“, unterbrach Piwi sie, „aber wir haben eine Menge Arbeit. Ich brauche jede Hand.“

„Ich, äh, wollte gleich losfahren.“

„Sparen Sie sich den Weg zum Revier.“

Grit fasste sich an ihren Hals, der trocken war wie die aufgewärmte Salami-Pizza letzte Nacht.

Bevor sie ihren Gruppenleiter nach dem Grund für seine Entscheidung fragen konnte, fuhr er fort: „Wir fahren jetzt nämlich alle zum Campingplatz. Kommen Sie direkt dorthin!“

„Natürlich“, sagte sie und legte auf, damit er ihren Stoßseufzer nicht mehr hören konnte.

Genau einundfünfzig Minuten benötigte sie von ihrem Telefon bis nach Ahlbeck, in persönlicher Bestleistung im Waschen, Zähneputzen, Anziehen und Schminken. Sogar ein handgeschriebener Gruß an ihren Sohn war drin, *Heute Abend machen wir was Schönes, Deine Mama!* Dafür blieb der Kaffee auf der Strecke.

Die eintönige Autofahrt über die B 110 verlief ohne nennenswerte Komplikationen, was an ein Wunder grenzte ob des fehlenden Koffeins. Zum Glück war die Truppe beim Durchschreiten des Platztores an ihrem Stammtisch unter dem Sonnenschirm gut zu erkennen. Die letzten Meter rannte sie, um möglichst schnell bei ihnen zu sein.

Piwi unterhielt sich gerade mit der Platzmutter und nahm keine Notiz von ihrer Ankuft, also stellte sie sich neben Ed, der abseits stand und ihr Erscheinen wenigstens mit einem kurzen „Hallo“ quittierte.

Grit fragte ihn, ob etwas passiert wäre.

„Päm hat eben erzählt, dass Zara Aslin nicht aufzufinden sei“, antwortete der Kollege, der irgendwie anders aussah als am Vortag.

„Die Putzfrau?“

„Wenn Sie mich fragen, kommt sie nicht wieder.“

„Nein?“ Grit fiel ein, dass Ed und sie am gestrigen Nachmittag vergeblich nach ihr gesucht hatten. „Dann werden wir nicht erfahren, ob sie etwas gesehen hat.“

„Das würde ich so nicht unterschreiben. Im Gegenteil. Ihr Verschwinden scheint mir die Bestätigung zu sein, dass sie mehr über Sebastians Tod wusste.“

Grit fühlte sich zu müde für Andeutungen. „Wie meinen Sie das?“

Ed zuckte geheimnisvoll mit den Schultern. „Q.e.d.“, sagte er und fügte sogleich die Übersetzung zu. „Quod erat demonstrandum - was zu beweisen wäre. Piwi ist übrigens ziemlich wütend. Wenn ich Sie wäre, würde ich ihm die nächsten Stunden nicht zu nahe kommen.“

„Ich weiß. Es tut mir leid, dass ich zu spät bin, aber mein Sohn hat Fieber und ...“

„Darum geht es nicht. Es ist die Beschwerde. Jo Meier hat ihm die Hölle heiß gemacht.“

„Jo Meier?“ Grit verstand gar nichts mehr.

„Wegen gestern", erklärte Ed. „Nehmen Sie sich das nicht zu Herzen. Viel Lärm um Nichts, Sie werden sehen."

Grit fasste sich an den Hals, immer noch durstig, aber das war nicht der Auslöser. Das Gefühl, keine Luft mehr zu bekommen, quälte sie. Sollte ihr kleiner Fehltritt bei der Befragung des Platzvaters wirklich Konsequenzen haben? Dass sich sogar Jo Meier als oberster Vorgesetzter einschaltete? „Wer hat sich denn beschwert?", wollte sie wissen.

„Na, wer wohl. Roberto Müller höchstpersönlich. Wir sind ihm zu sehr auf die Füße getreten. Das war seine Retourkutsche."

„Ed, kommst du mal?" Piwi rief den Kollegen zu sich und ignorierte ihre Anwesenheit dabei völlig.

Na bitte!, dachte sie. Es kam genauso wie befürchtet: der Gruppenleiter scharrte die wichtigen Leute um sich und ließ die Quertreiberin außen vor. Wild winkend berichtete er der Truppe vermutlich von den neuesten Erkenntnissen und erteilte weitere Aufträge.

„Frau Loch, brauchen Sie eine Extraeinladung?"

Grit stellte fest, dass er mit seiner Geste sie gemeint hatte.

„Wir können bisher nicht sagen, ob das Verschwinden von Zara Aslin mit dem Tod von Sebastian Liebermann zusammenhängt", begann Piwi zur Gruppe zu sprechen und erntete sogleich einen bösen Kommentar von der Platzmutter.

„Das kann nicht Ihr Ernst sein", zeterte Päm. „Sie müssen Zara suchen. Sofort!"

„Wir können sie nicht suchen. Zara ist keine 24 Stunden weg, wir haben erst gestern mit ihr gesprochen. Ich habe keinerlei Handhabe und brauche jeden Mann ..." Der Gruppenleiter hatte innegehalten.

Wieso?, fragte Grit sich und entdeckte, dass Päm angefangen hatte zu weinen. „Zara ist nicht bloß eine Putzfrau. Sie ist eine Freundin für mich. Bitte tun Sie etwas."

„Sicher tun wir etwas", antwortete Piwi deutlich sanfter und legte der Platzmutter eine Hand auf die Schulter. „Wir werden das tun, was wir am besten können. Ermitteln." Der Gruppenleiter versicherte ihr, mit allen ihnen zu Verfügung stehenden Kräften zu agieren, *Blabla* in Grits Ohren, doch Päm kehrte halbwegs beruhigt in ihr Rezeptionshäuschen zurück.

„Ich kann keinen Suchtrupp anfordern", erklärte Piwi der Gruppe mit gedämpfter Stimme. „Jo Meier würde mich für komplett bescheuert halten. Ich bleibe dabei, es gibt keinen reellen Beweis für einen Zusammenhang zwischen Zaras Verschwinden und Sebastian Liebermanns Tod. Sieht das jemand anders?"

Keiner der Anwesenden hatte Einwände.

„Nichtsdestotrotz will ich mir hinterher nicht vorwerfen lassen, die Hinweise aus der Bevölkerung vernachlässigt zu haben", fuhr der Gruppenleiter fort. „Jemand wird sich in Ruhe mit Päm unterhalten. Ich denke mir, das geht am besten von Frau zu Frau."

„Sie meinen mich?", fragte Grit nach ein paar Sekunden.

„Nein, ich meine Iris Berben. Natürlich meine ich Sie."

Als Nächstes wandte er sich an Ed. „Ich brauche Zaras Verlobten, diesen Achim. Laut Tessa ist er in der Nacht von Sebastians Ermordung auf dem Platz gesichtet worden. Wir müssen unbedingt mit ihm sprechen. Er ist angeblich der Nachtwächter hier und *muss* etwas mitbekommen haben. Ach Ed, und lass heraushängen, dass wir uns selbstverständlich auch um das Verschwinden seiner Verlobten kümmern."

„Geht klar, Chef."

„Till. Du wirst die Befragung der Campinggäste fortsetzen. Wir brauchen dringend Augenzeugen. Und stell ein, zwei Fragen nach Zara Aslin."

„Jawoll", erwiderte der Azubi zackig.

„Gut." Piwi fasste sich mit beiden Händen an den Kopf, eine Geste, die er offenkundig liebte. „Wo wir ausnahmsweise mal alle beisammen sind: Die Spurensicherung hat gestern in unmittelbarer Nähe der Stelle, wo das Medaillon gelegen hat, Blut gefunden. Die Analyse wird ergeben, ob es das Blut von Sebastian ist, aber ich gehe stark davon aus. Es befand sich auf einem Felsblock. Ihr wisst, was das bedeutet?"

Grit hatte keinen Schimmer, was er meinte, und versuchte, sich nichts anmerken zu lassen. Die Schnalle ihres linken Flipflops drohte durchzubrechen, bemerkte sie dabei.

„Für alle, die es nicht verstehen und sich nicht trauen zu fragen: Der Stein ist so groß, dass Sebastian tatsächlich hingefallen sein muss, wenn man nicht davon ausgehen will, dass ein umherlaufender Riese den Stein bewegt hat. Die Frage ist nach wie vor, *warum* er gefallen ist."

„Also entweder ein Unfall oder jemand hat ihm einen Stoß gegeben", sagte Till.

„Sehr richtig. Obwohl wir den Unfall mittlerweile wohl ausschließen können, zum einen wegen des Transports der Leiche zur Wiese und zum zweiten ..." Der Gruppenleiter deutete zur Rezeption, hinter deren Glastür Pamela Müller auf und ab ging und die Truppe wie ein Gefängnisaufseher nicht aus den Augen ließ. Er habe ja nicht behauptet, dass es *keinen* Zusammenhang gäbe, fügte er fast entschuldigend hinzu. „Was noch? Zu der Liste mit den Campinggästen: Es gibt nichts Auffälliges darauf, bis auf einen Namen, der unserem Computersystem bekannt ist. *Verurteilt wegen Betrugs*. Ich werde mich selber um den Herrn kümmern. Dabei fällt mir ein, das schwarze Notizbuch, das du hast mitgehen lassen, Ed. Völlig überflüssig. Sieht aus, als hätte jemand den Spielstand vom Mau-Mau notiert. Also unterlasse in Zukunft diese hirnrissigen Aktionen, verstanden? Gibt es Fragen?"

„Ja, ich." Ed trat hervor und klang beleidigt. „Sie haben bei Ihrem Vortrag Sebastians Eltern vergessen. Wann verhören wir sie?"

„Geh mir nicht auf die Nerven mit den Eltern. Wir haben gestern darüber geredet. Es gibt im Moment keinen Anlass dazu."

„Und das Medaillon? Die Widmung *Von deinem Vater, I.L.*"

„Was soll damit sein?"

„I.L.?"

„In Liebe?", erklärte der Gruppenleiter, als wüsste das jedes Kind.

Ed machte ein spöttisches Gesicht. „Ja, oder Ilja Liebermann. Oder Ingolf Liebermann. Oder Ian ..."

Piwi schnitt ihm das Wort ab. „Wenn du nicht ausgelastet bist, kann ich dir gerne Extraaufgaben geben. Sonst noch was?"

Grit verneinte. Till schüttelte den Kopf und fiel nicht weiter auf. Ed dagegen stand mit seinen Händen in den Hosentaschen da und tat bockig. Erst jetzt bemerkte Grit, dass er keinen schwarzen Anzug mehr trug, sondern Jeans und ein kurzärmliges Hemd wie die anderen. Auch seine Haare lagen nicht mehr so akkurat gescheitelt, lediglich die Sonnenbrille war die alte.

„Dann los", gab Piwi den Startschuss für den Tag. „Wenn etwas ist, Handy benutzen." Er hielt sein Mobiltelefon in die Luft, als müsste er erklären, wie eines aussah.

Grit hatte ebenfalls Fragen gehabt, wusste aber, dass es besser war, sie für später aufzuheben. Die Gruppe löste sich eh gerade auf und verteilte sich in alle Richtungen. Sie würde rüber zum Rezeptionshäuschen gehen, wo Päm zu finden war und es darüber hinaus bestimmt einen extrastarken Kaffee gab. Die Gier nach ihrer allmorgendlichen Koffeindosis ließ sie selbst die Anwesenheit ihres Verräters, dem Platzvater, in Kauf nehmen. Andererseits war es an der Zeit, endlich wie ein Profi zu handeln und ihren Dämonen ins Auge zu sehen. Oder in diesem Fall durch die Glastür der Rezeption:

Päm saß zusammengekauert mit dem Kopf auf der Theke und heulte. Tessa stand hinter ihr und massierte ihr die Schultern. Roberto Müller begutachtete die Szenerie von der Kaffeemaschine aus.

„Na, dann auf in den Kampf", sagte Grit und drückte die Klinke herunter.

Zaras Verlobten aufzutreiben war ein Kinderspiel. Es bedurfte nichts außer einer Portion Stehvermögen. Ed hatte sich gegen das Campingplatztor gelehnt, um die Gedanken zu sortieren und gleichzeitig ein bisschen Sonne zu tanken, als ihm ein unbekannter Mann quasi in die Arme lief. Achims Beschreibung traf exakt auf ihn zu: mittelgroß, schlank, dunkelhaarig, gebräunte Haut und unrasiert. Er trug eine Reisetasche unterm Arm.

„Sind Sie Achim?", fragte Ed und stellte sich ihm in den Weg. Das erste Mal ohne seinen schwarzen Anzug im Dienst fühlte er sich wie nackt. Wie sollte man ihn ernst nehmen, wenn er genauso aussah wie die Leute, die er vernehmen würde?

„Wer will das wissen?", kam prompt die Gegenfrage.

Ed hielt seinen Ausweis in die Luft. „Es geht um eine Zara Aslin. Aber wenn Sie nicht derjenige sind ..."

„Ja, doch, ich bin Achim." Der Mann sprach mit einem ähnlichen Akzent wie sie, nur war seiner wesentlich ausgeprägter. „Was ist mit Zara?"

Ed überhörte die Frage, um vorab ein paar Allgemeinheiten zu klären. „Achim, und weiter?"

„Ahmed Yilmaz."

„Vielleicht gehen wir ein Stück, Herr Yilmaz, damit wir ungestört sind?"

Der Mann grummelte etwas, das Ed ohne Weiteres als Einverständnis interpretieren konnte. Auf seine Handbewegung hin schlugen sie einen Schotterweg ein, der von der Straße direkt zum Strand führte und den Campingplatz rechts liegen ließ. Kinder liefen ihnen mit Eis am Stiel entgegen und quietschten vergnügt.

„Sie sind hier der Nachtwächter?“, fragte er.

„Ich dachte, es geht um Zara?“

„Bitte beantworten Sie meine Frage.“

„Ja, Mann, ich passe auf, dass hier nichts geschieht.“

Ed krauste die Stirn. „Im Falle des toten Sebastian Liebermann hat das erstaunlich gut funktioniert.“

Ahmed Yilmaz warf seine Tasche in den Sand. „Darum geht es also. Wollen Sie mir vorwerfen, dass ich nicht richtig aufgepasst habe, oder was?“

„Das liegt ganz an Ihnen. Warum erzählen Sie mir nicht, was geschehen ist vorletzte Nacht.“ Eine fünfköpfige Familie drängelte sich dicht an ihnen vorbei Richtung Wasser, mit Strohmatten und aufblasbaren Tierfiguren bewaffnet.

Der Mann blickte ihnen hinterher, ehe er antwortete, zappelig geworden: „Da gibt es nicht viel zu erzählen, Mann. Ich habe eine Platzrunde gedreht wie immer. Das war’s.“

Ed ließ diese Worte auf sich wirken. Der Mann war offenbar nicht gewillt, von sich aus zu reden. Er würde ihn schon dazu bringen. „Dann erzähle ich Ihnen mal eine Neuigkeit“, begann er. „Zara ist verschwunden.“

„Verschwunden? Was heißt das?“

„Wissen Sie, wo sie sein kann?“

„In ihrem Zimmer, wo sonst."

„Wo wäre das?"

„Im Waschhäuschen." Der Mann sprang in die Luft wie ein Sportler beim Aufwärmen.

„Im Waschhäuschen gibt es kein Zimmer", erwiderte Ed ruhig.

„Doch. Im Putzraum ist eine kleine Tür. Man kann sie nicht sofort erkennen."

Ed brauchte ihn nicht aufzufordern. Achim nahm von sich aus seine Tasche aus dem Sand und rannte los.

Der Ortswechsel war aus einem weiteren Grund angebracht: Der Durchgang zum Strand stellte sich bei Königswetter als absolut ungeeignet für eine derartige Unterhaltung heraus. Sobald die Leute erst gefrühstückt hatten, zog das Ostseewasser sie an wie der Schlussverkauf bei C&A.

Ed nutzte die Gelegenheit, um sich ein Bild von Zaras Verlobten zu machen. „Wohnen Sie nicht dort?", fragte er beim Überqueren der Wiese.

Yilmaz trug eine Jogginghose und ein weißes T-Shirt, das sich an den Stellen, wo es keine Schweißränder zeigte, bereits gräulich verfärbt hatte. Das dunkle Haar war fettig, aber erstaunlich gut frisiert, bemerkenswert auch die Hände, die fast zart wirkten und selbst unter den Fingernägeln vollkommen sauber waren. „Nein", antwortete er hechelnd. „Ich habe ein Zimmer in der Scheune."

„Warum"?

„Warum? Ich bin Nachtwächter, schon vergessen? Ich stehe jede Nacht ein paar Mal auf. Das will ich Zara nicht antun."

„Das ist sehr rücksichtsvoll von Ihnen."

Anstatt zu reagieren, wies Ahmed mit dem Kinn auf das Holzhäuschen, dem sie sich näherten. „Ich kann nicht glauben, dass Zara weg sein soll. Das muss sich um ein Missverständnis handeln."

„Das wäre mir auch lieber, glauben Sie mir", sagte Ed, was in diesem Fall sogar der Wahrheit entsprach.

Ahmed öffnete die Tür zum Putzraum, durch die Zara Aslin gestern Nachmittag verschwunden war. Ed hatte gedacht, sie hätte nur eine Show abziehen wollen und dass der Ort an sich beliebig gewesen wäre. Stattdessen hatte sie die Polizei in ihre Wohnung geführt. Er folgte ihrem Verlobten, der quer durch den Raum stürmte, weiter bis zu der kleinen Öffnung in der hintersten Ecke.

Der Begriff *Besenkammer* wäre treffender gewesen. Zaras Zimmer war leer, das heißt bis auf die spärliche Möblierung. Überall lagen Müll und Zigarettenstummel verstreut, sogar auf der Matratze. Ed öffnete einen der beiden Kartons, die in der Ecke standen, bis oben hin vollgestopft mit Süßigkeiten und Chips, Toilettenpapier und Seife. „Also, wie war das mit der Nacht, in der Sebastian Liebermann getötet wurde?", fragte er, der Moment konnte günstiger nicht sein. Achim befand sich in einer extrem emotionalen Phase, da wäre es schwierig für ihn zu lügen und sich nicht in Widersprüche zu verstricken. „Sie wollten mir erzählen, was vorgefallen ist."

„Nichts ist vorgefallen, Mann." Yilmaz raste wie ein Wildschwein umher und kontrollierte jeden der wenigen Quadratmeter aufs Gründlichste.

„Und Zaras Verschwinden hängt damit zusammen, dass *nichts* vorgefallen ist, nehme ich an."

„Oh, dieses Miststück!" Achim ballte eine Faust und schlug damit in die Innenfläche seiner Hand.

„Wie war das?"

„Ich habe ihr gesagt, sie soll es lassen. Aber sie konnte ja nicht folgen."

„Was sollte sie lassen?"

Yilmaz' Schläge in die eigene Hand hörten auf, stattdessen trat er mit dem Fuß gegen seine Tasche.

„Lassen Sie das sein." Ed konnte es kaum fassen, aber der Mann hatte sich innerhalb kürzester Zeit völlig verwandelt, vom arroganten Schnösel zum Schlägertypen. Dass Zara Aslin sich aus freien Stücken mit jemandem wie ihm verlobt hatte, war höchst zweifelhaft. „Kann es sein, dass Zara gesehen hat, wer Sebastian getötet hat?"

„Ich weiß es nicht."

„Doch, Sie wissen es."

Achim machte einen Laut wie ein jaulendes Tier und gab seiner Tasche einen letzten Tritt. „Ich habe Zara gefragt, wo sie in der Nacht gewesen ist", rief er. „Okay? Zara hat nur gemeint, dass sie etwas beobachtet hat."

„Und was?"

„Hat sie nicht gesagt. Ich habe mir gleich gedacht, dass sie etwas ausheckt. Das ist es, was ihr Polizisten glaubt, oder? Dass sie jemanden erpresst hat." Er rieb sich über seine Bartstoppel und sprach ruhig, fast besinnlich weiter. „Es ist das, was ich glaube. Deshalb hat sie mich gestern weggeschickt. Sie hat mich nicht hier haben wollen."

Es klang plausibel, dachte Ed, und deckte sich in der Tat mit dem, was er vermutet hatte. Doch konnte diese Ansprache ebenso gut ein großer Bluff sein. Was wusste er schon über Ahmed? Ein Verdächtiger wie jeder andere. Zugegeben war seine Devise, dass jeder Mensch als schuldig galt, bis seine Unschuld bewiesen worden wäre, wenig schulbuchmäßig. Aber was hätte Ed anderes denken sollen, als er im Alter von acht Jahren seine Mutter blutüberströmt in der Badewanne gefunden hatte, von ihrem aktuellen Liebhaber keine Spur. Das hatte sich in sein Hirn eingebrannt, Schulbuch hin oder her. „Weggeschickt. Und wo haben Sie die ganze Zeit verbracht?"

„Bei einem Freund."

„Geht's genauer?"

Wie in Zeitlupe schüttelte Achim den Kopf.

Ed lachte kurz auf. „Wie soll ich Ihnen glauben? Warum hören Sie nicht auf zu lügen?"

„Aber ..."

„Ihre Geschichte hat einen Denkfehler. Woher wussten Sie, dass Ihre Verlobte in der Nacht von Sebastians Tod nicht in ihrem Zimmer war? Führt Sie die Platzrunde als Nachtwächter etwa über Zaras Matratze?"

Yilmaz starrte ihn an. Ein Tropfen Speichel löste sich und lief seinen Mundwinkel hinab. „Ja, okay, Mann", stammelte er. „Ich wollte Zara besuchen. Sie war nicht da."

Er gab es zu, dachte Ed. Entweder sagte er die Wahrheit oder bluffte auf hohem Niveau. „Was ist dann passiert?"

„Gar nichts."

„Ich nehme an, Sie waren eifersüchtig auf Sebastian."
„Was?", rief Ahmed. „Nein, war ich nicht."
„Waren Sie nicht?"
„Also gut, ein bisschen halt."
„Es hat Sie gestört, dass Zara sich mit ihm getroffen hat, nicht wahr? Sie wollten in der Nacht zu ihr, doch Zara war weg. Sie führen Ihre Runde fort, treffen Sebastian und rasten aus vor Eifersucht."
„Was erzählen Sie für einen Scheiß, Mann?"
„Hat Zara Sie dabei beobachtet, wie Sie ihn getötet haben?"
„Nein."
„Und Sie damit erpresst?"
„Meine Verlobte ist verschwunden. Haben Sie mal ein bisschen Respekt, Mann."
„Was haben Sie mit ihr gemacht?"
Achims Unterlippe fing an zu zittern. „Ich ..."
„Überzeugen Sie mich vom Gegenteil", unterbrach Ed ihn.
„Ich war ..."
„Ein Alibi würde mich überzeugen."
Ahmed Yilmaz' ganzer Körper bebte, als würde er einen inneren Kampf ausführen, darüber auszuflippen oder endlich zu gestehen. Ob der menschliche Drang zur Wahrheit auch bei ihm die Oberhand gewann? „Also gut", sagte er und seine Schultern sackten augenblicklich ab. „Ich erzähle Ihnen, wie es war in der Nacht, als Sebastian gestorben ist."
„Ich höre?"
Achim wischte sich lange und gründlich den Mund ab. „Ich habe meine Runde gedreht. Wie ich es immer

tue. Bin in Zaras Zimmer gegangen, doch sie war nicht da. Also bin ich weiter."

„Hat mich nicht überzeugt."

Den Blick auf seine Füße gerichtet, kam der Mann einen Schritt näher. Schweißgeruch ging von ihm aus.

„Und dann ..." Achim stockte.

In der nächsten Sekunde schubste er Ed zu Boden und rannte hinaus.

Tat sie das Richtige? War das Programm wirklich das, was sie wollte? Und wie konnte es gut für sie sein, wenn es ihr Bauchschmerzen verursachte?

All diese Fragen hämmerten auf sie ein, als Grit die Tür zur Rezeption hinter sich schloss und in ein halbes Dutzend Augenpaare blickte, die ihr mitzuteilen schienen, dass ihre Anwesenheit hier nicht erwünscht wäre.

Du bildest dir das ein, versuchte Grit sich zu beruhigen. Die Hälfte vom halben Dutzend konnte gar nicht wissen, wer sie überhaupt war. Vom Rest machte sich ein Drittel gerade davon. Zugegeben, *das* ließ sich als Zeichen der Abneigung deuten. Päm und Tessa, die übrigen zwei Drittel, wenn sie richtig gerechnet hatte, sahen dagegen eigentlich ganz friedlich aus.

Kaffee, sie bräuchte dringend Kaffee.

„Äh, ich ..." Grit räusperte sich. Niemand hörte ihr zu. Sie würde mit ihrem Gestottere niemals Aufmerksamkeit erreichen. Warum konnte sie nicht einfach auf die Weise ein Zimmer betreten, dass die Türen knallten und alle gespannt auf ihr Anliegen warteten? „Ich hätte gerne einen Kaffee", wiederholte sie, lauter.

Päm blieb regungslos an der Theke sitzen. Immerhin Tessa, bei der sie seit gestern Abend wohl einen Stein im Brett hatte, setzte sich in Bewegung, wenn auch nur im Schneckentempo. Das blonde Mädchen füllte eine Tasse mit dem ersehnten Gebräu und platzierte sie und einen Zuckerstreuer vor ihr auf die Theke.

„Sie wollen bestimmt unter vier Augen mit Päm reden", flüsterte Tessa und verdrückte sich in die Ecke, wo drei Rentner eine Landkarte studierten.

Die Platzmutter hob den Kopf, als ihr Name gefallen war, ließ ihn aber sogleich wieder hinabsinken. „Was wollen Sie von mir", maulte sie in ihren Knäuel aus Kleidung und Armen.

„Zara war Ihre Freundin?"

„Zara *ist* meine Freundin", verbesserte Päm.

„Oh, natürlich."

Dieser Ausrutscher war von Grit nicht geplant gewesen, dennoch hatte er die Platzmutter insoweit aufgerührt, dass sie ihren großen Körper straffte und sich aufrecht hinsetzte.

Wir tun alles in unserer Macht Stehende, war vor wenigen Minuten in etwa Piwis Aussage gewesen, die Grit mit einem Kopfschütteln abgetan hatte, und nun war es ihre Aufgabe, in die gleiche Kerbe zu schlagen. Zur Stärkung leerte sie die Hälfte der Kaffeetasse in einem Zug. „Wie lange kennen Sie Zara schon?"

„Drei, vier Jahre, keine Ahnung. Sie war plötzlich aufgetaucht und hatte erst nur für ein paar Wochen bleiben wollen."

„Und dann?"

„Ist sie einfach dageblieben."

„In so einer langen Zeit lernt man sich bestimmt gut kennen, oder?"

Die Platzmutter sah das anders. „Zara hat immer ein großes Geheimnis um ihre Herkunft gemacht. Und wissen Sie was? Das war in Ordnung für mich."

Grit nickte.

„Wollen Sie wissen, wie ich sie nannte? Eine gestrandete Seele."

„Warum?"

„Weil es passte. Sie war wie ein Stück Treibholz, das von der Ostsee angeschwemmt wird. Niemand sagt einem, woher es kommt und warum es sich überhaupt auf den Weg macht. Es ist auf einmal da. Und man freut sich darüber."

Grit war aufgefallen, dass die Platzmutter trotz ihres anfänglichen Beharrens auf *ist* nun auch ein paar Mal in die Vergangenheitsform abgerutscht war. Während des Zuhörens hatte sie die Tasse komplett leer getrunken, doch die gewünschte Wirkung ließ auf sich warten. „Gibt es Menschen, zu denen Zara gefahren sein könnte? Hat sie vielleicht Freunde, außerhalb des Campingplatzes?", fragte sie mit einem unterdrückten Gähnen.

„Nein. Zara hat den Campingplatz in der ganzen Zeit nicht verlassen. Außer, um ein paar Besorgungen zu machen natürlich. Aber nie für länger. Deshalb mache ich mir ja solche Sorgen."

„Das brauchen Sie nicht. Wir tun alles in unserer Macht Stehende", sagte Grit, was ihr völlig zusammenhangslos vorkam, mit dem entsprechenden Gesicht aber offensichtlich Wirkung zeigte.

Die Platzmutter schniefte. „Danke. Es tut gut, mal darüber zu sprechen."

Grit fasste das als Kompliment auf. Endlich einer der seltenen Momente, die ihr etwas zurückgaben. Sie entspannte sich und grübelte, was sie noch wissen wollte. Allmählich gingen ihr die Fragen aus. „Aber Zara hatte doch einen Verlobten, oder?“

„Achim, ja. Ahmed Yilmaz, unser Nachtwächter. Die beiden haben sich auf dem Campingplatz kennengelernt.“

„Verstehe.“ Eine Sackgasse. Grit erwog, einen zweiten Kaffee zu bestellen, und zwar extra stark. Vielleicht würde der ihrer Kreativität auf die Sprünge helfen.

„Achim fährt manchmal weg“, sagte Päm von sich aus.

„Wohin?“

„Ich glaube, er hat Kontakte nach Holland. Genaueres weiß ich nicht.“

Holland. Der Name erinnerte Grit an gestern Abend, als sich ihr erster Ermittlungserfolg, die Liste mit Natalie Zyblers angeblichen Kunden, als Fehlschlag entpuppt hatte. Das Erinnert werden an diese unangenehme Erfahrung setzte in ihrem Gehirn eine Art Kettenreaktion in Gang: das nächtliche Gespräch mit ihrem Sohn Sven, der Weinbrand, der so guttat, und schließlich eine Frau, die heulend alte Fotos aus einem Schuhkarton betrachtete. Hatte sie sich tatsächlich die alten Bilder angetan? „Entschuldigung. Was haben Sie gesagt?“

„Ob es Ihnen nicht gut geht.“

„Doch, es ist nur ...“ Grit konnte sich das Gähnen nicht länger verkneifen.

Prompt stimmte die Platzmutter mit ein und lehnte sich mit ihrem Oberkörper wieder auf den Tresen. „Nur ein einziges Mal hat Zara mich enttäuscht“, begann sie zu erzählen, schränkte aber sogleich ein, dass sie nicht zu viel verraten würde, solange nicht feststand, was mit ihrer Freundin passiert wäre. Es hätte zu tun mit deren *Sammelleidenschaft*, wie Päm es ausdrückte, und ihr wäre das erst kürzlich aufgefallen.

Grits Augenlider wurden immer schwerer.

Andererseits wäre durch die Sammelei niemand wirklich zu Schaden gekommen, jedenfalls nicht kapital.

„Aha!"

Schokolade und Klopapier, hörte sie jemanden sagen.

Eine Minute später lagen beide Frauen mit dem Kopf auf der Theke.

Normalerweise befolgte er die Aufträge des Gruppenleiters ohne zu murren. Und er hatte auch diesmal vor, den Auftrag auszuführen, keine Frage. Von Prioritäten hatte Piwi jedoch nichts erwähnt, deshalb beschloss Till, die Befragung der Camper am Fundort der Leiche fortzusetzen. Dass Natalie Zyblers Wohnwagen dort stand, war reiner Zufall, ebenso, dass sie und er hoffentlich ein paar Worte miteinander wechseln würden. Es hätte eh niemand aus seiner Gruppe mitbekommen; Piwi war seit Beginn der Ermittlungen leicht auf die Palme zu bringen, was Till verwunderte, weil es sich eigentlich bei ihm um einen ganz relaxten Typen handelte. Vielleicht hatte er private Probleme, wahrscheinlicher jedoch Differenzen mit seinem Vorgesetzten Johannes Meier. Till konnte Meier nicht ausstehen. Bereits mehrfach hatte er ihm Sonderaufgaben erteilt, die Till seiner Meinung nach vorbildlich ausgeführt hatte, und trotzdem kannte er seinen Namen nicht. Im Gegenteil, immer wenn Meier ihn sah und einen Gefallen von ihm wollte, schnippte er mit den Fingern und sagte: „Sie da, Sie sind der Azubi hier, stimmt's? Kommen Sie mal her!“ Mit Piwi würde er natürlich nicht so umgehen, für den überlegte er sich mit Sicherheit besondere Schikanen.

Till sah auf seine Armbanduhr. Fast halb elf! Um diese Zeit wäre Natalie bestimmt längst wach, überlegte er, oder, sein Herz pochte schneller, gerade beim Duschen. Der Gedanke daran hatte ihn bereits gestern Abend in den Wahnsinn getrieben, als er zu Hause auf dem Sofa gelegen und ferngesehen hatte. Als seine Mutter ihm Bratkartoffeln mit Eiern gemacht und ihn nach seinem Tag gefragt hatte, wollte er das Duschgel sein, mit dem Natalie sich einseifte. Und als er todmüde ins Bett gefallen war, genoss er die Vorstellung, mit ihr unter der Dusche zu stehen und nicht nur ihren Rücken einzuseifen.

Morgen spreche ich sie an, hatte er sich vorgenommen und vor lauter Nervosität, wie sich das am geschicktesten bewerkstelligen ließe, keinen Schlaf finden können. Was hatte er einem Mädchen schon zu bieten? Er war Polizei*schüler*. Wohnte noch bei seinen Eltern. Sah nicht besonders gut aus. Ihm war sehr wohl bekannt, dass die Leute durch ihn hindurchsahen, wenn sie mit ihm sprachen, die meisten jedenfalls. Natalie war da komplett anders gewesen. Sie hatte ihn angelächelt. Sie war seinem Blick nicht ausgewichen. Wenn er am nächsten Morgen die Chance nicht nutzte, würde er das sein Leben lang bereuen. Er wollte nicht enden wie

Onkel Erwin, und die Fragen seiner Mutter, wann er denn eine Freundin mit nach Hause brächte, gingen ihm längst auf die Nerven.

Till erreichte die Buche, unter deren mächtigen Ästen ihr klappriger Wohnwagen gestanden hatte. Die Abdrücke der Reifen und Stützen waren im Gras gut zu sehen. Sein Herz fühlte sich an, als wollte es kollabieren. War es doch die falsche Stelle? Nein, es gab keinen Zweifel, gestern um ungefähr die gleiche Zeit hatte er gegen die Tür des Wohnwagens geklopft und kurz darauf war dieses puppenhafte Wesen aus seinem Inneren geklettert: Natalie.

Der Klang ihrer Stimme hallte in seinen Ohren wider. *Wenn ich allein bin, gehe ich früh schlafen.* Till kniete sich hin und strich über die plattgedrückten Halme, als würde er dadurch ihre Haut berühren können. Elektrizität durchfuhr seinen Körper, als jemand sagte: „Sie ist abgereist. Ganz in der Frühe."

„Was? Wohin denn?"

Der alte Mann breitete die Arme aus wie ein Showmaster, der sein Publikum begrüßte.

Aus unerfindlichen Gründen hasste Till ihn für diese Geste. Er beschloss, vollkommen sachlich vorzugehen, wie es sich für einen erfahrenen Polizeischüler gehörte, und sagte so emotionslos wie möglich: „Es ist wichtig für unsere Ermittlungen, dass Sie uns alles mitteilen, was Sie dazu wissen, Herr Färber."

„Aber ich weiß ja nix", antwortete der und lachte immer noch, als hätte er eine Menge Spaß.

Till fragte sich, worüber sich der alte Mann so freute. Womöglich nur darüber, dass seine Mithilfe benötigt wurde. „Sie wohnen in unmittelbarer Nachbarschaft zu Frau Zybler. Sicher haben Sie mitbekommen, wann oder warum sie abgefahren ist. Also?"

Der Mann überlegte.

„Herr Färber, ich warte."

„Also heute Morgen, ganz früh, war da dieser Lärm. Wie ein Klappern."

„Um wie viel Uhr ist ganz früh bei Ihnen?"

Färber hatte endlich sein dämliches Grinsen abgelegt. „So um fünf Uhr, würde ich sagen."

„Ganz schön früh."

„Ich habe aus dem Fenster gesehen. Da war Frau Zybler draußen und hat ihre Stühle in den Wohnwagen geräumt."

„Allein?"

„Roberto Müller war dabei. Er half ihr beim Tragen. Wird sie etwa verdächtigt?"

„Wie bitte?"

„Hat Frau Zybler etwas mit Sebastians Tod zu tun?"

Till wollte protestieren und das eine unverschämte Unterstellung nennen. Doch eigentlich kam ihm Färbers Vermutung gelegen, auf diese Weise erschien sein Interesse an Natalie nicht ungewöhnlich. „Ich darf zu laufenden Ermittlungen keine Auskünfte geben", antwortete er vorschriftsmäßig. Die Sticheleien seines Kollegen Ed reichten ihm; was er am wenigsten brauchte, war eine öffentliche Bekanntmachung seines Gefühlslebens. Ob Färber eine Ahnung habe, wohin sie gefahren sein könnte, wollte er wissen.

„Der junge Mann interessiert sich für Frau Zybler."

„Ach ja?", rief Eleonore Färber, die sich liebenswürdig lächelnd zu ihnen gesellte.

Till hasste sie für diesen nichtssagenden Ausruf. „Rein dienstlich", erklärte er schnell.

„Frau Zybler hat gestern noch von Ihnen gesprochen. Als ich sie beim Spülen getroffen habe." Die alte Frau drehte sich zu ihrem Ehemann und klimperte mit den Augen, als wären die zwei sich nach einer Ewigkeit endlich wieder begegnet. „Das hatte ich dir doch erzählt, nicht wahr, mein Schatz?"

„Hast du, meine Liebe."

„Frau Zybler konnte ja ganz reizend sein", fuhr sie an Till gewandt fort. „Aber trotzdem war sie auf eine Weise billig."

„Und was hat sie gesagt?", fragte er.

„Sie hat gesagt, dass Frau Zybler reizend sein konnte", begann Hermann Färber.

„Nicht das. Was Natalie über mich gesagt hat, natürlich."

„Wann gesagt?"

Till hatte das Gefühl, platzen zu müssen.

„Ist sie eine Verdächtige?", wollte Eleonore wissen.

Er war selber schuld, warum hatte er auch gefragt. Seine Einschätzung von gestern bestätigte sich, die Färbers hatten entschieden zu lange in ihrer Wohnwagenwelt gelebt. Er würde umdrehen und andere Informationsquellen auftun, und zwar unverzüglich. So hatte sein Auftrag eh gelautet: Zeugen zu finden. Niemals wäre ihm etwas anderes in den Sinn gekommen. Ein einzelner, quälender Gedanken hielt ihn davon ab: „Was hat Natalie über mich gesagt?"

„Jetzt weiß ich es wieder. Sie sagte, dass ein Polizist bei ihr gewesen wäre. Sie konnte sich aber nicht mehr an den Namen erinnern."

Till ließ den Kopf hängen. Genau das war seine Befürchtung gewesen: zu belanglos zu sein, nicht wert, dass man sich seines Namens erinnerte. Er war Onkel Erwin.

„Frau Zybler fragte daher, ob *ich* seinen Namen wüsste", erzählte Eleonore weiter. „Ich fragte warum, und da sagte sie: er war ja so nett."

„Wie war das?"

Die Augen der alten Frau glänzten. „Das hat sie gesagt."

Till konnte gar nicht anders, als ihr zuzulächeln. *Nett* war zwar nicht das Wort, das er sich erträumt hatte, aber wen juckte es. Natalie hatte von ihm gesprochen, das zählte. „Übrigens", sagte er und räusperte sich, bevor sein Grinsen ihn verriet. „Noch jemand anderes ist verschwunden. Zara Aslin, die Putzfrau. Kennen Sie sie?"

Die Färbers nickten eifrig. „Das ist doch diese Türkin", antwortete Hermann. „Nettes Mädchen. Könnte allerdings ein bisschen besser sauber machen."

„Das ist wirklich seltsam", sinnierte Eleonore.

„Seltsam? Warum?"

„Nun. Zwei Personen verschwinden in derselben Nacht."

Von dieser Seite hatte Till es gar nicht betrachtet.

„Mich würde nicht wundern", sagte die alte Frau – und er wusste gar nicht, wie sie das meinte, „wenn es den beiden hier zu heiß geworden wäre."

Obwohl er erst vor wenigen Stunden geduscht und seine Haut mit *Maximum Energy* eingeschäumt hatte, begann sich sein Hemd bereits wieder klamm anzufühlen. Piwi war auf der Suche nach Stellplatz Nummer 78 und verfluchte den Campingplatz *Zur Sonne* als Irrgarten, als sein Handy klingelte. Er hatte im Gefühl, dass es am heutigen Tag selten still stehen würde.

„Rudi, was gibt's Gutes?", stöhnte er in den Hörer und konnte sich den Kommentar „Eine Scheißhitze wieder!" nicht verkneifen.

„Da, wo ich bin, nicht", erwiderte Dr. Ulrich gelassen. „Einer der Vorteile bei meiner Arbeit."

Piwi beglückwünschte ihn zur Berufswahl.

„Was ist mit dir los, Peter?" Sein Gesprächspartner hatte wohl am Klang seiner Stimme gemerkt, dass ihn etwas bedrückte. „Mal wieder wegen Jo?"

Piwi bejahte. Sein Vorgesetzter hatte ihn heute Morgen auf dem Revier ordentlich strammstehen lassen. Nur gut, dass niemand aus seiner Truppe mit dabei gewesen und Zeuge dieser Blamage geworden war. Wie immer als Erster im Büro, hatte er ihm eben den Sachstandsbericht abliefern wollen, weil Meier am Vorabend schon weg gewesen war zum Kegeln.

„Hab' schon davon gehört", erwiderte Rudi. „Er soll ziemlich ausgerastet sein, weil sich jemand über deine Frau Loch beschwert hat."

„Dann erzähle ich dir mal die richtige Version. Für die Beschwerde über Frau Loch hat er sich gar nicht groß interessiert." Piwi berichtete, dass er das nur erfunden hatte, damit seine Teamkollegen den wahren Grund nicht erfuhren. „Es ging um eine andere Sache. Ich habe ihm von unseren Ermittlungen berichtet. Und von Ben Conze, keine besonders verdächtige Nummer in dem Fall, aber für den Moment hätte er was zu knabbern gehabt." Piwi schnaufte. „Jo hat meine Argumentation in der Luft zerrissen. Wie ich denn Herrn Conze verdächtigen könnte, ob ich nicht wüsste, dass es sich um einen über die Region hinaus bekannten Künstler handeln würde blablabla."

Der Doktor erwiderte nichts darauf, anscheinend wusste er, dass es eh wenig bewirkt hätte.

„Das Schlimme ist, wäre ich mit leeren Händen zu ihm gekommen, hätte er mir das hundertprozentig vorgeworfen."

„Du kennst ihn doch. Lass dich nicht von ihm runterziehen."

„Ich verstehe nicht, warum. Rudi, was ist passiert mit uns? Früher waren wir Freunde, er noch einfacher Gruppenleiter und ich in seinem Team. Flora Bütting und wie sie alle heißen. Kaum wurde er Dezernatsleiter, begann alles zu zerbröckeln, Flora lässt sich von einem Unbekannten schwängern, Kollege Petersen wird versetzt und ich darf die Suppe auslöffeln."

„Ich verstehe."

„Ja." Piwi kam sich mit einem Mal vor wie ein Patient, der dem Arzt seine Leiden beschrieb. „Aber das wolltest du alles bestimmt nicht hören. Du hast angerufen. Gibt's neue Infos zu Sebastian?"

„Wir haben die DNA abgeglichen. Es war sein eigenes Sperma auf der Hose."

„Also war der Verdacht auf Ben der totale Reinfall. Na, prima. Noch was?"

„Ja. Das Blut auf den Steinen ist definitiv auch von ihm."

„Wenigstens eine gute Nachricht. Und was machen wir jetzt mit dieser Erkenntnis?"

Rudi sagte auch dazu nichts.

Dr. Ulrich hätte einen erstklassigen Psychoanalytiker abgegeben, dachte Piwi und raufte sich die Haare. „Ich weiß schon, das ist unser Job." Er bedankte sich für den Anruf und steckte sein Handy zurück in die Tasche.

Die Sonne brannte in seinem Nacken wie die flinken kleinen Hände der Thailänderin in Anklams Frauenstraße. An eine ihrer Massagen war im Moment nicht zu denken. Seit knapp einer Woche wohnte auf Stellplatz 78 ein Pärchen, der Mann hieß Arthur Rimnicki und war laut Polizeicomputer vorbestraft.

Piwi machte sich nicht allzu große Hoffnungen auf eine Verbindung zum aktuellen Fall. Betrug stand im Psychogramm eines Mörders weiter unten, dennoch war die Befragung obligatorisch. Nach einer weiteren, erfolglosen Runde über den Campingplatz stellte sich heraus, dass die gesuchte Nummer ziemlich in der Mitte lag und nur ein Steinwurf von ihrem heimeligen Treffpunkt unter dem Sonnenschirm entfernt.

Schon aus der Entfernung sah er den Mann in einer altmodischen Badehose auf seinem Handtuch liegen wie die faulen Schüler nach Schulschluss im Freibad. Braungebrannt, Hühnerbrust, blondes Haar, lediglich die faltige Haut verriet, dass er fast 50 war. Als der Mann ihn bemerkte, kniff er die Augen zusammen und sagte ohne zu lächeln: „Wenn das nicht mal die Polizei ist."

Piwi stellte sich mit Namen und Dienstgrad vor und leierte den Grund für seine Anwesenheit herunter. „Deshalb hätte ich Fragen an Sie", schloss er.

„Warum an mich?"

„Reine Routine."

„Wenn das so ist." Arthur Rimnicki war offensichtlich nicht in der Stimmung, vom Handtuch aufzustehen, um sein Sonnenbad zu unterbrechen, im Gegenteil. Nach dem letzten Wort machte er es sich richtig bequem und schloss die Augen. „Also?"

„Wo waren Sie in der Nacht, als der Junge getötet wurde?"

„Hier. Ist das alles?"

„*Hier* heißt in Ihrer Sprache *auf dem Campingplatz*? Oder einfach nur *auf diesem Planeten*?" Piwi vermisste die Zeiten, als man den Polizeibeamten noch Respekt entgegengebracht hatte, obwohl er es manchmal bezweifelte, dass es sie je gegeben hatte.

„Auf dem Campingplatz. In meinem Wohnwagen. Auf der Matratze. Links." Anscheinend genoss der Mann Sonnenbad und Unterhaltung gleichermaßen.

„Gibt es Zeugen dafür?"

„Und wenn nicht?"

„Dann würden ich Sie bitten, mich aufs Revier zu begleiten."

Arthur fing an zu lachen, ein hühnerhaftes Gackern, das mehr als abstoßend wirkte. „Aber, aber. Warum mit Kanonen auf Spatzen schießen. Wenn Sie Wert auf einen Zeugen legen, wird Renate sicher bestätigen, dass ich die ganze Nacht über brav dort gelegen habe. Bis auf die paar Minuten, in denen ich auf Renate gelegen habe. Da war ich nämlich nicht brav. Renate?"

Auf seinen Ruf kam eine Frau aus dem Wohnwagen gestiegen, die zwischen den Männern hin- und herblickte, ohne einen Ton von sich zu geben. Der Gegensatz zu Piwis Erwartung hätte größer nicht ausfallen können. Statt einer gut aussehenden, gepflegten Mittzwanzigerin trat ein lebendiges Gummibärchen ans Tageslicht, jedenfalls was die Figur betraf. Renate gehörte zum Typ Frauen, die in Sachen Liebe vom Leben nicht viel zu erhoffen hatten.

„Der Herr ist von der Polizei. Er möchte gerne wissen, wo ich in der vorletzten Nacht gewesen bin."

Renate kratzte sich mit beiden Händen am Hinterkopf, bevor sie mit erstaunlich tiefer Stimme sagte: „Na, hier."

„Sehen Sie? Damit dürfte das geklärt sein."

„Tagsüber ist er oft weg", fügte sie hinzu und kassierte von Rimnicki sofort eine Rüge in Form von Hühnergegacker.

„Ich bin geschäftlich unterwegs", erklärte der.

„Im Urlaub?", fragte Piwi.

„Ja genau", rief Renate. „Im Urlaub?"

„Hol mir doch mal eine Zeitung vom Kiosk."

Ohne zu murren setzte die Frau Rimnickis Anweisung in die Tat um und stampfte los.

Piwi blickte ihr nachdenklich hinterher. *Betrug* hatte in dem Aktenverweis gestanden, doch er hatte sich nicht die Mühe gemacht, alles im Detail durchzulesen. Dazu wäre genug Zeit gewesen, wenn sich die Verbindung gezeigt hätte. *Auf Bewährung* noch dazu, was eher selten vorkam, zum Beispiel bei Vorhandensein von Einvernehmlichkeit. Kläger: sieben, alle weiblich. Es gab eine einfache Möglichkeit herauszufinden, ob Rimnicki die Wahrheit sagte oder nicht, und dazu müsste Piwi nicht mal gegen seine Prinzipien verstoßen. „Ihre Freundin weiß Bescheid über Ihre Vergangenheit?"

Augenblicklich brachte sich der Mann auf dem Handtuch in eine aufrechte Sitzposition. „Sind Sie deshalb zu mir gekommen? Um mich auffliegen zu lassen?"

„Routine, wie ich schon sagte. Also?"

„Mit Renate ist das anders. Ich liebe sie wirklich."

„Dann hoffe ich, dass das so bleibt." Renate wusste es also nicht, folgerte Piwi. „Ich würde nämlich nur ungern Druck ausüben wollen, sagen wir damit, Ihrer Freundin von Ihrer Karriere zu erzählen."

„Was wollen Sie wissen?", fragte Rimnicki, eifrig wie der Klassenstreber im Unterricht, der kaum erwarten konnte, Kostproben seines Könnens abzuliefern.

„Wo Sie in der vorletzten Nacht waren."

„In meinen Wohnwagen. Bei Renate. Hören Sie, Sie trauen mir doch keinen Mord zu? Ich bin ein ganz kleiner Fisch, wenn überhaupt."

„Ist Ihnen irgendetwas aufgefallen? Ein Geräusch oder so?"

„Nein."

Dem Blick und der Stimme nach zu urteilen, sagte Rimnicki die Wahrheit. Andererseits waren schon ganz andere auf seine Masche hereingefallen, überlegte Piwi. „Was ist mit letzter Nacht?"

„Das Gleiche. Auch nichts gehört oder gesehen. Warum fragen Sie? Ist da auch jemand getötet worden?"

Piwi ignorierte die Gegenfrage und bedankte sich für die Auskünfte. Er hatte entschieden, dem Mann zu glauben. Auch wenn von Anfang an festgestanden hatte, dass das Gespräch fruchtlos verlaufen würde, von Zeitverschwendung brauchte man nicht zu sprechen. Leute wie Rimnicki konnten ihm einmal nützlich sein und einen Gefallen tun. Piwis Argument war fragwürdig, aber überzeugend.

Er wollte sich gerade verabschieden, als sein Handy klingelte. „Aha!", rief er zur Bestätigung seiner Prognose, was die Klingelhäufigkeit betraf. „Ja, Ed, was gibt's?" Der Kollege Stenzl informierte ihn über das Auffinden von Zaras Verlobten.

„Das ist gut", kommentierte Piwi.

„Er ist ausgebüchst."

„Das ist nicht so gut."

„Achim verheimlicht uns etwas. Chef, wir müssen ihn kriegen. Er kann noch nicht weit sein."

Piwi wusste, ein Zeuge, der eine Befragung fluchtartig verließ, war meist mehr als ein Zeuge. Doch bis die Kollegen vom Einsatzdienst eingetroffen wären, hätte der Mann sich längst aus dem Staub gemacht.

„Hör zu, Ed", sagte er und wandte sich gleichzeitig an den verdutzten Mann in Badehose neben ihm:

„Herr Rimnicki wird uns bei dieser Sache sicher helfen, nicht wahr?“

Ein Knall ließ sie hochschrecken.

Grit benötigte mehrere Versuche, um zu realisieren, wo sie sich befand: im Häuschen der Rezeption, allein bzw. nun nicht mehr, denn eine Gruppe von Menschen stürzte herein und schlug die Tür gegen die Holzwand. Vor ihr an der Theke, auf der eine leere Tasse nebst Zuckerstreuer standen, hatte eben noch – sie würde es schwören beim Leben ihrer Arbeitsvermittlerin – die Platzmutter gesessen und sich mit ihr unterhalten.

„Frau Loch, vielleicht helfen Sie uns mal!“ Piwi, Ed und ein dürrer Mann in Badehose hielten einen anderen Mann an den Armen fest. Till ging voran und machte den Weg frei, öffnete Türen und schob Stühle beiseite. *Mamma Mia* ertönte dazu im Radio, wieder ein Lied von ABBA, momentan wirkte es aber fehl am Platze.

Grit murmelte ein paar ihrer *Äh*s und entschied sich, den anderen dabei behilflich zu sein, den schwarzhaarigen Mann auf einem der Stühle für Gäste zu platzieren. Krampfhaft überlegte sie, was bei ihrem Gespräch mit Päm herausgekommen war, falls Piwi nach Informationen fragen sollte.

„Lassen Sie mich“, schnaufte der Mann in der Trainingshose. „Ich laufe nicht weg.“

Der Gruppenleiter überhörte den Einwand und hielt weiter dessen Schultern fest. „Ed, verschließ die Tür. Till, du blockierst den Durchgang nach hinten. Frau

Loch, schalten Sie endlich mal das Radio ab." Bei dem dürren Mann in Badehose bedankte er sich eilig und sagte, dass er fürs Erste gehen könne.

Päm hatte ihr eine Menge komisches Zeug erzählt. Zara wäre eine gestrandete Seele gewesen, was für Grit eher nach Fieberwahn klang, als nach dem Ergebnis ihrer Befragung. Welchen Eindruck würde Piwi von ihr kriegen, wenn sie ihm das wiedergab? Dass sie getrunken hätte? Schlimm genug, dass ihr bei einer Zeugenbefragung schummrig geworden und sie eingeschlafen war.

Piwi setzte sich in einen Sessel und blickte sein Gegenüber geringschätzig an. „Nun?"

„Was wollen Sie von mir?" Der Mann atmete schnell und sprach abgehackt. „Keine Ahnung, warum ich weggelaufen bin."

Grit verfluchte sich, dass ihr die letzte Nacht auf dem Sofa noch dermaßen in den Knochen steckte. Sie befand sich mitten in einem Verhör und der Mann in der Trainingshose war demnach ein Tatverdächtiger, wenn nicht sogar der Mörder. Ihre volle Leistungsfähigkeit war gefragt.

„Vielleicht, weil Sie etwas zu verbergen haben?", rief Ed von der Tür herüber. „Das ist für gewöhnlich der Grund, warum jemand wegläuft."

„Ja, aber Sie verstehen nicht ..."

„Warum erzählen Sie nicht einfach weiter?", unterbrach Ed ihn. „Sie wollten mir gerade sagen, wo Sie in der Nacht gewesen sind, in der Sebastian getötet wurde, bis wir von Ihrer - na, sagen wir - kleinen Sporteinlage unterbrochen wurden."

Grit grübelte fieberhaft, wer der Verdächtige sein konnte. Jemand aus Sebastians Familie augenscheinlich nicht, dazu waren sie äußerlich viel zu verschieden. Wahrscheinlich einer der Gäste.

Als hätte Ed Stenzl ihr angesehen, wie sie im Trüben fischte, machte er eine Bemerkung, mit der ihr alles klar wurde: „Ich helfe Ihnen gern auf die Sprünge. Ihre letzten Worte waren ungefähr: *Ich habe meine Runde gemacht, dabei das Zimmer meiner Verlobten Zara betreten, und weil sie weg war, bin ich weitergegangen.*"

Zaras Verlobter Achim, schlussfolgerte sie. Es ging um sein Alibi in der Mordnacht.

„Richtig", sagte Achim, der in ihren Augen gar nicht aussah wie ein Mörder, eher wie ein Kind, das jeden Moment anfangen würde zu flennen. „Und weil Zara nicht da war, bin ich ...", er machte eine Pause, während der ihn die gesamte Truppe anstarrte wie hypnotisiert, „weiter in den Schuppen gegangen. Zu Roberto und dem alten Mann."

„Roberto und der alte Mann?" , wiederholte Piwi.

„Moment, Moment." Auch Ed erhob Einspruch. „Was tischen Sie uns jetzt für eine Geschichte auf? Sodom und Gomorra an der Ostsee?"

„Faber, Färber oder so. Wir treffen uns ab und zu und spielen Poker."

„Poker", rief Grit. Sie hatte den Faden verloren. Ging es nicht um einen Mordfall?

„Poker", sagte auch Ed. „Sie?"

„Ja. Um Geld, Mann. Um größere Summen. Es darf niemand wissen."

Piwi erhob sich aus seinem Sessel und winkte den Kollegen Stenzl auf kurze Distanz zu sich heran. Grit konnte hören, wie er ihm zuflüsterte: „Es würde zu den Einträgen in dem schwarzen Notizbuch passen. R, A und H. Roberto, Achim und Hermann Färber."

„Ahmed Yilmaz? Niemals", flüsterte Ed zurück. „Erst ist er aufbrausend bis zum Gehtnichtmehr, eine Sekunde später heult er rum. Zum Pokern braucht man ein Pokerface."

Piwi hob eine Augenbraue. „Vielleicht verliert er ja immer."

Achim drehte sich auf seinem Stuhl in ihre Richtung. „Fragen Sie Roberto oder Hermann, wenn Sie mir nicht glauben."

„Das werden wir", rief Ed. „Keine Bange."

„Wie lange haben Sie im Schuppen gespielt", wollte Piwi wissen.

„Mal überlegen. So bis um zwei?"

Ed holte sein Telefon heraus und wählte eine Nummer.

Hätte Achim gelogen, würde er protestieren oder Angst zeigen, doch nichts von beidem geschah. Und etwas anderes war Grit aufgefallen, auch wenn sie sich sowohl geistig als auch körperlich nicht auf der Höhe befand. „Wenn Herr Yilmaz in der besagten Nacht mit den beiden gepokert hat", begann sie mehr zu sich selbst zu sagen als zu den anderen, „dann ist das Alibi, was Roberto uns gegeben hat, doch falsch, oder?"

„Sehr gut bemerkt, meine Liebe. Genau das will ich klären. Herr Müller?" Ed sprach übertrieben höflich in sein Mobiltelefon. „Hätten Sie die Güte, uns in der Rezeption noch ein, zwei Fragen zu beantworten? Das ist nett."

Also hatte sie nicht alles vergessen, dachte Grit, und Päms Gerede war vermutlich genauso abstrus gewesen wie es sich im Nachhinein anhörte. Noch ein zweiter Koffeinschub und sie wäre wieder voll da. Wann Piwi wohl endlich nach ihren Gesprächsergebnissen fragen würde?

„Er kommt direkt her", sagte Ed in die Runde.

Der Gruppenleiter raufte sich die Haare. Schweiß hatte den Stoff seines Hemdes unter den Armen dunkel gefärbt. An Achim gewandt fragte er: „Warum haben Sie uns nicht gleich erzählt, dass Sie ein Alibi haben? Warum diese Weglauferei?"

„Ich wollte ja reden." Die Stimme des Mannes wurde weinerlich. „Aber *Dirty Harry* hier hat so einen Druck auf mich ausgeübt. Da habe ich rot gesehen."

„Verstehe. Ed! Das muss aufhören, klar? Schau mich nicht so entgeistert an, du weißt, was ich meine."

„Moment mal, Chef! Fragen Sie Herrn Yilmaz, wo er *heute* Nacht gesteckt hat. Da kommt nur heiße Luft. Diese Opfernummer nehme ich ihm nicht ab."

„In Holland", flüsterte Grit, doch niemand schenkte ihr Beachtung.

„Es reicht", entschied Piwi.

Ed erwiderte nichts, doch an seinen heruntergezogenen Mundwinkeln konnte Grit deutlich ablesen, was in ihm vorging. Sollte der Kollege tatsächlich sprachlos sein? Es wäre eine Premiere gewesen.

„Herr Yilmaz, danke bis hierher. Unser Herr Brenner wird Sie solange nach nebenan begleiten."

„Wie jetzt, danke bis hierher." Achim schnellte von seinem Platz hoch. „Was ist mit Zara? Sie müssen sie suchen."

„Alles zu seiner Zeit." Der Gruppenleiter wartete geduldig, bis Till den zappelnden Mann aus dem Raum gebracht hatte. „So, und ich glaube, Sie verlassen uns besser bei dem Gespräch mit dem Platzvater." Piwi hüstelte. „Frau Loch?"

„Äh, ich? Warum?"

„Warum? Wollen Sie noch eine Beschwerde riskieren? Ich finde, die eine ist mehr als genug."

„Aber ich ..." stotterte Grit und brach ab. Ein wenig hatte sie ja gehofft, mit einem blauen Auge davonzukommen. Glück gehabt zu haben, nur dieses eine Mal. Aber sollte es das wirklich geben, Glück? Für Grit Loch? Sie wollte gerade wie ein bedröppeltes Entchen zum Ausgang schlurfen, als ihr Kollege die Hand hob.

„Warten Sie", rief Ed. „Chef, finden Sie nicht, dass Frau Loch uns mit ihrer Reaktion einen Dienst erwiesen hat?"

„Ach ja? Was für ein Dienst soll das gewesen sein?"

„Frau Loch hat uns deutlich gemacht, wozu Roberto Müller in der Lage ist. Nämlich die Leute dazu zu bringen, Dinge zu sagen, die sie eigentlich gar nicht sagen wollen. Und wenn er das schafft, bringt er die Leute vielleicht auch dazu, Dinge zu *tun*."

„Ganz ehrlich, Ed? Das ist der größte Scheiß, den ich mir je anhören musste. Hast du sie noch alle?"

Grit hatte den Gruppenleiter nie zuvor schreien gehört. Noch eine Premiere.

Piwi trampelte mit beiden Füßen, als er Ed und sie anbrüllte: „Geht mir aus den Augen, alle beide!"

15. Kapitel

Silvana hatte überlegt, ob sie jemals wieder aufstehen sollte. Welchen Sinn machte es noch, das Bett zu verlassen und nach draußen zu gehen, wenn Sebastian nicht mehr bei ihr war? Am liebsten wäre sie für immer liegen geblieben, aber das erschien einem rationalen Menschen wir ihr geradezu fantastisch. Wenn sie wenigstens nach Hause fahren könnte, in die vertraute Umgebung ihrer eigenen vier Wände. Zu Freunden, der Schwester, ihrer Mutter. Doch sie sollte den Campingplatz nach Möglichkeit nicht verlassen, lautete die Bitte der Polizei, solange die Ermittlungen andauerten. Mein Gott, sie hatte es nicht einmal geschafft, der Oma vom Tod des eigenen Enkels zu berichten.

Warum bat sie die ganze Bande nicht einfach herzukommen? Bestimmt wären die meisten ihrer Aufforderung anstandslos gefolgt. Aber wollte sie das wirklich? Dass sie herkamen und auf dem Campingplatz herumtrampelten, dem Ort, an dem Sebastian glücklich gewesen war? An dem Mutter und Sohn ihre letzten gemeinsamen Tage für immer verbracht hatten? Nein. Es wäre, als würde man auf ihren Erinnerungen herumtrampeln. Die Erinnerung gehörte ihr allein.

Alle viere von sich gestreckt, starrte Silvana auf einen imaginären Punkt unter der Decke. Das Gläschen mit ihren Tabletten, von denen sie welche eingenommen hatte, lag in einer Hand. Unaufhörlich knallte die Sonne seit den frühen Morgenstunden auf das Dach des Wohnmobils und brachte die Klimaanlage an ihre Grenzen. Doch Silvana schwitzte nicht, sie fror. Ihr Körper machte eine Veränderung durch, vielleicht die Vorboten der Wechseljahre, wahrscheinlicher jedoch, dass er den Verlust seines Kindes eigenständig verarbeitete. Als würde er spüren, dass mit Sebastians Tod ein Teil von ihm, dem er selbst das Leben geschenkt hatte, nicht länger existierte. Mit Paul konnte man über solche Dinge nicht reden.

Paul war unerträglich, seit er von ihrem Telefonat mit Ingo wusste. Er weigerte sich zu begreifen, dass sie gar nichts mehr von ihrem Exmann wollte, jedenfalls nicht so. Einen Freund brauchte sie, einen Vertrauten. Jemand, der ihr zuhörte, der sie verstand. Der ihren Verlust teilte. All das war Ingo. All das war Paul nicht. Deshalb stand für Silvana fest: Sie würde Ingo bitten, und zwar nur Ingo, nach Usedom zu kommen. Sie wusste nur nicht, wie Paul darauf reagieren würde. Allergisch, ohne Frage, aber wie stark? Besser, wenn er nichts von ihrem Entschluss erfuhr. Sobald er anfing, es ihr auszureden, würde sie gehorchen. So lief es nämlich immer. Etwas Teuflisches lag in seinen Überredungskünsten, etwas, das nicht mit rechten Dingen zuging. Der Reißverschluss des Vorzeltes wurde aufgezogen.

Paul kam zurück von wer weiß woher. Dass er, der geborene Langschläfer, schon so früh das Bett verlassen hatte, sah ihm gar nicht ähnlich. Sein albernes *Versuch dich auszuruhen, Prinzesschen!* gestern beim Schlafengehen war das Letzte gewesen, was sie von ihm gehört hatte. Mit viel Glück würde er sich auf die Couch setzen und fernsehen oder – besser noch – gleich wieder gehen. Pech gehabt, er öffnete die Tür zum Wohnmobil, stampfte durch die Küche und war innerhalb von fünf Sekunden bei ihr im Schlafzimmer. „Wie geht es dir?", fragte er und setzte sich zu ihr aufs Bett.

„Es geht", antwortete sie, überrascht von seiner plötzlichen Fürsorge. Seitdem die Polizei ihnen die schreckliche Nachricht überbracht hatte, hatte er sich kein einziges Mal nach ihrem Befinden erkundigt.

Paul legte seine Hand auf ihren Schenkel. „Ich weiß, was du gebrauchen könntest. Ein bisschen Ablenkung. Hhm? Was hältst du davon?" Für seine Verhältnisse sanft strich er ihr über die Haut.

„Ich bin nicht in Stimmung."

Er grinste. „Dass du immer nur an das Eine denkst. Ich meine, du solltest mal rausgehen. Es ist ein herrlicher Tag."

„Ich mag nicht."

„Doch, du magst." Paul hatte aufgehört, sie zu streicheln. „Du glaubst, ich verstehe dich nicht, Prinzesschen. Aber das tue ich. Ich meine es gut mit dir. Du kannst nicht den ganzen Tag alleine hier drinnen verbringen."

„Stimmt, das geht nicht." Mit Mühe schaffte sie es, sich aufrecht hinzusetzen. Paul war ihr so nah, dass sie seinen Geruch einatmen konnte.

„Die Polizei wird ihren Job schon erledigen, ob du nun hier rumliegst oder nicht." Er nahm das halb volle Gläschen mit den Tabletten und hielt es hoch. „Sag mal, hast du die alle genommen?"

„Nein, das wäre Unsinn."

„Vielleicht sollte deine Mutter herkommen. Ich könnte sie anrufen für dich, was meinst du?"

„I-Ich kann meine Mutter selbst anrufen", stammelte Silvana und wusste, dass sie es vermasselt hatte.

Die Strafe folgte auf dem Fuße. „Das lässt du schön sein. Ich kenne dich. Du bringst es fertig und telefonierst wieder mit Ingo." Achtlos warf er das Gläschen in die offene Schublade ihres Nachtschränkchens. Ein paar der Pillen fielen heraus.

Panik stieg in ihr auf. „Was soll denn das", rief sie und beugte sich vor, um sie einsammeln.

Rasch griff Paul nach ihrem Gesicht und drückte mit der Hand zu. „Du weißt, dass er nicht gut für dich war, oder?" Sein beißender Geruch stieg ihr mehr und mehr in die Nase und vernebelte ihr die Sinne. „Sag es!"

Silvanas Herz klopfte schneller. Ihre Kraft ließ nach. Der Wunsch nach Ingos Beistand war immens und drohte doch diesen Zauberkünsten zu unterliegen. Paul presste ihre Wangen fester zusammen, sodass sie kaum mehr sprechen konnte. „Ich war dumm, mich auf einen Mann wie Ingo einzulassen", nuschelte sie.

„Und du willst ihn nicht anrufen, oder?"

Sie versuchte, mit dem Kopf zu schütteln.

„Gut!" Paul grinste, bevor seine Hand endlich lockerließ. „Dann komm jetzt", sagte er und stand auf.

„Wohin gehen wir?"

„Ich hab noch etwas von deinem Geld übrig. Du bist eingeladen."

16. Kapitel

„Danke! So etwas Nettes hat schon lang keiner mehr getan für mich."

„So? Na ja, kein Ding", erwiderte Ed.

Unfreiwillig hatten Grit und er das Rezeptionshäuschen verlassen. Jetzt galt es, so schnell wie möglich aus Piwis Schussweite zu kommen, bevor er es sich anders überlegte. Wenn sein Gruppenleiter ihn schon nicht bei der Befragung des Platzvaters dabeihaben wollte, würde Ed die Zeit wenigstens sinnvoll nutzen.

Ihr Weg führte sie an der Holzbank beim Kiosk vorbei, auf der Grit und er gestern Nachmittag ihre Schokoriegel verzehrt hatten, in der Hoffnung, Zara Aslin würde auftauchen. Zwei bekannte Figuren hatten unter dem Schirm Schutz vor der brütenden Sonne gesucht: Silvana und Paul Liebermann, die ein Eis verspeisten. Ed nickte den beiden kurz zu. Frau Liebermann grüßte zurück, ihr Mann dagegen blieb kalt wie der Gegenstand in seinen Händen.

An Grit gewandt sagte er: „Ich kann allerdings nicht für jeden Ihrer Patzer eine Ausrede erfinden."

„Sie meinen, weil ich eingeschlafen bin? Glauben Sie mir, ich ärgere mich über mich selbst am meisten. Aber mir war so langweilig."

„Langweilig?" Seine neue Kollegin war wirklich zum Schießen. Wenigstens sah sie heute nicht mehr aus wie seine Briefträgerin. Stattdessen brauchte man Gullydeckel, um ihre Augenringe zu verdecken. „Ehrlich gesagt, ich fand den Tag bisher äußerst inspirierend“, sagte er. „Allein der Fluchtversuch von Ahmed Yilmaz war das frühe Aufstehen wert.“

„Da hab ich das Beste wohl verpasst. War es sehr gefährlich?“

„Und wie! Ahmed hat mich zur Seite geschubst, ich bin hingefallen, mitten auf eine Matratze. Können Sie sich vorstellen, wie unbequem das war, Piwi mit dem Handy über seine Flucht zu informieren? Pech für Ahmed, dass er Piwi nicht kannte und ihm quasi direkt in die Arme lief. Kurz gesagt, habe ich mich auch hingelegt, genau wie Sie.“

„Genau wie *du!* Ich bin nämlich die Grit“, sagte sie, leicht zusammenhanglos, wie er fand.

„Grit. Steht das für Ingrid?“

„Nein. Nicht einmal dafür hat es gereicht.“

Er lachte, zum Teil aus Höflichkeit, zum Teil fand er ihre ständigen Versuche, eine kollegiale Basis mit ihm herzustellen, anrührend.

„Und du bist?“

„Ed.“

„Nur Ed? Oder wofür steht das?“

Er runzelte die Stirn. „Das möchtest du gar nicht wissen, glaub mir.“

„Wohin gehen wir eigentlich?“

Sie passierten das Waschhäuschen, das er sich zusammen mit Achim von innen angesehen hatte. Die karge Kammer, der Müll, die zwei Kartons, vollgestopft mit tollen Sachen. Eigentlich wollte er hineingegangen sein und sich den Verdacht bestätigen lassen, Zara Aslin stecke hinter dem *Geheimnis des verschwundenen Schokoriegels*. Mit Grit Loch an seiner Seite und dem, was er soeben gesehen hatte, kam ihm eine bessere Idee. „Piwi hat uns rausgeschmissen. Also können wir machen, was wir wollen, oder? Ich weiß auch schon, was. Beeilen wir uns."

Es war kurz vor zwölf. Mittag. Die Zeit, in der Camper ihre Doseneintöpfe auf den Campingkochern erhitzten, dachte Ed, obwohl die meisten bei der andauernden Hitze mittags sicherlich etwas Kaltes bevorzugten. Wie ein Eis. Und ein Erfrischungsgetränk, maximal einen Kaffee im Anschluss. Er hoffte, dass ihnen das veränderte Essverhalten genügend Freiraum ließe. Die beiden hatten ein Wohnmobil erreicht, das zu den größten und schönsten des Campingplatzes, vielleicht sogar von ganz Usedom, zählen musste. Perfekt für seine Zwecke stand es vor einer Mauer, abseits vom restlichen Trubel.

„Wer wohnt hier?", fragte Grit.

„Die Eltern von Sebastian Liebermann", antwortete er.

„Oh. Sieht aus, als wären sie nicht da."

„Stimmt. Sie sind am Kiosk und essen ein Eis." Ed ging prüfend von einer Ecke des Vorzeltes zur anderen. An der Tür war die Zeltfolie heruntergerollt, jedoch nicht mit dem Reißverschluss verschlossen worden. Der Spalt an den Seiten gewährte einen Blick hinein.

„Was wollen wir dann hier?"

Ed sagte nichts, lächelte nur.

„Du willst doch nicht ...", begann sie.

„Warum nicht? Also, wie gut bist du im Schmiere stehen?"

Sie zuckte mit den Schultern.

„Kannst du pfeifen? So richtig mit den Fingern?"

„Ja, aber ..."

„Nur drei, vier Minuten. Du bleibst hier. Sobald sich jemand nähert, pfeifst du, okay? Ich verlass mich auf dich." Sie würde ihr Bestes geben, wusste er, immerhin schuldete sie ihm einen Gefallen. Und wenn es misslang, *who cares*, irgendetwas würde ihm schon einfallen. Bevor Grit etwas einwenden konnte, verschwand er mit einem Satz in der Öffnung des Vorzeltes und fühlte sich sogleich wie in einer anderen Welt. Auf dieser Seite der Zeltwand war es sauber, angenehm kühl und fast still, bis auf das leise Surren des Klimagerätes, das ihm bei seinem Besuch gestern Vormittag nicht aufgefallen war. Die Kommode an der Wand zum Wohnmobil dagegen schon. Die Schubladen waren unverschlossen. Taschentücher, Zeitschriften, Kerzen und eine Menge anderer Krimskrams kamen in der obersten zum Vorschein. Seidenschals, Sonnenbrillen und Handtaschen in der darunter, eindeutig das Fach von Silvana Liebermann. Ob die dritte Schublade die Sachen ihres Mannes enthielt? Ed konnte sich selber nicht erklären, warum er den Eheleuten Liebermann diesen Überraschungsbesuch abstattete. Es hatte Streit zwischen den beiden gegeben, das war offensichtlich; ob es mit dem Tod ihres Sohnes in Verbindung stand, fraglich. Silvana sollte für Paul lügen, anders konnte ihr Verhalten bei der Befragung gestern nicht zu deuten sein. Aber warum? Er zog die unterste Schublade auf, doch wider Erwarten war sie komplett leer.

Ed richtete sich auf und drehte sich in Zeitlupe um die eigene Achse, um den Raum in sich aufnehmen zu können. Couch und Sessel aus Leder, beides zwar hochwertig, aber nicht sein Geschmack. Ein Glastisch mit einer Tageszeitung darauf. Ein Mobile in Form einer Taube vorm Fenster, auf dessen anderer Seite eine Mutter ihrem schreienden Kind hinterherlief. Grit schlug keinen Alarm, also musste es harmlos sein. Neben einer mannshohen Yuccapalme führte eine Tür ins Innere des Wohnmobils. Sie war ebenfalls nicht verschlossen. Ed hatte keine Zeit zu überlegen, wie viele Minuten ihm noch blieben. Ob die Liebermanns ihr Eis eher runterschlangen oder genüsslich verspeisten. Ob sie anschließend eine Runde spazieren gingen oder sich bereits auf dem Rückweg zu ihrem Stellplatz befanden. Er handelte, er spielte auf Risiko, das war seine einzige Chance. Er liebte dieses Gefühl und kostete es aus. Nach Dienstschluss würde es keinen Anlass mehr für Herzklopfen geben.

Durch die Tür gelangte Ed in die Küche des Wohnmobils. Seine Oma, die sich in ihrem Häuschen bis zuletzt mit einem Holzherd zufriedengegeben hatte, hätte bei dem Anblick schlichtweg gesagt: zu pompös! Doch er streifte nur die weißen Hochglanz-Schränke und die Arbeitsfläche aus Granit und ging direkt weiter in den dahinterliegenden Schlafraum. Wenn man irgendwo persönliche Dinge aufbewahrte, dann dort. Ein riesiges Bett stand in der Mitte des Zimmers, ein Einbauschrank gegenüber, links und rechts zwei Nachttische. Die Wände waren mit Stoff verkleidet und schufen die Atmosphäre eines Boudoirs. Offensichtlich hatte Frau Liebermann das Sagen bei der Innenausstattung gehabt. Wenn ihn nicht alles täuschte, schlief sie auf der linken

Seite des Bettes, da, wo neben einer Duftkerze ein Bild von Sebastian auf dem Nachttisch lag, von einem schwarzen Tuch eingerahmt. Ed öffnete die Schublade des Schränkchens und staunte nicht schlecht: Ein Gläschen *Valdoxan*, ein Antidepressivum, kam zum Vorschein. Die Wirkung war ihm wohlbekannt, nicht persönlich, aber von seiner Mutter, die das Zeug zeitweise aß wie Schokolinsen. Ob es richtig gewesen war, Till die Geschichte anzuvertrauen?

Liebe tut weh, hatte Ed ihm gestern Abend in Ben Conzes Wohnwagen geantwortet auf die Frage, ob er denn noch nie im Leben verliebt gewesen wäre. Seine Mutter war das beste Beispiel dafür, stürzte sich von einer Liebesaffäre in die nächste und verkraftete die Enttäuschungen nicht. Trauriger Höhepunkt war ihr grässlicher Selbstmordversuch in der Badewanne vor 17 Jahren gewesen. Wirklich furchtbar, aber was das alles mit *ihm* zu tun hätte, hatte Till wissen wollen und Ed erklärte, dass er sich damals vorgenommen hatte, sich niemals im Leben zu verlieben und bis jetzt daran festhielt.

Unter dem Gläschen mit dem Antidepressivum lag ein Mäppchen, das Bargeld enthielt, mindestens eintausend Euro, und einen Führerschein. *Silvana Constanze Tacke* stand auf dem welligen, grauen Papier geschrieben. Das Foto zeigte Silvana in jung, damals schon sehr gut aussehend, aber ohne die Klasse, die sie mittlerweile innehatte. Einen aktuellen Ausweis fand er leider nicht.

Tacke, ihr Geburtsname, sinnierte Ed. Sie hatten sich von den Liebermanns keine Ausweispapiere zeigen lassen. Normalerweise wurden bei einer Befragung zwar die Daten aufgenommen, Liebermanns waren jedoch keine Zeugen im eigentlichen Sinne, auch keine Verdächtigen, sondern Angehörige des Opfers. Durch die Hochzeit mit Paul Liebermann hatte Silvana dessen Namen angenommen. Ein Führerschein musste daraufhin nicht zwangsläufig umgeschrieben werden. Keine Zeit mit Details verschwenden, mahnte er sich, lief ums Bett und öffnete den zweiten Nachttisch, Pauls.

Die Brieftasche fiel ihm sofort ins Auge und gab Ed die Gewissheit, dass er gar nicht weitersuchen brauchte. Ein altes, abgewetztes Teil, wie es nach Jahren intensiven Gebrauchs aussah, in denen man sich nicht davon hatte trennen können. Ed klappte sie auf und konnte es schwarz auf weiß auf dem Personalausweis lesen: *Paul Bartels*. Was hatte das zu bedeuten? Wenn Paul ein Bartels war und Silvana eine geborene Tacke, wie um Himmels willen kam der Liebermann in Sebastians Nachnamen? Ed durchsuchte die anderen Dokumente in der Brieftasche, Führerschein, Bankkarte, Ausweis einer Videothek. Überall nur *Paul Bartels*. Der Pfiff, den er von draußen hörte, ließ ihn zusammenzucken.

Nicht die Nerven verlieren, sagte er sich. Dass sein derzeitiger Standort am weitesten entfernt vom Ausgang in die Freiheit lag, verdrängte er. Eine Karte fiel zu Boden, weil seine Hand angefangen hatte zu zittern. Ed hob sie auf, steckte sie zurück in die Brieftasche und legte alles an seinen ursprünglichen Platz. Ein zweiter, längerer Pfiff signalisierte ihm, dass es kurz vor knapp sein musste.

Ohne Geräusche zu machen, schloss er die Schlafzimmertür hinter sich und schlüpfte durch die Küche ins Vorzelt. Stimmen wurden lauter, Paul Liebermann, nein, Paul Bartels, der so etwas sagte wie dass das Programm für heute beendet wäre. „Die Leute hatten was zu glotzen, Prinzesschen. Ich verziehe mich dann."

„Wo willst du denn hin?", hörte Ed eine Frauenstimme, Silvanas. Ihre beiden Umrisse waren durch die Zeltwand deutlich zu erkennen. Hastig blickte er um sich, ob es irgendwo eine Möglichkeit für ein Versteck gab. Kommode, Sofa, Palme, Glastisch. In wenigen Sekunden hätten sie den Eingang erreicht.

„Du brauchst nicht alles zu wissen", antwortete Paul. Seine Hand erschien im Spalt der Zelttür.

Mach was, Grit, mach irgendwas!

„Sind Sie die Eltern von Sebastian Liebermann?", hörte Ed seine Kollegin endlich sagen.

Pauls Hand verschwand. „Was wollen Sie?", fragte er.

„Wir hätten noch ein paar Fragen an Sie."

„Sie sind von der Polizei? Ich kenne Sie gar nicht. Kommen Sie später wieder." Die Hand griff erneut in den Spalt und zog ihn diesmal ein Stück breiter.

„Paul", schimpfte Silvana. „Selbstverständlich helfen wir Ihnen. Was wollen Sie wissen?"

„Äh!" Grit stockte, wie sie es so oft tat. Hauptsache, ihr fiel etwas Glaubwürdiges ein.

„Also, was ist?", rief Paul.

„Ich möchte Sie bitten, mir zu folgen. Haben Sie schon einmal von der Liebesgrotte gehört?"

17. Kapitel

Grit hasste es, überrumpelt zu werden.

Ohne Vorwarnung hatte sich ihr Kollege Ed in das Zelt von Sebastians Eltern gestohlen, ohne dass sie etwas dagegen hätte unternehmen können. Jetzt stand sie vor dem Eingang wie ein kleines Mädchen, das aufpassen sollte, dass kein Erwachsener dazukam, während die anderen auf der Toilette rauchten.

Sie verabscheute solche Situationen. Wenn im Fernsehen gezeigt wurde, wie ein Mensch offensichtlich in Gefahr schwebte, beispielsweise in eine Falle tappte, konnte sie kaum hinschauen. Keine Eigenschaft, die unbedingt für den Polizeidienst qualifizierte, das war ihr schon klar ... Aber irgendwie musste der Schornstein schließlich rauchen.

Ihr Gemecker kam nicht von ungefähr. Ihre Blase meldete sich. Im Grunde ein vollkommen natürlicher Vorgang, wenn sie nicht gerade dazu verdonnert worden wäre, Schmiere zu stehen. Kaffee trieb nun mal. Am besten, sie lenkte sich ab, indem sie über das Verhör zuvor nachdachte.

Laut Aussage von Achim hatte Roberto gelogen, was den Verlauf der Mordnacht betraf. Das verwunderte Grit nicht. Ihre eigene Nase hatte das genauso vorausgesagt wie die langnasige Familie vom Campingplatz nebenan.

Was aber bedeutete die Entdeckung dieser Lüge? Führte sie einen Schritt weiter auf der Suche nach Sebastians Mörder? Und viel wichtiger: Wo ging es hier am schnellsten zum Klo? So richtig funktionieren wollte die Taktik mit der Ablenkung nämlich nicht.

Aber konnte sie einfach so abhauen? Ihr Kollege verließ sich darauf, dass sie Wache schob. Nicht auszudenken, was geschehen würde, wenn Sebastians Eltern ausgerechnet in ihrer Pinkelpause zurückkämen. Andererseits, war das nicht ein kalkulierbares Risiko? Eines leuchtete jedenfalls jedem Deppen ein: Je länger sie darüber nachdachte, desto wahrscheinlicher, dass das besagte Ereignis eintrat. Im Eiltempo schoss Grit davon zum nächsten Toilettenhäuschen.

Ausgerechnet dort waren alle Kabinentüren verschlossen. *Scheiß drauf,* dachte sie und rannte auf die andere Seite des Holzhäuschens. Dass ein H auf der Tür stand, war ihr egal. Zur Not würde ihr eine Ausrede einfallen, ein polizeilicher Einsatz, oder dass sie ihren Blindenstock vergessen hätte.

Als sie die Spülung drückte und hörte, wie das Wasser durch die Schüssel rauschte, hielt sie einen Moment inne, um zu lauschen. Schritte auf der öffentlichen Toilette eines Campingplatzes waren nicht ungewöhnlich, dass das Wort *Sven* dabei fiel, dagegen schon.

„Komm, Sven, hier entlang." Es war eine Männerstimme, die das sagte.

Grit zog sich an und hörte genauer hin.

„Du machst jetzt deine Hose auf, sehr gut machst du das."

Grit presste ihr Ohr gegen die Kabinenwand. Wenn nur die verdammte Wasserleitung endlich aufhören würde zu laufen.

„So, und da machst du jetzt rein."

Zügig entriegelte sie ihre Tür.

„Mach ein bisschen höher."

Mit offenem Mund stand sie da und beobachtete, wie ein Vater seinem Sohn beibrachte, ein Urinal zu benutzen. Es war das Süßeste, was sie seit Langem gesehen hatte.

Der Mann, völlig vertieft in seiner Aufgabe, lächelte, als er Grit in ihrer Kabinentür entdeckt hatte, ohne jegliche Spur von Scham.

„Notfall", sagte sie und hüpfte an ihm vorbei nach draußen. Im prallen Sonnenlicht musste sie sich erst einmal neu sortieren.

Es war lange her, dass sie zuletzt an ihren Exmann Henry gedacht hatte, und nun innerhalb kürzester Zeit bereits einige Male. Was immer man ihm auch nachsagen konnte, ein schlechter Vater war er nie gewesen. Nur ein lausiger Ehemann. Apropos Ehemann ... Roberto – Piwi – Ed – Zelt. Verdammt!

Selten war Grit im Sprinttempo gelaufen. Ihr Puls schlug höher als die Tachonadel ihres Seat jemals ausschlagen würde, aber immerhin galt es, einen Ruf zu verlieren. Wenn Sebastians Eltern vor ihr am Zelt auftauchen würden, wäre er zu Recht ruiniert.

Beim Einschlagen der Zielgeraden fühlte es sich an, als wollte ihr Herz aussetzen. Ein kahlköpfiger Mann und eine Frau mit auberginefarbener Haarpracht, ein nicht zu übersehendes Duo also, überschritt die Wiese und war kurz davor, an seinem Ziel anzukommen. „Hallo?", rief Grit ihnen zu, doch die zwei unterhielten sich miteinander und bekamen von ihrem Ruf ebenso wenig mit wie von ihren Warnpfiffen für Ed.

Erst, als sie noch einen Zahn zulegte und es sich abzeichnete, dass Liebermanns und sie den Eingang ungefähr zeitgleich erreichen würden, zügelte sich ihre Panik. Grit fragte die beiden, – nachdem ihre Atmung wieder eingesetzt hatte, wohlgemerkt – ob sie Sebastian Liebermanns Eltern wären. Es gelang ihr sogar, sie vom Zelteingang wegzulocken. Glück gehabt!

Eines schwor sich Grit nach diesem Erlebnis: sie würde niemandem je davon berichten.

„Sie sehen geschafft aus", sagte die Platzmutter als Erstes, nachdem sie mit ihrem Ehemann die Rezeption betreten hatte. „Kann ich Ihnen etwas bringen? Ein Tässchen Kräutertee?"

Es waren nicht die Worte, die Piwi gerne hören wollte, auch wenn er sich genauso fühlte wie sie beschrieben hatte. Er brauchte keine Bemutterung. Ja, war er denn zum Schluffi mutiert in den letzten zwei Tagen? Stand ihm auf der Stirn geschrieben, dass er überfordert war? Dabei lag es gar nicht am Fall; das Drumherum zerrte an seinen Nerven. Wenigstens war es ihnen möglich, die Rezeption als vorläufiges Besprechungszimmer zu benutzen. Unvorstellbar, wie viel Zeit dabei vergeudet würde, zwischen Polizeirevier und Campingplatz zu pendeln. „Danke, nein", erwiderte er, barscher als gewollt.

Dann halt nicht, schien Päms Gesicht auszudrücken, zu Recht. Sie hatte es gut gemeint. Trotzdem durfte man kein Mitleid mit den Platzeltern empfinden. Wie es aussah, hatten sie seine zahllosen Aufforderungen, die Wahrheit zu sagen, ignoriert und munter weitergelogen, was den Verlauf von Sebastians Todesnacht betraf.

„Sie wissen, warum Sie hier sind?“ Er wies Roberto Müller an, sich auf den Stuhl zu setzen, auf dem Ahmed Yilmaz soeben aus purem Eigennutz ihr Alibi in Frage gestellt hatte. Piwi hatte dafür gesorgt, dass der Mann den Raum verließ, bevor Müllers eintrafen. Till passte nebenan auf ihn auf wie eine Katze auf ihre Beute, so lange, bis sich sein Alibi bestätigte oder in Luft auflöste.

Roberto muffelte etwas, das Piwi akustisch nicht verstand. Auf seine Bitte, es zu wiederholen, sprach der Platzvater extrem deutlich: „Vielleicht sind wir hier, weil Sie sich bei mir entschuldigen wollen für die Beleidigung Ihrer Mitarbeiterin Loch?“

„Nein, aber ...“

„Oder für die unverschämten Verdächtigungen des Herrn Stenzl?“

„Herr Müller, ich kann nachvollziehen, dass Sie wütend sind“, hörte Piwi sich flöten, obwohl er ihm lieber gehörig den Marsch geblasen hätte.

„Das will ich hoffen. Sonst werde ich mich bei Ihrem Vorgesetzten darüber beschweren.“

„Ich bin sicher, dass es keine weitere Ursache dafür geben wird“, sagte Piwi und merkte, wie er sich immer weiter in die Handlungsunfähigkeit manövrierte.

„Was wollen Sie dann noch?“

„Mit Ihnen über Ihre Aussage sprechen, wo und wie Sie zwei die vorletzte Nacht verbracht haben.“

Müller drehte sich zu seiner Frau und tat, als hätte er keinen Schimmer, worum es ging. Päm reagierte mit einem ausgeprägten Schulterzucken. Die beiden waren offenbar in vielerlei Dingen ein eingespieltes Team.

Piwi half ihnen bei der Erinnerung: „Ihre Frau hat mir erzählt, dass Sie mit Ihnen zusammen war. Und Sie, Herr Müller, haben diese Aussage vor meinem Kollegen bestätigt."

„Ja, und?"

„Bleiben Sie bei dieser Fassung? Oder fällt Ihnen eventuell etwas dazu ein?"

Der Platzvater machte keine Anstalten, seine Aussage zu berichtigen.

Piwi hatte geahnt, dass er ohne Argumente nicht weiterkäme und berichtete Müller von einem Zeugen, welcher behauptete, in der besagten Nacht mit ihm zusammen Poker gespielt zu haben.

„Ach, *diese* Nacht meinen Sie." Roberto Müller versuchte gar nicht erst, schauspielerisch den Anschein eines Geistesblitzes zu erwecken.

„Ja, diese Nacht. Ich höre?"

„Es stimmt, wir haben gepokert. Von elf Uhr an. Bis ungefähr um zwei."

„Was?" Die Platzmutter gab ihrem Ehemann einen Klaps auf den Hinterkopf. „Doch wohl nicht um Geld?"

„Nur ein bisschen", antwortete Müller. „Um den Reiz zu erhöhen."

Päm gab ihm einen weiteren Klaps.

„Wir sind alle gleich schlecht." Roberto legte schützend seine Hände um den Hinterkopf. „Keiner hat den anderen abgezockt."

„*Wir* sind in diesem Fall *wer*?", fragte Piwi, auch wenn ihm die Reaktion der Ehefrau Bestätigung genug war. Mit einem Schlag gleich zwei mögliche Tatverdächtige eliminiert, Roberto Müller und Ahmed Yilmaz. Wenn das mal kein Fortschritt war.

„Achim. Und Hermann Färber."

„Hermann Färber", wiederholte die Platzmutter irritiert.

„Wo hatten Sie geglaubt, dass Ihr Mann stecken würde?"

„Was weiß ich. Bei irgendeiner seiner Gespielinnen wahrscheinlich." Sie runzelte die Stirn, doch vermutlich nicht so sehr wegen des Zeitvertreibs ihres Ehemannes. Vielmehr schien sich Päm darüber Sorgen zu machen, was als Nächstes auf sie zukam. Aus gutem Grund, pflichtete Piwi ihr gedanklich bei. Die logische Schlussfolgerung aus dem Geständnis ihres Mannes war nämlich, dass sie selber kein Alibi mehr besaß. Also fragte er, was sie in der Nacht von Sebastians Tod wirklich gemacht hatte, begierig darauf, auch von ihr endlich die Wahrheit zu erfahren.

Päm wirkte trotz ihrer enormen Körpergröße geknickt. „So falsch war meine Aussage gar nicht", sagte sie, als wäre es dadurch keine echte Lüge gewesen. „Ich hatte mich tatsächlich mit jemandem getroffen. Nur, dass dieser Jemand nicht Roberto hieß."

Ihr Mann, der nach wie vor auf seinem Stuhl saß, schaute zu ihr hoch. „Nun erzähl schon, wer der Glückliche war", drängte er.

„Herr Vollmer, muss ich das erzählen?"

Piwi wurde es allmählich zu warm in dem kleinen Rezeptionshäuschen ohne Sauerstoffzufuhr, weil kein Fenster aufstand. Gut möglich, dass Päm gleich mit *Ich verlange meinen Anwalt* kam. Einmischungen dieser Art kosteten in der Regel viel Zeit und Nerven und brachten nichts Erträgliches ein, jedenfalls nicht dem ermittelnden Beamten.

Zum Glück entschied sie sich anders. „Also gut. Es war Paul."

„Paul? Welcher Paul? Sie meinen nicht zufällig den Vater von Sebastian Liebermann?"

„Doch, genau den." Sie lächelte vielsagend, ohne den anderen an ihren Gedanken teilhaben zu lassen.

„Du Luder." Roberto grinste ebenfalls.

Piwi war nicht im Geringsten nach Heiterkeit zumute. Ihm ging durch den Kopf, dass, wenn Päms Aussage ausnahmsweise stimmen sollte, Paul Liebermann ebenfalls gelogen hatte, was die Darstellung der Todesnacht betraf. Hatte er es auf diesem Campingplatz nur mit Lügnern zu tun? War ihnen allen die Hitze zu Kopf gestiegen? „Und Ihr Schäferstündchen hat wo stattgefunden?", fragte er laut.

Päm zierte sich. „Diese Frage finde ich aber ziemlich intim."

„Zum Teufel damit", schrie Piwi. „Zara Aslin ist verschwunden und ich gehe stark davon aus, dass sie nicht zum Einkaufen gefahren ist. Wenn Sie alle den Mund ein bisschen eher aufgemacht und nicht so viel Mist erzählt hätten, wäre Zara Aslin vielleicht noch hier. Haben Sie darüber mal nachgedacht?" Er hatte das Gefühl, dass seine Stimme wie ein Echo im Raum nachhallte.

„Kann ich bei Ihnen Duschmarken kriegen?" Ein kleiner, grauhaariger Mann mit Schnurrbart, der unbemerkt in die Rezeption gekommen war, hielt eine Münze in die Runde. „Kann ich bei *Ihnen* Duschmarken kriegen?", fragte er Piwi.

„RAUS!"

Ohne Widerrede machte der Schnauzbartträger kehrt. Die Platzmutter presste die Lippen zusammen. Ihr Mann hatte die Hände gefaltet vor dem Bauch liegen. Es tat gut, seinen aufgestauten Frust einfach mal hinauszubrüllen, fand Piwi. Das Merkwürdige war, dass es ihm niemand zu verübeln schien.

„Sie glauben also doch an einen Zusammenhang von Zaras Verschwinden und dem Mordfall?", rief Päm.

Piwi antwortete mit ruhiger Stimme: „Seitdem wir wissen, dass sie in der Mordnacht nicht in ihrem Zimmer war, ja. Ich will ehrlich sein. Für mich gibt es drei Möglichkeiten. Möglichkeit eins: Zaras Verschwinden ist purer Zufall. Möglichkeit zwei: Zara hat den Mörder erpresst und ist mit dem Schweigegeld abgehauen."

„Und Möglichkeit drei?"

Piwi zögerte. „Zara hat den Mörder erpresst und wurde von ihm für immer zum Schweigen gebracht."

„Oh mein Gott!" Die Platzmutter fasste nach der Hand ihres Mannes.

„Ich wiederhole die Frage daher: Wo haben Sie und Paul sich getroffen? In Ihrer Wohnung?"

„Nun red' schon", forderte Roberto sie auf.

„Nein", antwortete Päm widerwillig. „Es nennt sich die Liebesgrotte. Eine Stelle am Strand ..."

„Ich weiß, was die Liebesgrotte ist, Frau Müller. Sebastian Liebermann wurde dort umgebracht."

„Was?" Die Platzmutter riss die Augen weit auf. „Und jetzt wollen Sie mir das anhängen? Weil alle anderen ein besseres Alibi haben?"

„Das ist absurd", sagte ihr Mann. „Meine Frau wäre niemals in der Lage, einen Menschen zu töten."

„Das behauptet ja niemand. Aber wenn wir gleich Bescheid gewusst hätten, wäre uns eine Menge Arbeit erspart geblieben. Wie lange haben Sie sich in der Grotte aufgehalten?"

„So bis um halb eins", antwortete Päm.

„Haben Sie Sebastian dort gesehen?"

„Nein."

„Haben Sie in der Umgebung etwas bemerkt? Denken Sie nach, es ist wichtig."

„Es war hell, Vollmond." Die Platzmutter überlegte. „Nein, es tut mir leid."

„Auch nicht auf dem Rückweg?"

„Ich bin direkt zurückgegangen. Paul ist, glaube ich, noch mal umgedreht, weil er etwas vergessen hatte."

„In Ordnung", sagte Piwi und versuchte zu verbergen, wie es in ihm aussah, obwohl ihn der Schweiß auf der Stirn vermutlich verriet. Hatte Paul nur gelogen, um sein Treffen mit Päm in der Liebesgrotte zu verheimlichen oder steckte ein viel wichtigerer Grund dahinter? Wie hätte ein Vater wohl darauf reagiert, wenn sein Sohn ihn mit einer anderen Frau beim Seitensprung erwischte? Es gab nur eine Möglichkeit, das herauszufinden: Piwi musste unverzüglich mit ihm sprechen. „Das wäre alles, Sie beide können gehen."

Die Platzmutter atmete erleichtert aus. Roberto erhob sich wortlos aus seinem Stuhl. Den Arm um sie gelegt, begleitete er seine Frau zur Tür, ihre Schritte das einzige Geräusch.

„Übrigens", sagte Piwi, und die zwei blickten sich gleichzeitig um. „Was Ihre unzähligen Falschaussagen betrifft, verwarne ich Sie hiermit letztmalig. Damit Sie wissen, dass ich es ernst meine", er stand auf und gab seinen Worten dadurch ein besonderes Gewicht. „Noch ein schlechtes Wort über meine Mitarbeiter, und ich mache Ihren Laden hier platt. War das deutlich genug?"

Ohne ihnen weitere Beachtung zu schenken, lief Piwi nach nebenan und informierte seinen Azubi darüber, dass Yilmaz gehen könnte, weil dessen Alibi bestätigt worden war. Till brachte den erschöpft aussehenden Mann hinaus.

Erst als er allein im Zimmer war, lösten sich seine angespannten Gesichtszüge und machten Sorgenfalten Platz. Sie gaben das preis, was ihn quälte, seit er von Pauls Anwesenheit in der Liebesgrotte wusste: Konnte ein Vater wirklich so grausam sein, den eigenen Sohn zu töten?

Piwi wollte die Augen nur für einen Moment schließen, als jemand lautstark gegen die Eingangstür hämmerte.

18. Kapitel

Grit stampfte über die Wiese, gefolgt von einem Pärchen in einigen Metern Abstand: den sichtlich überrumpelten Liebermanns.

Da Ed auf ihr zweimaliges Pfeifen nicht reagiert hatte, war Grit auf die Schnelle nichts anderes eingefallen, als Sebastians Eltern vom Wohnmobil wegzulocken. Und womit ging das besser als mit einer Führung zum Tatort, an dem ihr Sohn ermordet wurde? Nun hoffte sie inständig, dass Ed ihr folgen würde; aber hatte er überhaupt mitbekommen, wohin sie wollten? Der Campingplatz war wegen der Mittagsruhe wie leer gefegt. Bis zu den Dünen kam ihnen kein Mensch entgegen und gleich hatten sie den Strand erreicht.

„Wir gehen davon aus, dass Sebastian dort getötet wurde", erklärte Grit und zeigte auf den durch Absperrband geschützten Bereich. In der Ostsee badeten Kinder, doch ihre Rufe verhallten in der Entfernung.

Silvana Liebermann hielt sich eine Hand vor den Mund. Ihr auberginefarbenes Haar funkelte im Sonnenlicht wie frisch vom Friseur. „Woher wissen Sie das?", fragte sie, krampfhaft bemüht, nicht zu schluchzen.

„Wir haben sein Medaillon gefunden", antwortete Grit. Es war besser als *Wir haben sein Blut gefunden* sagen zu müssen. *„Von deinem Vater. I.L."*, zitierte sie. Ihr Kollege hatte ein derartiges Wesen gemacht, Sebastians Eltern auf die Gravur anzusprechen, dass sie die Gelegenheit nicht ungenutzt verstreichen lassen wollte. „I.L.?"

„Ein Geschenk von seinem Vater", erklärte Silvana. „Ingo."

„Äh, dann ist ..." Grit wies mit der Hand auf Paul, unklar darüber, wie sie ihn ob dieser neuen Information nennen sollte.

„Paul und ich sind nicht verheiratet, nein."

Als würde derjenige nicht mögen, wie in seinem Beisein über ihn gesprochen wurde, begann er sofort zu maulen: „Und was wollen Sie nun von uns?" Sein Schädel war schweißnass, obwohl er sich in regelmäßigen Abständen mit dem Arm darüberwischte.

„Wir müssen wissen, was Sebastian hier draußen gemacht hat. Haben Sie eine Idee?"

„Ich weiß nicht recht", antwortete Silvana. „Vielleicht war er spazieren?"

Grit erwiderte, dass das bestimmt eine Idee wäre und versuchte dabei, unbemerkt zu überprüfen, ob Ed oder jemand anderes ihr zu Hilfe käme. Nach diesem kurzen Gespräch schon umzudrehen, erschien ihr unglaubwürdig. Doch niemand aus ihrer Truppe war zu sehen. „Vielleicht gab es einen anderen Grund für ihn herzukommen", sagte sie daher. Ihr würde nichts anderes übrig bleiben, als auf Zeit zu spielen und es so authentisch wie möglich zu verpacken. Was wusste sie noch über den toten Jungen? „Hatten Sie eigentlich eine Ahnung, dass Sebastian schwul war?"

„Wie bitte?", fragte Silvana kaum hörbar.

„Eine Mutter hat das doch im Gefühl, oder nicht?"

„Was soll denn das für ein Gefasel sein?", rief Paul. „Entweder Sie sagen uns, warum wir ..."

„Ach sei doch ruhig, du", unterbrach Silvana ihn. Ihr Kinn zitterte deutlich. „Woher wissen Sie das? Bitte sagen Sie es mir."

„Sebastian hatte sich einer Freundin anvertraut."

„Wirklich? Nun." Silvana brauchte ein paar Atemzüge, bevor sie weitersprechen konnte. „Ehrlich gesagt, habe ich mir so etwas gedacht. Eine ganze Zeit. Nur mich nie getraut, Sebastian darauf anzusprechen."

Grit konnte das nachvollziehen. Wie oft hatte sie wegen Sven Bauchschmerzen, weil er etwas vor ihr verheimlichte. Sie sagte sich zwar stets, dass ihr Sohn alt genug wäre und seinen Freiraum bräuchte. In Wirklichkeit war es pure Feigheit. Er hatte ihr gestern keine Erklärung für seine Abwesenheit trotz Krankheit gegeben. Und mit seiner abgebrochenen Ausbildung waren sie auch kein Stück weitergekommen. „Ich kann das wirklich gut verstehen", sagte sie.

„Ach ja? Wieso?"

„Weil ich auch eine Mutter bin und einen Sohn habe. Und mich oft frage, was in ihm vorgeht."

„Haben Sie Ihren Sohn das auch gefragt?"

Grit verneinte.

Silvana schluckte, als würde ihr die offen gezeigte Unzulänglichkeit einer anderen Mutter Trost spenden. „Aber für mich ist es zu spät, verstehen Sie? Ich mache mir solche Vorwürfe."

Grit legte ihr eine Hand auf die Schulter. Sebastians Mutter hatte einen zarten Körperbau, nahezu zerbrechlich. „Ihr Sohn hat einen Weg gefunden, sich zu öffnen.

Die Freundin, der er sich anvertraut hat, hieß Zara Aslin." Sie prüfte in den Gesichtern, ob der Name etwas auslöste, doch keines zeigte eine erkennbare Reaktion.

„Wieso hieß?" Von Pauls nacktem Schädel rann der Schweiß mittlerweile in Strömen.

„Sie ist verschwunden seit heute Nacht."

„Und das hat irgendetwas mit Sebastian zu tun? Ich will endlich wissen, warum Sie uns hergeführt haben, verflucht noch mal."

„Sie kennen die Antwort." Es war Piwi, der das gesagt hatte.

Grit hätte nicht geglaubt, sich über ein Wiedersehen mit ihrem Gruppenleiter so freuen zu können. Ed stand neben ihm, beide sahen abgehetzt aus, wie nach einem Dauerlauf.

„Ich kenne die Antwort?", wiederholte Paul in fiebrigem Ton. „Ihr Polizisten macht mir Spaß."

„Finden Sie?" Piwi schien nicht zum Spaßen aufgelegt, im Gegenteil. Sein Gesicht leuchtete hochrot und mit Sicherheit nicht nur wegen der Hitze. „Erzählen Sie uns von Ihrem Tête-à-Tête in der Liebesgrotte vorletzte Nacht. Vielleicht lachen wir dann auch."

Grit begriff diese Andeutung nicht, aber Pauls Schweigen offenbarte, dass etwas im Argen lag.

Silvana lief eine Träne über die Wange. „Ich habe dir gleich gesagt, dass du die Wahrheit sagen sollst."

„Halt die Klappe!"

„Sie wussten es?", fragte Piwi.

Silvana bejahte.

„Schön, ich war hier", brummte Paul. „Ist das ein Verbrechen?"

„Sebastian war nicht Ihr Sohn, oder?"

„Und weiter? Was wollen Sie mir damit unterstellen?"

Grit antwortete für ihn: „Der Vater von Sebastian heißt Ingo Liebermann. I.L."

Silvana schlug sich die Hand vor den Mund und zeigte eine Sekunde später damit auf Paul. „Das Medaillon", rief sie. „Also deshalb wolltest du, dass ich für dich lüge. Es ging gar nicht um Pamela. Du hast ... Nein, du hast nicht." Sie schluchzte entsetzlich. „Hast du?"

„Du sollst die Klappe halten!"

„Herr Bartels, wir setzen das Gespräch besser auf dem Polizeirevier fort", sagte Piwi sachlich. „Kommen Sie freiwillig mit oder müssen wir nachhelfen?"

Der Mann reagierte nicht, außer mit enormer Schweißbildung. Ed und Piwi packten ihn an den Armen und begleiteten ihn über die Wiese, bis alle drei schließlich hinter Zelten und Wohnwagen verschwanden. Die Sonne strahlte, als würde sie zum letzten Mal am Himmel stehen und bei diesem großen Auftritt alles geben.

Silvana starrte ihnen fassungslos nach. „Paul", sagte sie, doch er konnte es längst nicht mehr hören.

Grit versuchte zu begreifen, was soeben geschehen war. Es funktionierte nicht. Ihr fehlten zu viele Details für den Zusammenhang, denn sonst bedeutete das ja, Paul hätte Sebastian ...

„Paul und Sebastian haben nie einen Draht zueinander gefunden", murmelte Silvana, als würde sie ihre unausgesprochene Frage beantworten.

Aber deswegen bringt man doch niemanden um, wollte Grit erwidern, doch sie verkniff sich den Kommentar. Es wäre nicht förderlich, die Handlungen ihrer Kollegen infrage zu stellen, noch dazu vor Angehörigen des Hauptverdächtigen. Außerdem würde das bevorstehende Verhör schon plausible Antworten liefern.

„Kommen Sie!" Grit ließ Silvana vor sich her gehen und kramte ihr Handy hervor. Eigentlich sollte sie das aus Rücksicht lieber nicht vor Sebastians Mutter tun, doch es brannte ihr auf der Seele. Es würde spät werden heute. Und *Am Abend was Schönes unternehmen* war eine Schnapsidee gewesen. Sie würde das wiedergutmachen. Zuerst probierte sie es zu Hause, wo niemand ranging, dann auf seinem Handy, das nur den üblichen, nervenaufreibenden Spruch herunterleierte: *Der gewünschte Teilnehmer ist vorübergehend nicht erreichbar.*

Wo trieb sich der Junge bloß wieder rum?

Das Verhörzimmer des Anklamer Polizeireviers war seine Westentasche. Piwi kannte jeden Zentimeter der schäbig gemusterten Tapete, wusste, wo der Teppichboden die dünnsten Stellen aufwies und dass der Tisch bereits mehrere Male übergestrichen war. Das Geld war knapp, wie überall im öffentlichen Dienst. Es spielte keine Rolle, im Gegenteil. Es passte hundertprozentig zu seiner Verwendung. Paul Bartels jedenfalls schien sich auf seinem Stuhl genauso unwohl zu fühlen wie die lange Reihe derer, die vor ihm darauf Platz genommen hatten.

Da es sich bei dem Mann, über seinen Angehörigenstatus hinausgehend, nunmehr um einen Tatverdächtigen handelte, hatte er zu Beginn des Verhörs im sprichwörtlichen Sinne seine Hosen runterlassen müssen: Bartels war 51 Jahre alt, von Beruf Hausmeister einer Realschule in Osnabrück und zweifach geschieden. Außer ein paar Punkten in Flensburg konnte er ein blütenweißes polizeiliches Führungszeugnis vorweisen.

„Warum erzählen Sie uns nicht, wie es sich abgespielt hat", sagte der Kollege Stenzl zum wiederholten Male. Offensichtlich liebte er es mit anzusehen, wie der Mann auf der gegenüberliegenden Seite des Tisches bei jedem Versuch, seine Geschichte zu wiederholen, körperlich ein Stückchen weiter abbaute. Piwi hatte sich weitestgehend aus der Befragung zurückgezogen und würde nur eingreifen, wenn sich Probleme ergaben.

„Wie oft soll ich das noch sagen?", erwiderte Bartels wie erwartet. Er hatte trotz ausdrücklichen Angebots keinen Anwalt verlangt, was bedeuten konnte, dass er entweder dumm war oder ziemlich ausgekocht. „Sind Sie schwer von Begriff oder was?"

„Ja, Sie haben uns durchschaut. Seien Sie doch so gut und erklären Sie es einmal für Blöde." Ed Stenzls Stimme hatte einen eindeutig ironischen Unterton angenommen. Zeitweise bewunderte Piwi ihn für seinen abgebrühten Umgang mit Menschen.

„Ich war mit Päm in der Liebesgrotte", sagte Paul laut und deutlich. „Als ich fertig war, sind wir auseinandergegangen. Sie in die eine, ich in die andere Richtung. Da bin ich Sebastian in die Arme gelaufen."

„Und was hat er gesagt?“

„Zuallererst hat er in die Hände geklatscht. Und dann gemeint, seine Mutter wäre bestimmt neugierig zu wissen, was ich getrieben hätte. Ja, ohne Mist, so war er drauf.“ Er machte eine Pause und sprach mit gesenkter Stimme weiter. „Ich ... wollte das eben nicht vor Silvana sagen. Ihr Sohn war eine kleine Petze, die ständig andere Leute schlechtmachen musste.“

„Hat Sebastian das schon öfters versucht? Bei Ihnen, meine ich.“

„Ja, ständig. Er hat keine Gelegenheit ausgelassen.“

„Warum?“

Bartels schien zum ersten Mal in seinem Leben keine passende Antwort parat zu haben. „Seine Eltern haben sich vor einigen Jahren scheiden lassen. Eifersucht. Hass gegen die Welt. Suchen Sie sich was aus.“

„Wie wär's mit: Er konnte es nicht ertragen, wie Sie seine Mutter behandelt haben“, sagte Ed und fuhr fort, als Paul etwas einwenden wollte: „Also versucht er, seine Mutter zu schützen, indem er einen Keil zwischen Sie beide treibt. Wenn Sie mich fragen, mit dem, was vor seinen Augen in der Grotte abgelaufen war, hatte er ausgezeichnete Karten dafür in der Hand.“

Sein Gegenüber begann, mit den Fingern zu trommeln, doch Ed redete weiter. „So ausgezeichnet, dass Sie ihn damit nicht zu seiner Mutter gehen lassen konnten. Sondern ihn umgebracht haben.“

Bartels schlug mit der Faust auf den Tisch, sodass die Gläser schepperten. „Nein, verflucht“, schrie er. „Ich habe ihm nichts getan. Sebastian war putzmunter, als ich von ihm weggegangen bin.“

„Putzmunter."

„Wenn ich es sage."

„Und weiter?"

„Ich bin zurück zum Wohnmobil gelaufen und habe Silvana alles gebeichtet. Das mit Päm. Und dass Sebastian uns beobachtet hat und er sie darauf ansprechen würde."

„Doch Sebastian hat seine Mutter nicht darauf angesprochen. Er kam nämlich nicht zurück."

„Nein." Der Mann legte seine Hände vors Gesicht und schnaufte durch sie hindurch wie ein Asthmatiker. „Dafür sind Sie aufgetaucht, um uns die Nachricht von seinem Tod zu überbringen. Silvana hatte damit gerechnet, dass Sie noch mal wiederkommen würden, um uns zu befragen. Sie fand, dass es besser wäre, wenn meine Begegnung mit Päm unerwähnt bleiben würde. Verstehen Sie? Es war ihre Idee."

„Wie praktisch, Ihrer Frau alles in die Schuhe zu schieben."

„Was spielte das mit Päm denn für eine Rolle? Wir haben gedacht, der Junge wäre auf der Wiese gestorben und nicht bei der Grotte. Wir haben gar keine Verbindung gesehen."

Piwi, der das Gespräch verfolgte wie ein Tennismatch, zuckte zusammen, als es an der Tür klopfte. Der Kollege Brenner lugte mit dem Kopf durch den Spalt und bat ihn, für einen Moment herauszukommen. Mit einer Geste forderte er Ed auf weiterzumachen und verließ den Raum nahezu geräuschlos.

„Wie läuft es?", fragte der Azubi, nachdem er die Tür hinter sich geschlossen hatte. Durch ein Fenster konnte man in das Verhörzimmer sehen. Bartels hatte seinen Kopf auf die Hände gestützt.

„Er weigert sich zu gestehen. Ed nimmt ihn in die Mangel."

Die Kollegin Loch lehnte hinter Till an der Wand und sah sauer aus. Piwi hatte ihr vorhin auf dem Campingplatz deutlich die Meinung dazu gesagt, dass sie mit den Liebermanns zur Liebesgrotte gegangen war. Wie leichtsinnig, mit dem Hauptverdächtigen eines Mordfalls zum Tatort zu spazieren. Vor allem als Frau, noch dazu ohne praktische Kenntnisse in Selbstverteidigung. Die Höhe aber war gewesen, was sie darauf gesagt hatte. *Es wäre ja nichts passiert.* „Also, Till, was gibt's?"

„Bartels kann einpacken. Frau Loch und ich haben sein Wohnmobil durchsucht und das hier in seinen Sachen gefunden."

Der Azubi übergab ihm ein Schriftstück, das Piwi kurz überflog. „Es steht kein Name drauf", stellte er fest.

„Nein. Eine anonyme Nachricht."

„Wo ist das her?"

„Es lag in seiner Nachttischschublade."

Piwi lobte Till für die gute Arbeit und ging zurück ins Verhörzimmer.

Deutlicher Schweißgeruch lag in der Luft, kein Wunder bei weniger als zehn Quadratmetern Grundfläche und einem Fenster, das sich nicht öffnen ließ. Was das Raumklima betraf, war es kaum besser als in der Rezeption des Campingplatzes. Ohne Aufmerksamkeit zu erregen, setzte Piwi sich auf seinen Stuhl zurück. „Wo waren Sie in der vergangenen Nacht?“, hörte er Ed gerade fragen.

„Was soll das?“, rief Bartels. „Vergangene Nacht?“

„Die Putzfrau ist verschwunden. Zara Aslin. Was sagt Ihnen das?“

„Wollen Sie mir das auch anhängen?“

„Selbstverständlich“, sagte Ed. „Das gehört doch zusammen. Oder etwa nicht?“

„Keine Ahnung.“

„Also, was haben Sie mit ihr gemacht?“

„Gar nichts!“

„Dann können Sie mir ja reinen Gewissens sagen, wo Sie letzte Nacht waren.“

Bartels zuckte mit den Schultern, jedoch längst nicht mehr so kraftvoll wie am Anfang ihres Verhörs. Der Mann schien allmählich begriffen zu haben, wie es um ihn stand. „Ich habe geschlafen“, murmelte er.

„Nicht sonderlich kreativ“, erwiderte Ed. „Genau das Gleiche hatten Sie uns schon mal für die Nacht davor aufgetischt. Und schauen Sie, was daraus geworden ist.“

„Es stimmt aber.“

„Zeugen?“

„Silvana“, sagte der Mann und wusste offenbar gleich beim Ausruf des Vornamens, dass er damit kein verlässliches Alibi vorweisen konnte. „Sie müssen mir glauben. Sie müssen. Ich gebe ja zu, dass ich zuerst gelogen habe. Aber jetzt erzähle ich die Wahrheit.“

„Sicher“, sagte Piwi und imitierte den Unterton, den Ed Stenzl vorhin benutzt hatte. Die Zeit war gekommen, in das Tennismatch einzugreifen, bevor der Kollege den Gegner in die Knie gespielt hätte. Den Matchball wollte er selber schlagen. „Und das hier haben Sie noch nie in Ihrem Leben gesehen, oder?" Er hielt ein Blatt Papier hoch, kariert, nicht sonderlich groß, eher wie der Zettel eines Notizblocks.

„Was ist das?"

Anstatt zu antworten, las Piwi vor, was darauf geschrieben stand: *Ich habe gesehen, was du getan hast. 5.000 Euro in einer Tüte im Container um Mitternacht!*

„Ziemlich eindeutig, was es ist, oder?"

Paul Bartels kahler Schädel glänzte. Er machte sich inzwischen nicht mehr die Mühe, den Schweiß abzuwischen. „Ich habe das nie gesehen", stöhnte er. „Sie müssen mir glauben."

„Sie wiederholen sich."

„Nein, ich ..."

„Was sonst sollte diese Nachricht in Ihrem Nachttisch zu suchen haben?", unterbrach Piwi ihn und konnte sich das Siegerlächeln nur schwer verkneifen. „Also geben Sie endlich auf und erzählen uns lieber, was Sie mit Zara Aslin gemacht haben."

„Chef?" Ed beugte sich mit gesenkter Stimme zu ihm herüber. „Können wir kurz unterbrechen?"

Bartels Blick flog zwischen den beiden hin und her wie eine dicke Fliege vor der Fensterscheibe.

„Fünf Minuten Pause", sagte Piwi laut und begleitete seinen Kollegen hinaus in den Flur. In irgendeinem der Zimmer schrie ein Baby und es wunderte ihn nicht einmal, warum. Er war kurz davor, den Fall abzuschließen. Er war in Höchstform. „Was ist denn los, Ed?"

Der Kollege ließ mit seinen Worten auf sich warten. „Paul, er ... er kann es nicht gewesen sein."

„Wie bitte? Was erzählst du denn da? Wieso nicht?"

„Chef! Ich muss Ihnen ein Geständnis machen!"

Sie lag auf ihrem Bett und weinte, als es gegen die Wand ihres Wohnmobils klopfte, erst dreimal sachte, dann dreimal stärker.

Wenn das die Polizei war, die konnte später wiederkommen, dachte Silvana verärgert. Hatten die Hände am Arm des Gesetzes nicht eh schon jedes einzelne Stück ihres Eigentums berührt? Pflichtbewusst wie sie war, hatte sie die Erlaubnis dazu erteilt, aber bald wäre auch ihre Geduld erschöpft. Was sich die Polizei von der Durchsuchung versprach, hatte ihr dieser Azubi nicht mitgeteilt, und ehrlich gesagt war es Silvana egal gewesen. Sie wollte nur so schnell wie möglich zurück in ihr Schlafzimmer, der einzige Rückzugsort auf der Welt, den sie momentan besaß. Weitere dreimal pochte jemand gegen die Wand.

Silvana nahm ein Kissen und vergrub ihren Kopf darin. Für ein paar Sekunden half es tatsächlich; mit geschlossenen Augen fühlte sie sich dem geliebten Nichts so nahe wie selten. Eine Sekunde später schreckte sie hoch.

Ein Mann stand in ihrem Schlafzimmer. Gleich zwischen der Tür und ihrem Bett. Der zugezogene Vorhang ließ zwar nichts außer Umrisse erkennen, die dafür umso klarer: ein großer, schlanker Mann mit gelocktem Haar und Brille. Sein Aftershave von Gaultier benutzte er also immer noch. Silvana hatte ihm vor etlichen Jahren mal ein Fläschchen zum Nikolaustag geschenkt. „Oh Ingo“, schluchzte sie und umarmte ihn.

„Hallo Prinzessin", sagte er, und in einem Anflug von Sentimentalität befanden sie sich wieder auf der Uni, er im Abschlusssemester der Physik, sie studierte als Erstsemester Lehramt, beide frisch ineinander verliebt. Ingo hatte sie bereits damals so genannt, *Prinzessin*. Irgendwann hatte Paul diesen Kosenamen spitzgekriegt und ihn verballhornt.

Ingo löste die Umarmung und knipste die Nachttischlampe an, um sie zu betrachten.

„Nicht. Ich sehe furchtbar aus." Silvana drehte sich aus dem Lichtschein.

„Das stimmt nicht. Selbst in diesem Albtraum siehst du aus wie früher."

Sie fing an zu weinen. Es tat so gut, ihn zu sehen, ihn zu hören, ihn zu spüren. „Aber ich fühle mich furchtbar. Es ist alles so sinnlos."

„Ich weiß. Deshalb bin ich hergekommen. Ich dachte, du brauchst mich vielleicht."

„Ja." Sie schluckte die Tränen herunter wie ein Kind, das von der Mama getröstet wurde. „Ich brauche dich sogar sehr. Mein Leben scheint sich gerade ins Nichts aufzulösen."

„Das geht nicht, schon rein physikalisch. Glaub mir, ich müsste es wissen."

„Dann sag, was mit mir geschieht."

Ingo strich ihr übers Haar. „Warum erzählst du mir nicht, was passiert ist?" Ihre Berührungen waren so unterschiedlich wie Feuer und Wasser, Pauls und seine.

Silvana legte sich zurück auf ihr Kopfkissen und begann ihre Erzählung. Sie fing an mit ihrer Ankunft zu dritt auf Usedom bei schönstem Sommerwetter und endete, wie sie allein in ihrem Wohnmobil lag, bis Ingo auftauchte wie ein Retter in der Not. Dazwischen unzählige Tränen, feuchte Taschentücher und Fassungslosigkeit über Dinge, die geschehen waren und derer Paul verdächtigt wurde. Ingo war der beste Zuhörer, den man sich wünschen konnte.

„Eine Sache hast du ausgelassen", sagte er, als sie nach eine Weile wieder ansprechbar war. Er hatte die ganze Zeit ihre Hand gehalten, nicht fest, nur ganz sanft. Selbst seinen Ehering trug er nach wie vor. „Ob du selber Paul für verdächtig hältst."

Silvana entzog ihm die Hand sogleich.

„Ah, ja", sagte er.

„Ich kann nichts dafür."

Ingo stand auf und begann hin- und herzulaufen, wie damals, wenn ihm etwas nicht in den Kram passte oder wenn er ablenken wollte. „Und was, wenn du dich irrst? Wenn er doch derjenige ist?"

„Ist das das Einzige, was dich interessiert?", fragte sie.

„Was meinst du?"

„Bist du gar nicht traurig?"

„Traurig? Wegen Paul?"

„Unser Sohn ist tot!"

„Doch natürlich, ich ..." Er rang nach Worten, was sonst nicht vorkam bei ihm. Normalerweise wusste Ingo sich in jedweder Situation präzise auszudrücken. „Ich versuche nur, meine Gefühle nicht mein Handeln bestimmen zu lassen."

Sie nickte, einfach nur so.

„Es ist wichtiger für mich, dass du zur Vernunft kommst."

„Was meinst du damit?“

„Du musst hier weg, Prinzessin.“ Ingo umfasste ihre Schultern und schüttelte sie leicht. „Du musst vor allem weg von Paul. Du hättest dich längst von ihm trennen sollen. Diese hier hattest du früher nicht nötig.“ Er zeigte auf das Gläschen mit ihren Beruhigungspillen, das sie vor der Durchsuchung der Polizei wohlweislich an sich genommen hatte.

„Glaubst du wirklich?“ Ein ungewohntes Gefühl überkam sie. Schon lange hatte sie mit dem Gedanken gespielt, Paul zu verlassen, aber nie den Mut dazu gefunden. Aus ganz profanen Gründen. Sie wollte nicht wieder allein sein. Wieder ganz von vorne anfangen müssen, wie damals nach der Scheidung von Ingo. Und eigentlich lief es doch ganz gut zwischen ihnen, dachte sie dann, oder nicht? Wie schnell man sich etwas vormachte, ob aus Angst oder aus Feigheit, und plötzlich war eine Woche vergangen, ein Monat und schließlich ein Jahr, in dem sich nichts geändert hatte. Sie hatte schon bei Sebastian den richtigen Zeitpunkt verpasst. Das passierte ihr nicht noch einmal. „Aber wo soll ich denn hin?“

„Du kannst erst mal bei mir wohnen“, antwortete Ingo und setzte sein Auf- und Ablaufen fort.

Silvana erhob sich und ging zum Einbauschrank. Mit Wucht zog sie eine Reisetasche heraus und warf sie aufs Bett. „Ja. Oder bei meiner Schwester.“

„Was machst du da?“

„Packen“, antwortete sie, und bevor er wieder nachhaken würde, fügte sie schnell: „Ich packe nicht für mich“ hinzu.

Ingo ging weiter zur Tür. „Dann mache ich draußen alles fertig."

Silvana wusste, es war Eile geboten. Je weiter die Zeit voranschritt, desto mehr würde ihre Entschlossenheit aufweichen. Jedes Stück, das sie in die Finger nahm, löste eine Geschichte in ihr aus, und sie erwischte sich dabei, wie eine von Pauls Hosen einen Moment, seine Hemden bereits mehrere und seine persönlichen Sachen aus der Nachttischschublade einige Minuten in ihren Händen verweilten, bevor sie in die Reisetasche wanderten. Mit Ingos Hilfe jedoch - oder vielmehr seinem permanenten Antreiben - waren auch sämtliche Möbel und das Vorzelt binnen einer Stunde im Wohnmobil verstaut. Nicht ordentlich oder systematisch, wie es früher seine Art gewesen war, aber darauf kam es ihm wohl nicht an. Schneller als in der vorgeschriebenen Schrittgeschwindigkeit manövrierte er das wuchtige Gefährt über die Wege zur Rezeption und hielt vor der Schranke an. Silvana stieg aus zum Bezahlen.

„Soll ich mitkommen?", fragte er.

„Danke. Das schaffe ich gerade noch allein." Sie wuchtete die Tasche mit Pauls Sachen über ihre Schulter, die bestimmt dort in einem Fach hinterlegt werden konnte.

Silvana betrat das Rezeptionshäuschen ein allerletztes Mal und bat Tessa, sofort die Abrechnung zu erstellen. Das Mädchen warf ihr einen mitleidsvollen Blick über den Tresen zu, hatte aber nicht den Mut, den Mund aufzumachen. Während des Wartens kritzelte Silvana ein paar Worte auf ein Blatt Papier und steckte es in ein Seitenfach von Pauls Tasche.

„Hat alles geklappt?", wollte Ingo wissen, als sie zurück zum Wohnmobil kam.

Silvana antwortete ihm nicht. „Dann los", sagte sie und wartete, dass er den Motor startete.

Es ging ihn nichts an, was auf dem Zettel stand. Der Inhalt war nur für einen gedacht. Keine zehn Sekunden in Ingos Gegenwart, zumindest kürzer als eine von Pauls Hosen einzupacken, hatten ihr klargemacht, warum sie ihn damals verlassen hatte und dass er nicht das war, was sie jetzt brauchte, im Gegenteil.

Bin bei meiner Schwester. Lieb' dich. Silvana.

„Wie bitte?", rief Piwi und machte ein Gesicht, als würde er ihn gar nicht für voll nehmen. „Was erzählst du denn da?" Sie standen im Flur vor dem Verhörzimmer. Grit hatte auf einem Stuhl neben dem Kopierer Platz genommen.

Ed versuchte ruhig zu bleiben. „Paul Bartels kann es nicht gewesen sein. Der Brief ..."

„Die Erpresserbotschaft ist der eindeutige Beweis für den Mord an Sebastian. Und wenn wir nachweisen, dass es ihre Schrift ist, auch für das Verschwinden von Zara Aslin." Piwi stützte sich mit den Händen an der Wand ab. „Ich hoffe, dass sie wirklich nur verschwunden ist", sagte er mehr zu sich selbst.

Gewiss, es deutete alles darauf hin, dachte Ed und suchte nach den passenden Worten, um seinen Chef nicht vor Zeugen als Dummkopf hinzustellen. Andersherum wäre es ihm leichter gefallen.

„Da wir den Brief bei Paul Bartels gefunden haben“, fuhr Piwi fort, „steht fest: er hat Sebastian umgebracht.“

„Nein“, sagte Ed nur.

„Herrgott, warum nicht?“, brüllte Piwi und fuchtelte mit den Armen.

Ed beichtete, dass er sich am frühen Nachmittag im Wohnmobil der Liebermanns umgesehen hatte – ohne deren Wissen allerdings. „Es gibt eine simple Erklärung. Der Brief lag zu diesem Zeitpunkt noch nicht in der Schublade. Verstehen Sie?“

„Dann hat er ihn irgendwo anders aufbewahrt und erst später hineingelegt.“

„So ein Quatsch.“

„Pass auf, wie du mit mir redest, mein Freund.“

„Es werden keine Fingerabdrücke von Paul Bartels darauf zu finden sein“, erklärte Ed sachlich und bemüht, den Wunsch seines Gruppenleiters zu erfüllen. „Außerdem macht das keinen Sinn, wenn Sie ehrlich sind.“

„So? Und was macht Sinn?“

„Man hat ihm den Brief untergeschoben. Weil der Mörder davon ausgehen konnte, dass wir seine Sachen offiziell durchsuchen und den Brief dort finden würden. Wovon er nicht ausging, war, dass ich das inoffiziell bereits erledigt hatte.“

Piwi lehnte sich zurück gegen die Wand. Ein Baby fing an zu plärren und man sah deutlich, wie sehr es ihn nervte. „Also lassen wir ihn laufen, oder was schlägst du vor?“, sagte er, ruhiger.

Ed zuckte mit den Schultern, er wollte das *Ja* nicht laut artikulieren, diese Entscheidung musste sein

Gruppenleiter allein treffen. Eine Horde Kollegen, deren Namen er alle nicht wusste, lief den Korridor entlang und machte einen Höllenlärm. Das letzte Gesicht kam ihm bekannt vor.

„Wie man hört, habt ihr jemanden festgenommen?", sagte Dr. Rudi Ulrich im Plauderton und freundlicher Miene, die ihm schnell verging, als er Piwi betrachtete.

„Ja, das habe ich auch gehört", antwortete der. „Wir müssen ihn laufen lassen."

Ed wurde das Gefühl nicht los, dass sein Gruppenleiter ihm einen Teil der Schuld dafür gab.

Rudi verzog den Mund. Er hatte eine Mappe mit Unterlagen mitgebracht, die er in den Händen hin und her bewegte, wie um abzuwägen, ob er sie verwenden sollte. „Vielleicht hilft euch das hier weiter: Ich kann jetzt mit ziemlicher Gewissheit sagen, dass Sebastian nicht unmittelbar an seinen Verletzungen gestorben ist."

„Das heißt? Und erspar mir bitte Details, dafür bin ich nicht in Stimmung."

Der Doktor entschied, die Mappe geschlossen zu lassen. „Nun, Sebastian war eine ganze Zeit bewusstlos. Währenddessen hat man ihn auf die Wiese transportiert."

„Wo er an seinen Verletzungen gestorben ist", ergänzte Piwi müde.

„Würde ich meinen, ja."

Dieser Transport, wollte Ed sagen, ließ aber seinem Gruppenleiter den Vorrang. Sie hatten dem Transport bisher kaum Bedeutung beigemessen, hätte der vollständige Satz in etwa gelautet.

„Weißt du, Rudi, mir ist immer noch nicht klar, warum man Sebastian überhaupt woanders hingebracht hat", äußerte Piwi einen recht ähnlichen Gedanken. „Der Platz an der Grotte war ideal. Die Leiche wäre unentdeckt geblieben, länger jedenfalls, als das auf der Wiese der Fall war."

„Ja, warum tut einer so was", sagte Dr. Ulrich und klang ganz nach Psychoanalytiker. „Wahrscheinlich sollte die Leiche gefunden werden."

„Meinst du? Was alles gefunden werden soll in unserem Fall. Der Brief. Die Leiche. Nur der Mörder anscheinend nicht."

„Was haben Sie gesagt?" Ed überkam ein Gefühl, als hätte jemand das Objektiv eines Fernglases scharf gestellt. Die Grotte. Sebastian. Eine Person, die ihn durch die Dünen über die Wiese trug. Es war so selbstverständlich und klar, dass er lachen musste.

„Was grinst du so doof?", wollte Piwi von ihm wissen.

„Sorry, Chef, aber ich kann nicht anders. Die Leiche sollte entdeckt werden. Dr. Ulrich, das *ist* es."

„Wie bitte?" Der Rechtsmediziner und sein Gruppenleiter sagten das fast gleichzeitig.

„Ist doch logisch. Wir haben uns die ganze Zeit gefragt, warum jemand Sebastian aus dem Weg haben wollte. Vielleicht liegt die Antwort darin, dass man ihn aus dem Weg *räumen* wollte? Der Mörder erschlägt Sebastian und bringt die Leiche, die noch keine ist, dahin, wo er sie hin haben will. Oh, das war wirklich clever."

„Ja, aber warum?"

„Nicht warum, wohin? Die Frage ist, wohin er sie brachte!"

„Zum Stellplatz von Frau Zybler", antwortete Piwi.

„Exakt!"

„Und?"

„Kein und. Genau das war Sinn und Zweck der Veranstaltung. Jemand war die Anwesenheit von Natalie Zybler ein Dorn im Auge. Und mit dem Fund der Leiche hat sich das Problem quasi von selber gelöst."

Der Gruppenleiter protestierte. „Was soll denn der Mist? Du meinst, es ging darum, Frau Zybler zu belasten? Wenn das dein Motiv ist, gehe ich ins Verhörzimmer und nehme Paul Bartels fest. Dessen Motiv erscheint mir nämlich viel plausibler. Vielleicht war er sogar selber Kunde bei ihr. Dann hätten wir auch eine Verbindung zwischen den beiden. Frau Loch, Sie haben doch eine Liste mit Namen. Steht er eventuell auch mit drauf?"

„Äh ..."

„Nicht belasten", erklärte Ed. „Sondern vertreiben. Natalie ist weg. Till hat mir erzählt, dass sie heute früh abgereist ist."

„Frau Zybler ist abgereist? Warum erfahr ich das erst jetzt?"

Ed ersparte sich einen Kommentar dazu. „Sie ist noch keine achtzehn. Da wird es ihr einfach zu heiß geworden sein mit der Polizei vor Ort, die ständig Fragen stellt."

„Aber warum sollte jemand Frau Zybler auf diese Weise vertreiben wollen?"

„Eifersucht?" Ed wandte sich an den Kopierer. „Erinnerst du dich, Grit? An Robertos Halstuch? Und wie wir uns gefragt haben, wen er liebt? Ich wette mit dir, dass der Knutschfleck von Natalie war und dass er versucht hat, ihn vor seiner Frau zu verstecken."

„Knutschfleck?", rief Piwi.

„Ja. Roberto liebt Natalie."

„Scheiße."

Alle drehten sich zu Frau Loch, die von ihrem Stuhl aufgestanden war und dieses eine Wort ausgerufen hatte. Selbst das Baby hörte für einen Moment auf zu schreien.

„Frau Loch, was ist los?"

„Till", sagte sie nur.

„Was ist mit ihm? Wo steckt der Bengel überhaupt?"

„Till wollte zum Campingplatz zurück. Es hat ihm keine Ruhe gelassen, dass ..."

„Dass was?"

„Dass Natalie weg ist."

„Wollen Sie damit sagen, dass er nach ihr sucht?" Piwi hielt sich beide Hände an den Kopf. „Ganz alleine?"

Die Kollegin ersparte sich eine Antwort.

Ed dagegen hatte einen Kommentar auf Lager. „Dann hoffe ich", sagte er, „dass Till vorsichtig ist. Besonders, wenn er zu *ihr* geht und sie ausgerechnet auf Natalie anspricht."

„Zu wem geht?", schrie Piwi und war offensichtlich kurz davor, die Nerven zu verlieren.

Ed übernahm das Kommando. „Wir fahren sofort los. Alle Mann mir nach. Ich rufe Till auf dem Handy an."

20. Kapitel

„Es war schön, du und ich vorhin, findest du nicht? Wie ein Team."

„Es war ein Verhör, Päm. Mehr nicht." Robertos Finger tippten auf eine Rechenmaschine ein, deren Transportband nach jeder Eingabe ein krächzendes Geräusch von sich gab. „Übrigens", er sah kurz auf. „Ich wusste gar nicht, dass Paul dein Typ ist."

„Roberto, du weißt eine Menge nicht."

Ihr Mann überhörte die Anspielung, jedenfalls reagierte er nicht darauf. Stattdessen fuhr er fort, in die Maschine einzutippen und sagte dabei: „Es ist deine Entscheidung, mit wem du ins Bett gehst. Aber dass du dich gleich mit einem Mörder einlassen musst ..."

„Wir mögen es anscheinend beide extrem. Du hast es doch mit dieser polnischen Schlampe getrieben. Zu dumm, dass sie abgereist ist, ohne dir Adieu zu sagen."

Roberto zuckte mit den Schultern, als würde ihm dieser Abschied nichts ausmachen.

Päm versuchte, die An- und Abreisedaten aus der Buchungsliste für die Abrechnungen aufzubereiten. Tessa machte vorne an der Rezeption offenbar, was sie wollte. Doch schon nach wenigen Minuten fingen die Zahlen in der Tabelle an zu flimmern. „Jetzt, wo sie weg ist", sagte Päm, „können wir uns vielleicht wieder auf das Wesentliche konzentrieren. Auf unsere Gäste."

„Was hat Natalie mit ..."

„Herrgott noch mal, ich meine die Polizei! Was ist? Warum starrst du mich so an?"

Roberto hatte aufgehört, die Rechenmaschine zu bedienen und schenkte ihr tatsächlich für ein paar Sekunden volle Aufmerksamkeit. „Wenn dir das zu viel wird, lass Tessa doch die Abrechnungen erledigen."

„Das würde dir so passen."

„Wie meinst du das?"

Päm hielt es seit einiger Zeit für sicherer, ihren Mann und die dänische Ferienjobberin nicht mehr alleine in einem Raum zu lassen. Aber das war nur die halbe Wahrheit. „Irgendetwas stimmt hier nicht", sagte sie. „Sonst müsste doch am Monatsende viel mehr übrig bleiben. Gehört das zu deinen grandiosen Steuertricks, auf die dich die Polizei gestern angesprochen hat?"

„Ich weiß nicht, was du meinst."

Päm riss die Augen auf. „Oder steckt etwa noch was anderes dahinter?"

„Was ist eigentlich los mit dir?"

„Warum, was soll mit mir los sein? Es ist alles bestens. Ein Junge wurde ermordet. Meine Freundin Zara verschwindet. Wir sind so gut wie pleite. Die Polizei schnüffelt in unseren Sachen und mein Mann betrügt mich mit einer Nutte. Ich wüsste nicht, auf was du jetzt anspielst."

„Du hast recht."

„Wie bitte?"

„Ich hätte dir viel eher was sagen müssen."

„*Was* sagen müssen, Roberto?"

„Das mit ...“ Ihr Mann hielte inne, als wäre er plötzlich zu feige zum Weitersprechen.

Jenes Flackern in seinen Augen machte ihr Angst, es war so ... ehrlich. Päm warf ihre Liste in eines der zahlreichen Ablagekörbchen voller Unterlagen, die gesichtet werden wollten, wozu aber immer die Zeit fehlte. „Aber es kommt doch alles wieder in Ordnung, oder?“, fragte sie. „Jetzt, wo die Polizei weg ist. Und Natalie. Das hast du doch selbst gesagt.“

„Päm, ich ... Moment.“ Dass Mobiltelefone immer zum unpassendsten Augenblick klingeln mussten. „Ja, was gibt's? Es ist Achim“, erklärte er ihr.

Päm konnte nur erraten, worum es bei dem Anruf ging. Wahrscheinlich wollte Achim sich bei jemandem ausheulen. Seit dem Verschwinden seiner Verlobten Zara war er total verzweifelt. Nicht bloß schockiert, wie man es vielleicht erwartet hätte, sondern richtiggehend am Boden zerstört. Wenn er wüsste, dass er seine Verlobte niemals wiedersehen würde!

„Ein Polizist schnüffelt hier rum?“, wiederholte Roberto. „Ja, verstehe. Nein, du hast recht, das geht auf keinen Fall, wir müssen vorsichtig sein. Könntest du nicht ...?“

Päm blickte ihren Mann fragend an.

„Gut, dann werde ich mich selber darum kümmern. Nein, ist schon in Ordnung.“ Roberto beendete das Gespräch.

„Was wollte er?“

Bevor ihr Mann antwortete, stand er von seinem Bürostuhl auf und ging zum Fenster mit Aussicht auf den

Campingplatz, die gleiche, die er schon tausend Mal gesehen hatte.

„Roberto?"

„Einer der Polizisten, dieser Till Brenner, ist zurückgekommen und schnüffelt auf dem Gelände rum", sagte er mit dem Rücken zu ihr.

„Was? Aber das darf er nicht. Was will er denn?"

„Angeblich sucht er nach Zara."

„Zara? Aber wieso hier?"

„Ich weiß nicht, wieso. Hör zu, Päm ..." Er drehte sich um und hatte wieder diesen Blick.

„Ja, willst du denn nichts unternehmen? Was, wenn er in das Haus geht?" Ihr Herz begann zu rasen. Wie konnte sie nur so dumm gewesen sein zu glauben, dass es überstanden wäre. „Ich habe es dir ja gesagt. Oder nicht? Habe ich dir nicht gestern noch gesagt, dass eines Tages alles auffliegen wird?"

„Mein Gott, dann entdeckt er halt das blöde Haus. Du hast auch gesagt, dass in Deutschland kein Platz ist für einen Ort der gestrandeten Seelen."

„Das kann nicht dein Ernst sein, oder?"

„Doch, ist es. Achim ist eh der Letzte, jetzt, wo Zara nicht mehr da ist."

„Aber was, wenn sie uns deswegen den Laden dicht machen?"

„Das können sie gar nicht. Hör zu, Päm, ich will endlich etwas loswerden ..."

„Zum Teufel mit deinem Gerede." Sie beugte sich über den Schreibtisch und nahm den Locher in die Hand. „Wenn du nicht gehst, werde ich mir den Kleinen halt selber vorknöpfen."

„Was willst du denn mit dem Ding?", fragte Roberto, und wäre er nicht so jämmerlich, könnte man es fast als belustigt durchgehen lassen.

„Hier einfach ohne Durchsuchungsbeschluss aufzutauchen." Päm legte den Locher weg und griff zum Stiftehalter. Sie wusste, ihr Mann würde sich ihr niemals in den Weg stellen. „Du kannst ja von mir aus ..." Sie zog den Brieföffner heraus.

„Päm?"

„Ach, mach doch, was du willst."

Penibel war er der Reifenspur nachgegangen, die Natalies Wohnwagen auf der Wiese hinterlassen hatte, um sich zu überzeugen, dass sie tatsächlich abgefahren war. Doch die platten Abdrücke im Gras wurden irgendwo auf dem Weg zur Rezeption unleserlich oder endeten spätestens da, wo der Asphalt der Straße begann. Von dort aus konnte sie überallhin sein, am wahrscheinlichsten in ihre polnische Heimat. Till sah in die Richtung, wo keine hundert Meter weiter die Grenze zum Nachbarland verlief, und schniefte. Hinter der Fensterscheibe des Rezeptionshäuschens erkannte er Tessa, die gelangweilt an der Theke saß, den Kopf auf die Hände gestützt. Till winkte ihr zu und sie winkte zurück. Eigentlich wollte er als Nächstes zu Roberto Müller gegangen sein und ihm die Pistole auf die Brust gesetzt haben. *Sie haben beim Einräumen geholfen. Wo ist Natalie hingefahren?* Aber so richtig überzeugt hatte ihn diese Pack-Aktion nicht. Was, wenn das nur gespielt war?

Das erste Waschhäuschen bot keinerlei Möglichkeit, sich über einen längeren Zeitraum darin zu verstecken. Erst im zweiten gab es eine Kammer hinter dem Putzraum, doch außer Gerümpel nichts und niemanden darin. Ihm fiel ein, dass am Rand des Campingplatzes einige leere Hütten und Verschläge standen, die noch aus jener Zeit stammten, als hier Landwirtschaft betrieben und Vieh gehalten wurde. Ideal, um einen geheimen Unterschlupf zu finden, wenn man vorgab, ganz woanders zu sein. Mit hochgezogenen Schultern, die Hände in den Hosentaschen vergraben, machte er sich auf den Weg.

Der Schuppen, auf den er nach wenigen Minuten stieß, hatte die Größe einer Garage und war abgeschlossen, doch das Fenster gewährte einen Blick ins Innere. Alles wirkte echt, wie ein Abstellraum für Werkzeuge und Geräte, ohne Hinweis auf menschliches Leben. Die kleine Bretterbude, die erst sichtbar wurde, nachdem man um die Ecke getreten war, machte dagegen den Eindruck, als würde jemand darin wohnen. Warum sonst saß Ahmed Yilmaz auf einem Klappstuhl vor der Tür, die Beine von sich gestreckt, ins Leere starrend.

„Herr Yilmaz", sagte Till und wartete ab, dass ihre Augen sich trafen. „Könnte sich in Ihrer Hütte jemand verstecken?"

Achim zuckte zusammen, als bereitete ihm das Hören Schmerzen. „Sie glauben, dass Zara sich in meiner Hütte versteckt?" Er machte eine Pause, um zu schnaufen. „Also sucht die Polizei nach meiner Verlobten, oder wie soll ich die seltsame Frage verstehen?"

„Ja“, log Till. Er brachte es nicht übers Herz, dem Mann den wahren Anlass zu nennen. Im Grunde hatte niemand Zaras Verschwinden ernst genommen, gestand er sich ein, aber was hätten sie tun sollen? Es war, wie Piwi gesagt hatte, sie konnten keinen Suchtrupp anfordern, selbst nach Auftauchen des Erpresserbriefes stand der Zusammenhang zu Sebastians Tod nicht eindeutig fest, solange Zaras Mitwirkung nicht bewiesen wäre, z.B. anhand von Fingerabdrücken. Und bevor das passiert wäre, hätte ein neuer Tag angefangen und dann hätte man Zara ganz offiziell als vermisst melden können. „Selbstverständlich suchen wir nach ihr.“

„Das wird wenig Sinn haben“, erwiderte Achim.

Till fragte, wie er das meinte.

„Ich habe nachgedacht. Ich bin kein Profi wie Sie. Aber wie oft kommt es vor, dass ein Erpresser erhält, was er will? Ist es nicht eher so, dass man versucht, ihn für immer zu beseitigen?“

„Sagen Sie nicht so was!“

Yilmaz standen die Tränen in den Augen. „Suchen Sie nach Zara. Vielleicht befindet sie sich wirklich noch auf dem Gelände. Aber dann nur als Bündel in irgendeiner Decke.“

„Wir melden uns, sobald es neue Erkenntnisse gibt, wirklich.“ Till betonte das letzte Wort, bevor er sich mit immer größer werdenden Schritten davonmachte. Achim hatte angefangen zu schluchzen und mit jedem Meter, den die Entfernung wuchs, wurde es leiser und damit erträglicher. Piwi müsste die Suche nach Zara Aslin unbedingt noch heute vorantreiben, durchdrang es ihn, Vorschriften hin oder her. Was für Höllenqualen durchlitt man als Angehöriger einer vermissten Person. Er vermisste Natalie schon, obwohl sie sich nicht mal richtig kannten. Ob sich das jemals ändern würde?

Das Grün der Wiese unter seinen Füßen wurde zusehends länger und ungepflegter, als Till zu einem abbruchreifen Haus kam, das streng genommen bereits außerhalb der Grenzen des Campinggeländes lag. Die Fenster waren mit Brettern zugenagelt, das Dach an manchen Stellen eingestürzt, doch die Haustür war, wie er verblüfft bemerkte, nur angelehnt.

Till ging hindurch und fand sich in einem Treppenhaus wieder, dessen Fliesen von einer vergangenen Pracht zeugten. Die Stufen, die nach oben führten, sahen staubig aus, als wären sie länger nicht betreten worden, daher versprach er sich mehr vom Erdgeschoss. In den Ecken hingen Spinnweben. Es war dämmrig und angenehm kühl, fast kalt. Erst nach einer Weile gewöhnten sich seine Augen an das fehlende Sonnenlicht. Links und rechts des Flures führten Öffnungen in den Wänden in unzählige Zimmer, Türen gab es nicht mehr. Dafür standen überall Holzkisten herum, alte Möbel, Kartons und Tüten. Till bekam eine Gänsehaut, aber nicht aufgrund des Temperaturunterschieds:

In dem, was man das Wohnzimmer des Hauses nennen konnte, lagen Schlafsäcke auf dem Fußboden. Vier Stück in einer Reihe, alle flach und leer, nur der letzte machte verdächtig den Anschein, als würde jemand darin schlafen. Daneben eine Flasche Mineralwasser, die weitaus sauberer aussah als die übrigen Gegenstände. Er ging hin und strich vorsichtig über den glänzenden Stoff. Der Schlafsack gab nach, er drückte fester zu, noch fester. Wolldecken wurden sichtbar.

„Was machen Sie hier?"

Till hatte keine Schritte gehört. Im Türrahmen stand eine Person.

„Ich suche ... Natalie Zybler", sagte er. Es bestand kein Grund vorzugeben, dass er nach Zara Aslin suchen würde, wie eben bei Herrn Yilmaz.

„Was?" Die Stimme klang verwirrt. „Frau Zybler? Na, die ist bestimmt nicht hier."

„Nein? Wo ist sie denn?"

„Abgereist. Ihr Urlaub war wohl zu Ende."

„Hören Sie auf mit dem Blödsinn", sagte Till vielleicht etwas zu forsch, als ihn das Klingeln seines Handys unterbrach. *Ed* erschien im Display. Er beschloss, ihn wegzudrücken. Dies hier war wichtiger.

„Ich weiß, dass wir das glauben sollen", fuhr Till fort. „Ihr Mann hat Natalie heute Morgen sogar beim Packen geholfen. Damit es ja jeder mitbekommt."

„Hat er das?" Päm lächelte gequält. Diese Information schien entweder neu für sie oder sie freute sich nicht sonderlich darüber. „Stimmt das?"

Das Gesicht ihres Mannes tauchte hinter ihrem großen Körper auf. „Wieso eigentlich Natalie?", rief er, ohne auf die Frage seiner Frau einzugehen. „Ich denke, Sie suchen nach Zara."

Die Buschtrommeln funktionierten einwandfrei, stellte Till wenig überrascht fest. „Sowohl als auch", antwortete er schwammig. „Also, wo ist Natalie?"

„Hier bestimmt nicht."

„Ich hoffe, sie ist weit, weit weg", ergänzte Päm.

Till ließ sich diese Auskunft durch den Kopf gehen. Wenn Natalie nicht hier war, wem gehörten die Schlafsäcke? Und warum waren die Platzeltern ihm sofort nachgelaufen? „Wir können uns auch einen Durchsuchungsbeschluss holen und alles auf den Kopf stellen", rief er. Sein Handy klingelte erneut. *Piwi*. Er beschloss, diesmal besser dranzugehen. „Chef? Was ist?"

„Wo bist du?", fragte sein Gruppenleiter, dem Tonfall nach erregt.

Till erklärte, dass er sich auf dem Campingplatz befände und gerade mit den Platzeltern reden würde.

„WAS? Du kommst sofort zurück. Wir denken, dass Pamela Müller für Sebastians Tod verantwortlich ist."

„Wirklich?" Till schluckte, doch ein dicker Kloß hatte sich in seinem Hals breit gemacht und wollte nicht durch. Also deshalb waren ihm die Platzeltern gefolgt. „Ja, okay, dann bis gleich", stotterte er und steckte das Handy weg, begleitet von dem Versuch zu lächeln. Befand sich Zara Aslin womöglich in diesem Haus? Oder – wie Achim befürchtet hatte – ihre Leiche? Er schauderte beim Gedanken daran, wie er eben über den Schlafsack gestrichen und sich vorgestellt hatte, Natalie Zybler läge darin. Wie grauenhaft, wenn es Leichenteile gewesen wären. „Ich muss los", sagte er zu den Platzeltern und gab sich Mühe, harmlos zu klingen.

„Moment mal!" Päms Stimme war eisig. „Was wollte dein Chef?"

„Ach, nichts, ich soll helfen beim Verhör von Herrn Bartels."

„Paul Bartels?“

„Ja, wir haben ihn verhaftet.“

„Du lügst doch.“

„Nein, wieso denn?“ Till machte eine Bewegung, vielleicht zu ruckartig, zu wenig natürlich.

„Lass ihn nicht vorbei“, befahl Päm. „Es ist eine Falle, Roberto, hörst du?“ Durch einen Bretterspalt am Fenster fiel ein Streifen Licht auf ihr Gesicht. Es wirkte hart und angespannt.

„Was soll das werden?“, fragte der Platzvater, als hätte er keine Ahnung, was vor sich ging.

„Er weiß es“, rief sie. „Deshalb ist er hier. Wozu sich einen Beschluss holen und alles absuchen, wenn Paul Bartels ihr Mann ist. Ist es nicht so?“ Ihr Kinn begann zu zittern, dann sackten ihre Schultern ab. „Ich bin froh, dass es so ist. Ich kann nicht mehr.“

Roberto machte einen Schritt auf seine Frau zu und wollte sie am Arm berühren, doch sie wehrte ab. „Dann weiß er halt, warum die Schlafsäcke hier liegen“, sagte er. „Na, und?“

„Die verdammten Schlafsäcke. Du weißt tatsächlich nicht, worum es hier geht, oder? Dabei habe ich das alles nur für dich getan. Für uns!“

„Was hast du getan?“ Roberto schüttelte sich. „Willst du etwa sagen, dass du Sebastian getötet hast?“

„Nein!“ Sie zog das Wort gequält in die Länge. „Ich habe ihn nicht getötet. Er hat es von selbst geschafft. Ja, du hast richtig gehört. Es war ein Unfall.“

„Aber ...“ Ihr Mann schien die Welt nicht mehr zu verstehen.

Auch Till starrte die Frau an wie eine Fremde, mit der es die letzten zwei Tage nicht immer wieder Berührungspunkte gegeben hätte. Wer war sie? Und was wollte sie? Er hielt es für sicherer, im Augenblick nichts zu tun oder zu sagen, sondern abzuwarten, was passieren würde.

Päm wollte weiterreden. „Alles, was ich mir zuschulden kommen lassen habe, war, Sebastian wegzutragen", erklärte sie. „Und ihn vor Natalies Zelt zu bringen."

„Warum denn?"

„Warum? Damit die Schlampe endlich von hier abhaut. Damit du wieder Augen für deine Ehefrau hast." Sie hielt sich die Hände vors Gesicht und schluchzte hinein.

Roberto wandte sich ab und ging ein paar Schritte, bevor er zurückkam und ihr mit dem Finger den Vogel zeigte. „Ich fasse es nicht. Und Zara? Was hast du mit ihr gemacht? War das auch ein Unfall?"

„Hör auf!", schrie Päm. „Zara hat mich erpresst. Die Kleine wollte mich auffliegen lassen, verstehst du? Meine Freundin Zara." Sie weinte, dann änderte sich ihre Stimmlage schlagartig und wurde ganz ruhig: „Lass uns abhauen, Roberto. Lass uns packen und endlich von hier weg. Nur du und ich."

„Aber die Polizei ist dir auf den Fersen."

„Zum Teufel mit der Polizei! Sie kann mir nichts."

„Päm, hör mir zu. Es ... hat keinen Sinn mehr mit uns. Ich ... gehe zu Natalie."

„Was?"

Der Platzvater schaffte es nicht, seiner Frau in die Augen zu sehen. „Ich ... werde mit Natalie leben", sagte er mit dem Rücken zu ihr. „Es stimmt, dass sie nicht abgereist ist. Nicht richtig jedenfalls. Sie wartet auf mich hinter der Grenze."

„Natalie", flüsterte Till und spürte, wie sein Herz wehtat.

„Ich wusste das." Päm lief eine Träne über die Wange. „Ich wusste gleich, dass du Natalie liebst." Sie sackte zusammen, wahrscheinlich hatte die Kraft sie nach dieser Nachricht im Stich gelassen. Erst, als sie sich an einer Wand abstützte, fiel Till auf, dass ihre Hand einen spitzen Gegenstand umklammerte. Kein Messer, aber so ähnlich. „Du elendiges Schwein. Betrügst mich vor allen anderen mit dieser billigen Nutte."

„Sie ist keine Nutte. Jedenfalls nicht mehr."

„Hör auf damit!"

„Päm ..." Roberto hob die Hand und wollte sie umarmen.

„Lass mich!" Seine Frau hatte durchschaut, dass er ihr nur den spitzen Gegenstand abnehmen wollte. Die beiden rangelten darum wie zwei hysterische Kinder um ein teures Spielzeug.

Hatte Till sich das alles nur eingebildet mit Natalie? Ihr Lächeln? Was war mit ihrer Frage, ob Eleonore Färber wusste, wie er hieß? War das ohne Bedeutung gewesen? Ein Schrei rüttelte ihn wach, und er kapierte, was direkt vor seinen Augen passierte. Schnell lief er hin, um zu helfen.

Doch Päm war stark. Es gelang ihr, die Hand, die Till packte, zu befreien und mit dem Gegenstand zuzustechen.

Blut spritzte hervor.

Mit Blaulicht fuhr die restliche Mannschaft zum Campingplatz, der Gruppenleiter am Steuer, Grit auf der Rückbank, Ed saß auf dem Beifahrersitz und wählte zum dritten Mal Tills Handynummer. Zur Sicherheit hatten sie einen Wagen vom Einsatzdienst in Begleitung dabei. Die Strecke von Anklam nach Ahlbeck war in 40 Minuten locker zu schaffen, mit Sirene deutlich schneller. Das tutende Telefon am Ohr, kam ihm eine Minute selten so lang vor.

Till meldete sich nicht.

„Verflucht, da ist etwas passiert", sagte Piwi und drückte das Gaspedal weiter durch. Einen derart schneidigen Fahrstil hätte er seinem Chef gar nicht zugetraut, dachte Ed und wäre begeistert gewesen, hätte die Autofahrt eine harmlosere Ursache gehabt. „In meiner Gruppe macht anscheinend jeder, was er will. Eines kann euch klar sein, Leute. Wenn das überstanden ist, werden andere Saiten aufgezogen."

Er musste Piwi recht geben.

Till hätte niemals zum Campingplatz zurückkehren dürfen, ohne Bescheid zu sagen. Und die Kollegin Loch hatte sich – streng genommen – mit ihrer Beleidigung und Schlafen im Dienst bereits am zweiten Tag genug für eine Abmahnung geleistet. Sein eigener Alleingang bei der Durchsuchung von Paul Bartels Schlafzimmer wurde im Grunde nur deshalb toleriert, weil dadurch der Beweis für dessen Unschuld zutage getreten war.

Ihr Wagen hatte die kurze Brücke passiert, die das Festland und die Insel Usedom miteinander verband, als Eds Handy klingelte.

„Chef, es ist Börner", rief er und stellte das Gespräch auf laut. „Alles in Ordnung? Was ist passiert?"

Till erzählte ihm von einem zerfallenen Haus jenseits des Campingplatzgeländes und dass Päm durchgedreht wäre und ihren Mann verletzt hätte. „Ihr müsst sofort einen Notarzt rufen."

„Machen wir. Bist du außer Gefahr?"

„Ja, aber die beiden sind noch im Haus. Ich weiß nicht, was da drinnen vor sich geht. Päm hat mich gezwungen zu verschwinden, sonst würde sie ihrem Mann und sich etwas antun."

„Kann man von außen hineinsehen?"

„Die Fenster sind mit Brettern vernagelt."

Piwi rief von der Seite: „Sag Till, er soll draußen bleiben. Heute ist kein Tag für Helden."

„Hast du gehört, was der Chef gesagt hat?"

Der Azubi bejahte.

„Wir sind gleich da. Also warte auf uns", sagte Ed und legte auf.

„Hauptsache, er hält sich *einmal* an meine Anweisungen", meckerte Piwi.

Ed wollte erwidern, *Börner würde sich niemals über eine Anweisung hinwegsetzen, dafür ist er viel zu feige,* ließ es aber lieber bleiben. Mit Vernunft brauchte man seinem Chef heute nicht zu kommen. Die Kollegin Loch war auf ihrem Rücksitz offenbar eingeschlafen, denn als er sich zu ihr umdrehte, waren ihre Augen geschlossen. Keine schlechte Idee, die restliche Fahrt über schweigend zu verbringen.

Als ihr Auto die Zielgerade erreichte, die zum Parkplatz des Campingplatzes führte, rief er Till nochmals an, um sich von ihm zu dem Haus lotsen zu lassen. Glücklicherweise stand die Schranke offen und erlaubte ihnen, direkt über den Hauptweg so nah es ging an die beschriebene Stelle heranzufahren. Campinggäste glotzten ihrem Wagen mit offenen Mündern hinterher, bis ein Zaun ihn an der Weiterfahrt hinderte. Die letzten Meter rannten sie gemeinsam mit den Männern vom Einsatzdienst über eine ungemähte Wiese, bis sich das alte Gebäude vor ihnen auftat und davor – schwach winkend – Till.

Er sah müde aus. „Was sollen wir tun?", fragte er.

„Ganz einfach, wir gehen da rein." Piwi gab dem Azubi einen Stoß in die Seite. Wider Erwarten hielt er ihm keine Standpauke. Dazu war die Situation vermutlich zu angespannt.

„Dann rastet Päm komplett aus. Sie hat ihren Mann verletzt und hält ihn wie ein Baby."

„Womit ist sie bewaffnet?", wollte Ed wissen. „Hat sie ein Messer?"

„Nein, irgendein spitzes Ding, wie ein Brieföffner."

„Damit sollte sie doch zu bändigen sein." Der Gruppenleiter wandte sich an die Männer in Uniform, um das weitere Vorgehen zu besprechen.

„Was ist mit Ihrer Schulter passiert?", rief Grit und zeigte auf Till. „Sie bluten ja."

Der Azubi zog sein Hemd straff. Ein dicker Fleck hatte den Stoff an der Schulter rot gefärbt. „Nein, das ist nicht m ..." Er hielt inne. „Ed, was ist mit dir los?"

Ed hatte angefangen zu schwanken und spannte sofort seine Arm- und Beinmuskulatur an, immer wieder, damit sich der Blutdruck erhöhte. Eine Ohnmacht vor den eigenen *und* den Kollegen vom Einsatzdienst wäre der Todesstoß für sein Selbstbewusstsein. „Alles bestens", sagte er und drehte sich weg.

„Alles bestens sieht bei mir anders aus. Ich weiß, was du hast."

„Dass du mal was weißt, ist wirklich bemerkenswert, Börner."

„Die Jungs glauben, dass es kein Problem sein wird, Päm da rauszuholen", sagte Piwi, der sich ihnen wieder angeschlossen hatte. „Wir sollten nach Möglichkeit nur eben auf den Notarzt warten. Habt ihr das mitgekriegt? Ed, was hast du?"

„Ich würde jetzt sofort reingehen", schlug Grit vor.

„Wie? Nein, das kann ich nicht zulassen."

„Ich gehe da rein. So ein Quatsch, auf den Notarzt zu warten. Das kostet viel zu viel Zeit. Und Päm vertraut mir. So etwas geht am besten von Frau zu Frau, haben Sie selber gesagt."

Der Gruppenleiter überlegte hin und her und sah dabei so aus, als würde er eine ähnliche Übung machen wie Ed. „Ich weiß nicht", grübelte er, doch Grit hatte sich schon auf den Weg gemacht. „Frau Loch. Seien Sie bloß vorsichtig!"

Die Männer beobachteten, wie die Kollegin die Tür öffnete und dahinter verschwand, das Zuschlagen von Holz auf Holz als letztes wahrnehmbares Geräusch.

Stille setzte ein, niemand gab einen Laut von sich außer Grillen, die überall im Gras zirpten. Die Sonne hatte sich deutlich abgeschwächt, fiel Ed auf, dem nach wie vor schummrig zumute war. Die Methode der *angewandten Anspannung* funktionierte immer, wenn auch extrem schleppend. Dafür konnte man sie überall und von anderen nahezu unbemerkt anwenden. Ein paar dünne Wölkchen waren am Himmel aufgetaucht, die ersten seit Wochen. Dem heißesten August seit Beginn der Wetteraufzeichnung schien die Luft auszugehen.

„Wie merkwürdig", sagte Till, während alle auf die Tür starrten in der Erwartung, sie würde dadurch schneller aufgehen. „Die Platzmutter hat behauptet, dass Sebastians Tod ein Unfall war. Sie meint, sie hätte ihn nicht umgebracht. Er wäre gestürzt."

„So, meint sie das?", erwiderte Piwi.

„Klingt plausibel für mich", sagte Ed. „Zumindest würde es zu ihr passen. Päm scheint mir keine kaltblütige Mörderin zu sein. Eher der praktische Typ, der eine Gelegenheit nutzt, wenn sie sich bietet."

„Praktisch?"

„Sozusagen."

„Und was ist mit Zara Aslin passiert? Hast du dir dazu mal Gedanken gemacht?", fragte Piwi.

Ed zog es vor, hierauf nicht zu antworten. Sein Zustand war eh noch nicht so weit, dass man ihn *stabilisiert* nennen konnte.

„Mein Gott, was treibt sie so lange da drinnen. Wenn Frau Loch nicht binnen einer Minute draußen ist, lasse ich das Gebäude stürmen." Der Gruppenleiter gab den Kollegen vom Einsatzdienst Anweisung, sich bereitzuhalten.

„Haben Sie Geduld", sagte Ed.

„Sag mir nicht, was ich tun oder haben soll. Du bist nicht derjenige, der sich hinterher vor Jo Meier rechtfertigen darf, wenn etwas schiefgeht, oder? Also! Noch dreißig Sekunden." Der Gruppenleiter ließ seine Armbanduhr nicht aus den Augen. Nach einer Weile fing er an, rückwärts zu zählen. „Zehn, neun, acht ..."

Die Tür des alten Hauses öffnete sich. Ein Kopf schaute heraus, dann noch zwei weitere. Grit und Päm stützten einen geschwächt aussehenden Mann in ihrer Mitte. Blut durchdrang sein T-Shirt im Bereich von Bauch und Brust. Schritt für Schritt gingen sie den Weg hinunter und platzierten Roberto auf einen Stein. Er schwitzte stark.

„Der Notarzt muss jeden Moment hier sein", hörte Ed seine Kollegin sagen, ehe er von ihr ein Zeichen erhielt, dass man sich ihnen nähern konnte. Ed ging voran, dann Till. Piwi blieb sichtlich im Hintergrund.

„Ich wollte nur meinen Mann zurück", heulte Päm. „Ich habe niemanden getötet. Das müssen Sie mir glauben."

Grit nickte verständnisvoll. „Das hat Zeit", sagte sie. „Das Wichtigste ist, dass Ihr Mann einen Arzt bekommt."

„Zara", rief Ed leise und hoffte, Grit verstand die Andeutung, dass sie nach Zara Aslin fragen sollte. Falls die Putzfrau noch lebte, womöglich aber verletzt war, war höchste Eile geboten.

„Päm", sagte Grit. „Was ist mit Zara Aslin passiert?"

Die Platzmutter reagierte nicht, als hätte sie die Frage überhört.

„Ist Zara noch hier? In dem Haus?"

Päm schüttelte den Kopf. „Ich weiß nicht, wo Zara ist", sagte sie schwach und blickte auf.

Ed hörte es ebenfalls, ein Geräusch, das lauter wurde: der Motor eines Wagens, der Notarzt, der endlich kam. Piwi winkte dem Fahrer zu, möglichst bis zum Zaun heranzufahren.

„Fass mal mit an", sagte Till, doch Ed hatte keinerlei Ambitionen, sich dem Platzvater in seinem blutdurchtränkten T-Shirt zu nähern. Nicht einen einzigen Zentimeter. Allein bei der Vorstellung, wie seine Hand den roten, feuchten, ekelhaften Stoff berührte, wurden seine Knie weich, vom Rest ganz zu schweigen.

„Ich ... kann nicht", sagte er, dann klappte er zusammen.

Zum ersten Mal in ihrem Leben steuerte Grit ein Polizeiauto.

Wie bei einem Kinderspiel waren alle Insassen um einen Sitz weitergerückt: Während Ed auf der Rücksitzbank Platz genommen hatte – genau genommen lag er quer darauf –, saß ihr Gruppenleiter auf dem Beifahrersitz und stieß einen Fluch nach dem anderen aus.

„Eine Saubande, das hier. Womit habe ich das eigentlich verdient? Will Jo Meier mich bestrafen? Nur Kracher um mich herum."

Ed nuschelte von hinten etwas, das Grit nicht verstand.

Piwi drehte sich mit dem Oberkörper schräg zu ihm um. „Glaubst du nicht, dass ich längst bemerkt habe, was mit dir los ist?"

Wieder nur Nuscheln von der Rücksitzbank.

Grit versuchte, den unbekannten Wagen trotz aller Aufregung auf der Straße zu halten. Das Fahrzeug war viel breiter als ihr Seat und vollkommen anders zu fahren, vor allem die Kupplung verursachte ihr Probleme.

„Mir wäre lieber gewesen, du wärst offen mit deiner Blutphobie umgegangen", fuhr Piwi fort. „Wir hätten eine Therapie für dich organisieren können. Klappst mir beim ersten größeren Einsatz zusammen. Wie soll ich mich da auf dich verlassen?"

Grit suchte im Rückspiegel nach einem Körperteil des Kollegen, doch er war tiefer als zuvor in den Sitz gerutscht, vielleicht sogar zurück in Ohnmacht gefallen. Wie sie Ed einschätzte, wäre es besser für ihn.

„Finden Sie nicht, dass Sie etwas hart mit ihm sind?", sagte sie zu Piwi. „Immerhin kann er nichts dafür."

„Sie sind ganz still, Frau Loch, damit das mal klar ist." Bis auf seine Standpauken hatte ihr Gruppenleiter den Tag über nur das Nötigste mit ihr geredet.

Grit konzentrierte sich auf die Fahrbahn und den Wagen der Einsatzbeamten, der vor ihnen fuhr. Auf dem Rücksitz ließ sich die große Statur von Pamela Müller ausmachen, die bei dem monotonen Geradeaus über die B 110 Richtung Festland wenigstens einen Orientierungspunkt bot.

Piwi hatte seine Strafpredigt noch nicht beendet. „Wie können Sie es überhaupt wagen, sich über meine

Anweisung hinwegzusetzen und das Haus zu betreten?", rief er. „Das war lebensgefährlich."

„Aber ..."

„Und unverantwortlich. Für jemanden ohne Erfahrung und ohne Vorwissen."

„Aber es ist alles gut gegangen."

„Das ist völlig nebensächlich. Was glauben Sie eigentlich, wer Sie sind? Nicht mehr als eine Testperson. Ein Versuchskaninchen in der Wiedereingliederung, so sieht es aus."

„Mistkerl", zischte Grit und starrte stur geradeaus durch die Windschutzscheibe. Es war ihr egal, was ihr Chef davon hielt, verdient hatte er es allemal. Sollte er doch ausflippen.

Piwi sagte jedoch nichts. Er bewegte sich nicht einmal. Grit wünschte, dass er sich wenigstens die Haare raufen würde.

Von der Rücksitzbank drang ein Rascheln zu ihr nach vorne. Ob Ed aus seiner Ohnmacht erwacht war? Am rechten Straßenrand kam das Ortseingangsschild von Anklam allmählich näher und das bedeutete, auch die Ankunft am Polizeirevier. Noch dreimal blinken und sie wären da.

„Ich habe dem Mann vielleicht das Leben gerettet", versuchte Grit zu erklären.

„Aber Ihres aufs Spiel gesetzt." Der Gruppenleiter sprach schon ruhiger. „Das war leichtsinnig. Und höchst unprofessionell. Von Ihren anderen Fehltritten ganz abgesehen."

„Dann hat es wohl keinen Sinn, noch mit reinzukommen, oder?" Sie verließ den Kreisverkehr und bog ab auf den Parkplatz des großen Verwaltungsgebäudes in der Friedländer Straße. Der Einsatzdienst hatte Pamela Müller bereits hineingeführt, denn deren Fahrzeug parkte links neben ihr, leer. „Soll ich lieber nach Hause gehen?"

Piwi drehte sich zu dem regungslosen Kollegen auf der Rücksitzbank. Till Brenner hatte auf seine Anweisung hin den Platzvater ins Krankenhaus begleitet. „Tja", machte er, „wie es aussieht, kann ich nicht ohne Sie." Nach einem flüchtigen Blick zur ihr, der höchstens dem Anstand geschuldet war, stieg er aus dem Auto.

Grit sprang ihm nach. Einer Beamtin, die ihnen auf dem Bürgersteig entgegenkam, gab Piwi die Anweisung, Ed Stenzl aufs Krankenzimmer zu bringen, dann marschierte er vor ihr her durch das Foyer, das Treppenhaus, etliche Flure weiter zum Büro von Jo Meier, wo er gegen die Tür klopfte und geduldig auf ein *Herein* wartete. „Sie bleiben hier!", sagte er und verschwand.

Grit setzte sich auf einen Stuhl in der Nähe und lehnte den Kopf gegen die Wand. Es war gleich achtzehn Uhr und ihr Magen knurrte heftig. Sie hätte einschlafen können, wenn die Sehnsucht nach einem Schnitzel mit Pommes nicht größer gewesen wäre. Das und warum sich Sven nicht meldete. Er musste gesehen haben, dass sie mehrmals angerufen hatte. Wahrscheinlich würde irgendeine Ausrede kommen, dass er kein Guthaben auf seinem Telefon mehr hätte. Oder lieber eine Bratwurst? Ihr war nicht bewusst, wie lange sie auf diesem Stuhl vor sich hin gedöst hatte, vielleicht eine Minute, vielleicht 15, bis Piwi unmittelbar vor ihr stand und in erstaunlich gelassenem Ton sagte:

„Frau Loch. Kommen Sie?“

Das Verhörzimmer war von einem normalen Büro kaum zu unterscheiden und weit von dem entfernt, was Grit sich darunter vorgestellt hatte. Ein Schreibtisch und Schränke an den Wänden, ein Fenster mit den obligatorischen Lamellengardinen, ein Tisch in der Mitte und zwei Stühle auf jeder Seite. Bis auf einen Beamten, der neben der Tür postierte und der vermutlich eingriff, falls es brenzlig wurde, machte nichts den Anschein, dass hier ein Verbrecher nach dem anderen überführt wurde.

Pamela Müller saß auf der anderen Seite des Tisches und wirkte fiebrig. Die Augen glänzend, lächelte sie gewissermaßen, als freute sie sich über das Wiedersehen mit Grit. „Kann ich etwas zu trinken bekommen?“, bat sie mit belegter Stimme.

Grit wollte umkehren und aus der Abteilungsküche ein Glas Wasser holen, doch Päm winkte ab. „Nein. Bitte bleiben Sie“, flehte sie. „Kann nicht ...?“

Grummelnd setzte sich Piwi in Bewegung.

Sobald die Tür hinter ihm zugefallen war, beugte sich die Platzmutter über die Tischplatte und griff nach Grits Hand. „Sie glauben mir, oder? Was ich Ihnen in dem Haus erzählt habe.“

„Ich – glaube Ihnen“, antwortete Grit.

Päm ließ sich zurückfallen. „Ich bin keine Mörderin. Das ist alles ein riesengroßes Missverständnis.“

„Deshalb müssen Sie Herrn Vollmers Fragen genauestens beantworten.“

„Ja, das werde ich. Versprochen." Die Platzmutter schloss die Augen, als bereitete sie sich mental darauf vor.

Sie würde es brauchen, dachte Grit und tat es ihr gleich.

Piwi wusste, warum er im Dienst am liebsten Turnschuhe trug. In Rekordzeit kam er mit einem Glas in der Hand in das Verhörzimmer zurück und stellte es vor die Platzmutter auf den Tisch.

„Hier. Mit Kräutertee kann ich leider nicht dienen", sagte er in Anspielung auf ihre demütigende Bemerkung im Rezeptionshäuschen vor wenigen Stunden. Päm schien sie nicht zu kapieren. Der alte Spruch stimmte, man sah sich immer zweimal im Leben.

„Danke schön", flüsterte sie.

„Frau Pamela Müller!" Piwi sprach laut, um die gegensätzlichen Positionen zu unterstreichen. „Ich fange mit der dringendsten Frage an und hoffe, dass Sie uns endlich eine Antwort geben. Wo befindet sich Zara Aslin?"

„Ich weiß es nicht."

„Ich habe Sie nicht gehört."

„Ich weiß es nicht."

Piwi schnaufte, doch noch hatte er sich unter Kontrolle. „Dann lassen Sie mich so fragen: Was haben Sie mit ihr gemacht?"

Anstatt zu antworten, senkte die Platzmutter ihren Kopf und verweilte einige Sekunden in dieser Position.

„Bitte reden Sie mit uns", sagte Grit. „Was ist mit Zara geschehen?"

„Zara war meine Freundin", rief Päm und kniff die Augen zusammen. „Was glauben Sie, was ich mit ihr gemacht habe? Nachdem ich herausgefunden habe, dass sie diejenige war, die mich erpresst hat. Und bestohlen, über mehrere Monate, wenn nicht Jahre. Sie wollte 5.000 Euro. So viel Geld habe ich beim besten Willen nicht."

„Also?"

„Also habe ich mit ihr geredet."

„Geredet." Piwi schnalzte.

„Ja. Zara brauchte Geld, um zu fliehen. Sie wollte weg von ihrem Verlobten Ahmed. Dazu war ihr jedes Mittel recht. Alles andere war nebensächlich."

„Und wie haben Sie reagiert?"

Die Kollegin Loch beugte sich gespannt nach vorne.

„Sie können sich vorstellen, wie enttäuscht ich von ihr war. Aber ich fand, sie hatte gute Beweggründe."

„Was haben Sie mit ihr gemacht?"

Päm atmete tief ein und aus. „Ich habe ihr 500 Euro gegeben und sie zum Bahnhof gefahren."

„Und das soll ich Ihnen glauben?" Piwi wartete keine Antwort ab. „Erst heute Morgen haben sie mir vorgeheult, wie sehr Sie Zara Aslin vermissen würden und dass wir sie unbedingt suchen müssten. Wenn ich daran denke, wird mir schlecht. Alles nur Getue."

„Nein. Ich habe sie vermisst. Ich vermisse sie immer noch." Mit zitternden Händen führte Päm das Wasserglas zum Mund und trank einen Schluck. „Ich hätte ihr nie etwas antun können. Ich habe auch Sebastian nichts getan. Er ist von selber gestürzt."

„Noch so eine Sache, die ich nicht glauben kann." Piwi lehnte sich in seinem Stuhl zurück. Er hätte für sich eine Kanne Kaffee mitbringen sollen. Ohne Nervennahrung ließe sich dieser Zirkus kaum überstehen. „Dann erzählen Sie uns die Geschichte halt von vorne. Aber holen Sie nicht zu weit aus."

„Also gut." Die Platzmutter hielt sich an ihrem Wasserglas fest. „Paul und ich hatten uns am besagten Abend an der Grotte verabredet. Nicht, dass ich sonderlich scharf auf ihn gewesen wäre. Ich habe es eher getan, um meinem Mann zu beweisen, dass ich ... Nun, Sie verstehen, dass ich auch begehrenswert bin." Sie wartete ab, ob Einwände kamen, dann redete sie weiter. „Es war nicht sonderlich toll. Ich habe es hinter mich gebracht und wollte mich verdrücken. Nach ein paar Metern hörte ich plötzlich Stimmen, Paul, der mit jemandem stritt. Also bin ich zurückgegangen, um nachzusehen, mit wem. Es war Sebastian. Der arme Junge war total wütend, seinen Stiefvater sozusagen in flagranti erwischt zu haben. Als Paul weg war, bin ich zu ihm hin, um mit ihm zu reden. Ich mochte ihn. Er hat mir sein Leid geklagt, über die Scheidung seiner Eltern und dass er Paul am liebsten auf den Mond schießen würde. Deshalb wollte er seiner Mutter alles erzählen. Er hat mich sogar gefragt, ob es mir etwas ausmachen würde." Die Platzmutter hielt einen Moment inne, um Kraft zu schöpfen. „Ich habe ihn dann in den Arm genommen, er hat sich umgedreht und ist über einen Stein gestolpert." Sie weinte. „Verflucht, es war nur ein gewöhnlicher, kleiner Sturz. Normalerweise sagt man *Aua!* und gut. Aber Sebastian bewegte sich nicht mehr. Sein Kopf war voller Blut."

„Er hat das Wesen eines Engels", zitierte Piwi Päms Beschreibung von Sebastian bei ihrer allerersten Begeg-

nung. Er hatte kein Mitleid mit der Frau. „Die Wortwahl kam mir gleich sonderbar vor. So pathetisch. Alles nur Ablenkung." Angewidert stieß er einen Laut aus.

„Nein. Er war wirklich etwas Besonderes."

„Erzählen Sie, was dann passiert ist", sagte die Kollegin neben ihm.

Die Platzmutter zog die Nase hoch. „Ich wusste, die Polizei würde kommen. Und ich dachte, wenn der Arme schon tot ist, dann ... Dann kann ich ihn genauso gut ans Zelt von Frau Zybler legen. Was bitte schön machte das für einen Unterschied für ihn? Für mich machte das einen großen Unterschied. Die kleine polnische Schlampe hat sich auf unserem Campingplatz festgesaugt wie ein Blutegel. Sie können sich ja nicht vorstellen, wie das ist, wenn alle tuscheln, dass der eigene Mann Sie mit einer Nutte betrügt. Ich wollte nur, dass die Polizei anfängt, Fragen zu stellen. Damit sie Angst kriegt und verschwindet."

„Und weil es Ihnen nicht schnell genug gehen konnte, haben Sie die Polizei gleich selber angerufen."

Die Platzmutter nickte.

Piwi stand auf und lief zur gegenüberliegenden Wand, um sich die Beine zu vertreten. Das viele Sitzen und derartige Geschichten aufgetischt zu bekommen, machte ihn wahnsinnig. Die negative Energie, die dabei entstand, musste irgendwohin. „Aber etwas ist schiefgegangen, nicht wahr?", fragte er, machte ein paar unauffällige Atemübungen und setzte sich zurück auf seinen Stuhl. „Ben Conze hat das Medaillon gefunden und damit den richtigen Tatort preisgegeben."

Päm bejahte. „Sebastian muss es bei dem Sturz verloren haben. Plötzlich war ich im Zentrum des Geschehens."

„Deshalb haben Sie Paul den Brief untergejubelt."

„Natürlich. Ich habe Panik bekommen."

Piwi war kurz davor, wieder aufzustehen. „Ich weiß nicht, was ich davon halten soll."

„Aber es ist die Wahrheit."

„Die Wahrheit", wiederholte Piwi. „Aus Ihrem Mund sind binnen kürzester Zeit so viele Lügen gekommen. Ich bezweifle, dass Sie die Bedeutung überhaupt kennen."

„Das stimmt. Sie haben recht. Aber diesmal lüge ich nicht." Die Platzmutter ergriff Grits Arm. „Sie glauben mir doch, oder? Bitte sagen Sie es ihm."

Seine Kollegin löste sich vorsichtig aus der Umklammerung.

„Bitte! Ich habe Sebastian nicht umgebracht. Fragen Sie Zara. Sie hat es verdammt noch mal gesehen."

„Ich glaube Ihnen, dass Sebastian gestürzt ist", hörte er Grit sagen.

Päm sah sie aus tränenverschmierten Augen an. „Wirklich?" Ein Funke Hoffnung klang in ihrer Stimme mit.

„Ja. Aber die Sache hat einen Haken. Leider!" Grit hielt inne und überließ es wohl lieber ihm persönlich, der Platzmutter die schlechte Nachricht zu überbringen.

„Das Problem ist folgendes", sagte Piwi und überlegte, wie er seine Worte am besten positionierte. Hatte er etwa doch Mitleid mit der Frau? Und war das nicht sogar angebracht, wenn es sich wirklich so abgespielt hatte, wie sie sagte? Er räusperte sich: „Sebastian lebte noch, nachdem er gestürzt war. Verstehen Sie das? Mit allen Konsequenzen? Hätten Sie ihm geholfen, erste Hilfe geleistet oder einen Arzt gerufen, anstatt den Jungen für Ihre niederen Zwecke zu missbrauchen, dann ... wäre er mit hoher Wahrscheinlichkeit nicht gestorben."

„Was?" Päm fuhr von ihrem Stuhl hoch. „Aber das kann unmöglich sein. Der Junge war tot."

„Nein, war er nicht. Er war bewusstlos."

„ER WAR SCHON TOT", schrie Päm und kreischte wie eine Verrückte.

Der Einsatzbeamte neben der Tür trat vor, doch Piwi hielt ihn zurück. Die Frau sollte ihren Gefühlen jetzt freien Lauf lassen können. Vermutlich hatte sie sie viel zu lange unterdrücken müssen.

Sobald der Hall ihrer Schreie verklungen war, wurde es ruhig im Inneren des Verhörzimmers, bis auf das regelmäßige Surren der Neonröhren über ihnen. So ungewohnt geräuschlos kam Piwi selbst das Ticken des Sekundenzeigers seiner Armbanduhr laut vor. Die Platzmutter war als kleines Häufchen Elend auf ihrem Platz zusammengefallen.

„Was heißt das für mich?", flüsterte sie. „Bin ich doch eine Mörderin?"

Piwi konnte und wollte ihr keine Antwort darauf geben.

„Was geschieht mit ihr?", fragte Grit ihn, nachdem man Pamela Müller kurz darauf in Gewahrsam genommen hatte. Sie standen in der Teeküche gegen die

Schränke gelehnt, er, Grit und der Azubi. Wenigstens hatte Till gute Nachrichten aus dem Krankenhaus mitgebracht: Roberto Müller war mit einer oberflächlichen Wunde davongekommen, die ihn zwar einiges an Blut gekostet, dafür keine weiteren Schäden verursacht hatte. „Wird Päm wegen Mordes angeklagt?"

Piwi reagierte auf ihre Frage mit ausgedehntem Schulterzucken. „Vorausgesetzt, ihre Version der Geschichte stimmt, mindestens wegen unterlassener Hilfeleistung, eventuell sogar fahrlässiger Tötung. Das Problem ist, dass die einzige Zeugin, die sie entlasten könnte, verschwunden ist. Es wird in erster Linie davon abhängen, was tatsächlich aus Zara Aslin geworden ist."

„Und woher weiß man das?", fragte Grit.

„Das wird unsere Aufgabe für morgen sein. Wir werden den Campingplatz und die Umgebung absuchen. Nach Zara oder nach Zaras Leiche. Vielleicht eine Fahndung ausgeben. Wenn sie verschollen bleibt, könnte das ein geschickter Staatsanwalt - im Zusammenhang mit der Erpressung - als Mord ohne Leiche auslegen."

„Von selber wird Zara sich niemals melden", warf Till ein. „Wenn ich das richtig mitbekommen habe, hat sie weder Pass noch Aufenthaltserlaubnis."

„Weil sie eine gestrandete Seele war", sagte Grit. „Päm hat ihr ein neues Zuhause gegeben."

„Und damit gegen zahlreiche nationale und internationale Gesetze verstoßen", verbesserte Piwi. „Aber das dürfte momentan ihr kleinstes Problem sein."

„Die arme Frau." Grit fasste sich an den Hals.

Piwi gähnte und streckte sich. Mit dem Ende des Verhörs war auch seine Energiequelle versiegt und ausgiebiger Müdigkeit gewichen. „Ich schlage vor, ihr geht jetzt nach Hause. Morgen wird noch mal ein anstrengender Tag für uns alle."

„Äh ..." Die Kollegin wollte offensichtlich etwas sagen, traute sich aber nicht richtig.

„Was ist, Frau Loch? Brauchen Sie wieder eine Extraeinladung?"

„Heißt das, ich soll morgen wiederkommen?"

„Wollen Sie es schriftlich?" Piwi beugte sich zu ihr und sprach mit gesenkter Stimme: „Nur interessehalber: Was haben Sie zu Päm gesagt? In dem Haus, meine ich. Damit sie aufgibt."

„Nun, das ist einfach: wenn sie nicht von alleine herauskäme, müsste ihr mein Gruppenleiter eine seiner berühmten Standpauken halten." Ohne eine Miene zu verziehen, drängte sich Grit an ihm vorbei aus der Küche. „Und dann wäre Schluss mit lustig."

Till grinste.

Die Kollegin stampfte davon; offenbar hatte sie es eilig.

Die gute Frau Loch war sauer, dachte Piwi. Und wenn schon ... Bis morgen hätte sie sich bestimmt beruhigt.

Jemand klopfte an die Tür zum Krankenzimmer.

Ed zog den Reißverschluss seiner schwarzen Stoffhose zu und nahm seine Krawatte zur Hand. „Ja, bitte?", rief er.

Die Kollegin Loch steckte ihren Kopf durch den Türspalt. „Na, wieder munter?", fragte sie. Ihr Gesicht wirkte angespannt, dafür nicht mehr so verkatert wie am Morgen. „Im Dienst schlafen, wer macht denn so was?"

Ed lachte. „Mir war so langweilig", äffte er sie nach. Damit waren sie quitt. Er forderte sie auf einzutreten. Der penetrante Geruch nach Desinfektionsmittel veränderte sich durch ihre Anwesenheit nicht zum Positiven.

Grit lehnte sich gegen die Wand, als hätte sie keine Kraft mehr, alleine zu stehen. „Geht's dir besser?", wollte sie wissen.

„Klar, könnt' Bäume ausreißen", antwortete Ed. Zumindest fühlte er sich in seinen Alltagsklamotten wohler als in Jeanshose mit T-Shirt. „Und du, was ist mit dir? Heldin des Tages?"

„Wieso?"

„Du hast Piwi einen Mistkerl genannt und es überlebt."

„Das hast du mitbekommen? Na ja." Die Kollegin blickte schuldbewusst. „Wie eine Heldin fühle ich mich weiß Gott nicht. Dafür ist viel zu viel schiefgelaufen."

„Das gehört dazu."

„Meinst du wirklich?"

Ed nahm sein Sakko vom Stuhl und zog es über. „Wenn man etwas erreichen will, muss man in Kauf nehmen, dass es schiefgeht."

„Goethe?"

„Stenzl."

Grit lächelte schwach.

„Komm, ich muss hier raus. Was habe ich verpasst?"

Während die beiden das Zimmer verließen, erfuhr er von ihr alle Einzelheiten vom Verhör der Platzmutter und deren anschließender Festnahme.

„Das Schlimme ist, ich kann die Beweggründe nachvollziehen. Päm wollte ihren Ehemann halt nicht verlieren", sagte die Kollegin gedankenvoll und hustete einmal kräftig. „Bei meinem Exmann Henry ist mir damals nur die herkömmliche Methode eingefallen. Schwarze Unterwäsche."

Ed grinste und erwartete einen Ausflug in Grits Jugend, doch stattdessen fragte sie ihn: „Was ist eigentlich mit dir?"

„Meine ist weiß."

„Du weißt genau, dass ich das nicht meine. Hast du keine Vergangenheit? Du bist so perfekt. Rauchst nicht, trinkst nicht. Irgendetwas verbirgst du doch."

„Wie viel Zeit hast du?"

„So viel du willst."

Ed schaute den Flur hinab, ob noch andere Kollegen anwesend waren. Zu solch später Stunde war dieser Teil des Gebäudes meist verwaist. „Warum bestellst du nicht zwei Kaffee in der Kantine, okay? Ich will eben bei Piwi vorbeischauen und Tschüss sagen."

Grit nickte und verschwand im Treppenhaus, nicht ohne ihm zuzuwinken und „Dann bis gleich!" zu flöten.

Piwis Büro stand offen.

„Er ist bei Jo Meier", sagte Börner, der ihm mit einem Rucksack im Arm entgegenkam. „Kann länger dauern."

Ed war diese Information im Augenblick ganz recht. Bis morgen hätte sich sein Gruppenleiter bestimmt beruhigt und man könnte vernünftiger mit ihm über alles reden. Er sagte, dass es dann wohl besser wäre, Piwi nicht zu stören.

Till stimmte zu, ohne ihn anzusehen. Er schien etwas auf dem Herzen zu haben.

„Du, die alte Loch wartet unten in der Kantine auf mich. Ich befürchte, sie hat mich zu ihrem zweiten Sohn auserkoren."

„Du Glücklicher. Und ich fahre nach Hause und lasse mich bemuttern. Wie immer." Till schaute auf seine Füße.

„Was ist los mit dir, Börner?"

„Sag mal, was du mir gestern erzählt hast, das mit deiner Mutter und so. Stimmt das?"

„Glaubst du, jemand könnte sich so was ausdenken?"

Till lachte kurz auf. „Nein, wohl kaum. Nun, ich hab mich jedenfalls entschieden, das auch so zu machen wie du. Mich nie verlieben und so weiter." Er zog die Schultern hoch und trabte davon.

Ed wollte ihm etwas hinterherrufen, hielt es aber für passender, sich das Gespräch für den nächsten Morgen aufzusparen. Seine Kollegin saß bestimmt schon unten am Tisch mit zwei dampfenden Tassen vor sich und wartete auf ihn. Es fühlte sich komisch an, dass Börner jetzt so viel von ihm wusste, dachte er auf dem Weg durchs Treppenhaus. Er hatte sich verwundbar gemacht. Zugelassen, dass sein Lack einen Kratzer abbekommen hatte. Für nichts auf der Welt würde er Grit seine Geschichte erzählen, jedenfalls nicht nach so kurzer Zeit. Das erforderte Vertrauen, zusammen verbrachte Arbeitstage, gemeinsame Erfahrungen. Statt die Abzweigung zur Kantine zu nehmen, lief er weiter durch das Foyer des Gebäudes hinaus ins Freie.

Die Luft war herrlich kühl, es regnete leicht. In der Ferne schoss ein Blitz vom Himmel, kurz darauf kam der unvermeidliche Knall.

Er könnte seine Mutter mal wieder anrufen, fiel ihm bei dieser Gelegenheit ein. Aber bei Gewitter war es sicherer, nicht zu telefonieren.

Nachdem sie sich gesetzt hatte, fiel die Müdigkeit wie ein Schleier über sie. Trotz der grellen Beleuchtung, die wahrscheinlich den Zweck hatte, genau dies zu vermeiden. Aber der Tag forderte seinen Tribut. So viele Stunden am Stück hatte Grit seit Langem nicht mehr auf den Beinen gestanden. Vor ihr ein Tablett mit zwei Tassen Kaffee, vier Päckchen Dosenmilch und Zucker, dass allein der Anblick Karies verursachte.

Außer ihr war die Kantine leer. Im Hintergrund lief das Radio in einer Lautstärke, dass man den Sprecher kaum verstehen konnte. Grit spürte, wie ihre Augenlider immer schwerer wurden, schwerer und schwerer ... Hätte nicht ihr Handy angefangen zu klingeln. Der Name im Display machte sie schlagartig wach.

„Sven?", rief sie. Grit hatte mittlerweile gelernt, welche Taste man zu welchem Zweck drücken musste.

„Mama?"

Die Verbindung war schlecht.

„Wo steckst du? Ich habe zig Mal versucht, dich zu erreichen."

Gelächter im Hintergrund. „Ach, hör doch mal auf, Mann", maulte Sven, meinte aber scheinbar nicht sie, sondern jemanden in seiner Umgebung. „Was hast du gesagt? Du, ich kann dich ganz schlecht hören."

„Wo du bist, habe ich gefragt."

Es rauschte. „Wir sind unterwegs nach Prag ..."

„Nach Prag?"

„Das hab ich dir doch erzählt."

„Wann bitte schön hast du mir das erzählt? Und wer ist *wir*?"

„Oh Mann, Mama. Du musst mir echt mal zuhören."

Grit hatte das ungute Gefühl, das Wort *Prag* in der letzten Zeit tatsächlich aus seinem Munde gehört zu haben. Nur wann oder wo fiel ihr partout nicht ein. „Wann kommst du denn wieder?"

„Ey, bist du doof? Nicht du, Mama."

„Sven?"

Die Leitung war unterbrochen.

Grit starrte auf das Telefon in ihren Händen und wartete darauf, dass es wieder anfangen würde zu klingeln. Es tat ihr den Gefallen leider nicht, also drückte sie die Taste zur Wahlwiederholung. Kein Tuten. Kein Netz.

„Verdammt noch mal", fluchte sie, bis sie das Geräusch hörte, draußen. Ein Donner.

Zitternd riss sie eine Packung Zucker auf, schüttete den Inhalt in ihren Kaffee und wiederholte die Prozedur einige Male. Wo Ed nur blieb? Er würde ihr vielleicht helfen können, ihr einen Tipp geben, erklären, was in Sven vorging. Mit ihrem Latein war sie nämlich bald am Ende. Wenn Ed nicht gleich auftauchen würde, wäre der Kaffee sicher kalt.

Inzwischen regnete es heftig. Hatte sie eigentlich die Fensterscheiben ihres Seat hochgekurbelt, nachdem sie am Nachmittag mit Till zurück zur Polizei gefahren war? Irgendein ungutes Gefühl sagte ihr, dass das nicht der Fall gewesen war, während sie den Zucker verrührte, den Löffel abschüttelte und auf die Untertasse zurücklegte. Das Handy zeigte immer noch keinen Empfang.

Endlich öffnete sich die Kantinentür hinter ihr.

„Du Ed, ich muss eben zum A ..." Grit sprang auf, als sie merkte, dass es gar nicht der erwartete Kollege war, der vor ihr stand.

„Frau Loch. Was machen Sie denn noch hier?"

„Herr Meier, guten Abend. Ich bin ..."

„Aber das trifft sich ganz gut. Setzen Sie sich doch."

Grit gehorchte.

Johannes Meier nahm ihr gegenüber Platz, seinen Körper zwischen die Lehnen eines zierlichen Kantinenstuhls gequetscht. Die zwei vollen Tassen zwischen ihnen, die deutlich darauf hinwiesen, dass sie auf jemanden wartete, übersah er geflissentlich.

„Der Leiter Ihrer Gruppe, Peter Vollmer, hat mir da eine ganz außerordentliche Geschichte erzählt", begann er.

„Ach ja?"

Meiers pausbäckigem Gesicht war nicht abzulesen, ob er außerordentlich im Sinne von *gut* oder *schlecht* meinte.

„Ich habe ihm gesagt, dass kann doch alles gar nicht wahr sein, aber Herr Vollmer versicherte mir, dass es sich genauso zugetragen hätte."

Grit lächelte verlegen. Durch das halb geöffnete Fenster war zu hören, wie dicke Tropfen auf den Asphalt prasselten. Ihr Seat würde einer Duschwanne gleichen. Wenn sie nur wüsste, was Jo Meier von ihr wollte.

Ihr Vorgesetzter griff nach einem Päckchen Zucker und spielte damit. „Peter, hab ich gesagt, du willst mir doch nicht sagen, dass unsere Frau Loch, die wohlgemerkt Teilnehmerin unseres Wiedereingliederungsprogrammes ist und nicht bei einer Wild-West-Show auftritt, sich allen Risiken zum Trotz ..."

Grit ahnte, worauf dieser Monolog hinauslaufen würde. Ob Jo Meier wohl aus seinem Stuhl aufstehen konnte, ohne dass er ihm am Hintern hängen blieb?

„... einer Gefahr aussetzt, dessen Konsequenzen sie überhaupt nicht abschätzen kann ..."

Sie verspürte den Drang, aufzustehen und kreischend hinauszulaufen.

„... sich noch dazu über dienstliche Anweisungen hinwegsetzt, ..."

Bitte lass ihn zum Ende kommen. Oder wenigstens den Blitz einschlagen!

„... dass also diese Frau Loch tatsächlich den Mut ... Frau Loch? Warum laufen Sie denn weg? Frau Loch, bleiben Sie hier! Frau Loch!"

Wo ist Sophie? Seit Wochen ist die Siebenjährige aus Hannover verschwunden. Spurlos. Alle Ermitt- lungen führen ins Leere. Mit jedem Tag schwindet ein Stück Hoffnung dahin, dass die Kleine noch lebend gefunden werden kann. Als am Strand von Neuharlingersiel ein erschreckender Fund gemacht wird, scheint alles verloren. Hauptkommissar Wolf Hetzer reist an die Nordseeküste.

Nané Lénard. SchattenGrab
328 Seiten. Paperback. ISBN 978-3-8271-9422-0
E-Book 978-3-8271-9643-9 (Pdf)
978-3-8271-9843-3 (Epub)

Kriminalhauptkommissarin Marike Kalenberger hat ihr Burn-out überwunden und kehrt zur Mordkommission zurück. Man betraut sie mit dem Fall einer Frau, die in einer Seniorenresidenz auf unnatürliche Weise gestorben ist. Der Bestatter vergibt Grabstätten in Untermiete und ein Betreuer vermittelt das Erbe der Senioren an eine dubiose Stiftung. Wenn's ums große Geld geht, scheint selbst Mord ein akzeptiertes Argument zu sein.

Günter von Lonski. Elend
288 Seiten. Paperback. ISBN 978-3-8271-9460-2
E-Book 978-3-8271-9646-0 (Pdf)
978-3-8271-9846-4 (Epub)

Laura und Klara kommen einem geraubten Kunstwerk auf die Spur, können der Polizei einen gesuchten Gauner übergeben und machen sich auf die Suche nach einem Schatz … Ob sie ihn finden?

Günter von Lonski. Alarm im Pfannkuchenhaus
224 Seiten. Paperback. ISBN 978-3-8271-9580-7
E-Book 978-3-8271-9649-1 (Pdf)
978-3-8271-9849-5 (Epub)

Weitere Spannung pur …

Ein kaltblütiger Mord mitten im Sommerloch! Bernd Kaltenbach, Reporter des „Rhein Mosel Express", wittert eine heiße Story. Kriminalhauptkommissar Udo Reuschenbach von der Kripo Koblenz ermittelt. Die blutige Spur führt nach Maria Laach. Welches düstere Geheimnis bergen die Klostermauern? Das Wissen um einen vermeintlichen Umweltskandal nutzt Kaltenbach nichts mehr, als ein wichtiger Verbündeter stirbt. In letzter Minute nimmt der Fall eine unerwartete Wende ...

Andreas Schmidt. Schmutziges Geheimnis
240 Seiten. Paperback. ISBN 978-3-8271-9482-4
E-Book 978-3-8271-9645-3 (Pdf)
978-3-8271-9845-7 (Epub)

Larissa klaut ihrer Klavierlehrerin 50 Euro. Sie braucht Geld, denn niemand soll erfahren, dass ihr Vater auf Hartz IV ist. Im Laufe des Tages plagt ihr Gewissen sie immer stärker, und sie beschließt, das Geld heimlich zurückzulegen. Als sie die Wohnung betritt, liegt Frau Kronenbaum tot in der Küche. Panisch läuft Larissa davon und gerät so unter Verdacht. Wie kann sie beweisen, dass sie unschuldig ist?

Sabine Hartmann. Katzenmelodie
224 Seiten. Paperback. ISBN 978-3-8271-9572-2
E-Book 978-3-8271-9644-6 (Pdf)
978-3-8271-9844-0 (Epub)

Nina Morettis vierter Fall

Ist es wirklich ein Unfall, bei dem der Rentner Doktor Wilbert ums Leben kam? Warum beherbergte der Mann in seinem Keller Giftschlangen? Die Leiche einer jungen Frau wird gefunden. Todesursache: Der Biss einer Kobra! Die Signatur des Mörders „el toro" lässt die Kommissarin aufhorchen. Hat der Künstler Mario el Toro mehr mit den Morden zu tun oder ist er Opfer einer Intrige?

Micha Krämer. el toro
360 Seiten. Paperback. ISBN 978-3-8271-9523-4
E-Book 978-3-8271-9651-4 (Pdf)
978-3-8271-9851-8 (Epub)

www.niemeyer-buch.de

Mit ungewöhnlichen Knoten ist der Tote am Flügel einer Mühle gefesselt worden. Während Kommissar Rosenbaum und seine Kollegen ermitteln, geschehen weitere Morde an anderen Mühlen im Weserbergland. Rosenbaum fragt sich, ob er es mit einem Serientäter zu tun hat.

Andrea Gerecke. Die Mühlen des Todes
328 Seiten. Paperback. ISBN 978-3-8271-9423-7
E-Book 978-3-8271-9647-7 (Pdf)
978-3-8271-9847-1 (Epub)

Gütersloh im Winter 2013. Überstürzt verlässt Victoria Lirot das Haus. Eine Stunde später ist sie tot, brutal ermordet. Am darauffolgenden Tag verunglückt ein Auto bei Gütersloh. Schnell wird klar, zwischen der Toten und dem Unfall besteht ein Zusammenhang. Die Spuren führen zu einem jungen Unternehmen, der Teuto Solarlicht. Undurchsichtig erscheint das Treiben ihrer Gesellschafter, folgenreich das, was sie tun.

Erasmus Herold. Und dein Lohn ist der Tod
368 Seiten. Paperback. ISBN 978-3-8271-9564-7
E-Book 978-3-8271-9639-2 (Pdf)
978-3-8271-9839-6 (Epub)

Frank Sommer, Leiter der Bielefelder Mordkommission, wird eines Morgens von einer unbekannten Frauenstimme begrüßt. Jennifer stellt sich als die Freundin seines Sohnes Fabian vor und erzählt eine bewegende Geschichte über den Drogentod ihres Bruders Tobias. Sie ist davon überzeugt, dass die Sekte „Jünger der universellen Sonne" für Tobias' Tod verantwortlich ist. Er beginnt mit Nachforschungen und stößt auf unglaubliche Machenschaften …

Rolf Düfelmeyer. Sonnenuntergang
336 Seiten. Paperback. ISBN 978-3-8271-9563-0
E-Book 978-3-8271-9638-5 (Pdf)
978-3-8271-9838-9 (Epub)

Weitere Spannung pur …

Eine verstümmelte Leiche wird im ostfriesischen Esens gefunden. Hauptkommissar Kerkhoff muss feststellen, dass das Vorgehen des Täters dieselbe Handschrift trägt wie die des Tierquälers, dem einige Pferde auf Wangerooge zum Opfer fielen. Führt die Gravur im Ring des Toten zur Identifizierung des Opfers und somit zum Täter? Gibt es eine Verbindung nach Argentinien und zu unmenschlichen Verbrechen in der Vergangenheit?

Manfred C. Schmidt. Kaltblut
320 Seiten. Paperback. ISBN 978-3-8271-9512-8
E-Book 978-3-8271-9652-1 (Pdf)
978-3-8271-9852-5 (Epub)

Die Leiche eines Klassenkameraden, die Hauptkommissar Thomas Kuss in einem seltsam veränderten Haus findet, gibt ihm Rätsel auf. Warum sind im Haus die Fenster zugemauert und die Zimmer baulich verändert worden? Nichts deutet auf ein Gewaltverbrechen hin. Das „tote" Haus, in dem noch immer der Leichengeruch alle Sinne stört, wird zu Kuss' Verbündeten, denn es gibt nach und nach sein düsteres Geheimnis preis.

Hans-Jörg Kühne. Totes Haus
320 Seiten. Paperback. ISBN 978-3-8271-9565-4
E-Book 978-3-8271-9650-7 (Pdf)
978-3-8271-9850-1 (Epub)

Nach dem Tod seiner Frau wechselt Kommissar Moritz Brinker von Hameln nach Wuppertal. Statt eines ruhigen Jobs wartet harte Ermittlungsarbeit auf ihn und er hat weniger Zeit für seinen Sohn Nils. Als eine junge Mutter entführt wird, spitzt sich die Situation zu: Er freundet sich mit dem Ehemann an. Auch er hat einen kleinen Sohn. Besessen davon, die Frau zu finden, merkt Brinker nicht, wie die Grenzen zwischen Beruf und Familie auf fatale Weise verwischen ...

Daniel Juhr. Der Kommissar und sein Kind
384 Seiten. Paperback. ISBN 978-3-8271-9551-7
E-Book 978-3-8271-9648-4 (Pdf)
978-3-8271-9848-8 (Epub)

www.niemeyer-buch.de

Als aus der Innenstadt Holzmindens ein Kind verschwindet, versuchen nicht nur die beiden Kommissare Kofi Kayi und Stefan Ollner, dem Täter auf die Spur zu kommen. Auch die Bürger organisieren sich. Trotzdem können sie nicht verhindern, dass noch ein Kind entführt wird. Da alle Erwachsenen Wichtiges zu erledigen haben, hört niemand zu, als Kim von dem Mann mit den Katzenbabys erzählt …

Sabine Hartmann. Nur ein Katzensprung
400 Seiten. Paperback. ISBN 978-3-8271-9413-8
E-Book 978-3-8271-9614-9 (Pdf)
978-3-8271-9814-3 (Epub)

Wesemanns 4. Fall

Merkwürdige Dinge erschüttern die Kleingartenkolonie „Grüne Bohne“ an Töneböns Teichen. Der Knochen eines menschlichen Zehs taucht auf und verschwindet wieder. Kleingärtnerulk? In einigen Parzellen bricht ungewöhnlicher Wohlstand aus. Niemand scheint misstrauisch zu werden. Wesemann muss zu Spaten, Harke und Gießkanne greifen, um undercover zu ermitteln und wird fündig …

Günter v. Lonski. Teufelskralle
288 Seiten. Paperback. ISBN 978-3-8271-9418-3
E-Book 978-3-8271-9629-3 (Pdf)
978-3-8271-9829-7 (Epub)

Wem gehört die Hand, die vertrocknet aus der Entengrütze des Hexenteiches ragt? Wer ist der Serienmörder, der seine Opfer mit einem Draht vom Leben ins Jenseits befördert? Diese und andere spannende Fragen stellen sich Hauptkommissar Wolf Hetzer, seine Kollegen in anderen Städten. Oft geschehen böse Taten im Schatten des Alltags und niemand kommt auf die Idee, dass eine arme Seele noch leben könnte, wenn sie denn gehört worden wäre.

Nané Lénard. KurzKrimis und andere SchattenSeiten
288 Seiten. Paperback. ISBN 978-3-8271-9419-0
E-Book 978-3-8271-9630-9 (Pdf)
978-3-8271-9830-3 (Epub)

Weitere Spannung pur …
www.niemeyer-buch.de